評論集

영원 지향의 시학

손희락 평론집

청어

영원 지향의 시학

손희락 지음

발행처 · 도서출판 **청어**
발행인 · 이영철
영　업 · 이동호
기　획 · 강보임 ｜ 김흥순
편　집 · 김영신 ｜ 김인현
디자인 · 오주연
인　쇄 · 두리터

등　록 · 1999년 5월 3일(제22-1541호)

1판 1쇄 인쇄 · 2008년 12월 10일
1판 1쇄 발행 · 2008년 12월 20일

주소 · 서울시 서초구 서초동 1588-1 신성빌딩 A동 412호
대표전화 · 586-0477
팩시밀리 · 586-0478

블로그 · http://blog.naver.com/ppi20
E-mail · ppi20@hanmail.net

영원 지향의 시학

　그동안 써온 시인론과 시집 서평들을 묶어 『영원 지향의 시학』을 간행한다.

　타인의 작품을 읽고 해부하고 평가하는 일은 참으로 힘들다. 시세계를 규명하기 위해 작품 속 모티프를 탐색하다보면 시간의 흐름도 잊고, 끼니도 거르게 되어 시집 해설을 쓰고 나면 녹초가 되어버린다. 시를 창작하는 일보다 비평이나 텍스트에의 접근, 작품과의 대화가 더 힘든 작업임을 뼈저리게 느낀다.

　문학비평은 학계 중심의 '논문'과 문단 중심의 '평론'으로 양립되어 존재하여 왔다. 학설이나 이론 중심의 논문들은 문학을 전공한 문인들도 접근하기 어려울 정도로 전문용어들로 쓰여 있어 용어사전을 곁에 두고 해독해야 하는 현실이다.

　시집 뒤에 붙은 해설조차 일반 독자들은 이해하기 어렵다고 아우성이다. 대학 강단을 지키고 있는 학자들의 논문은 그렇다 치더라도, 문단에서 발표되고 있는 서평이나 시집 해설 등은 일반 독자들을 배려하여 쉬운 용어나 문체로 쓰는 것이 시문학의 발전이나 시 인구의 저변 확대에도 도움이 될 것 같다.

　일반 독자들은 서점에서 시집을 구입하여 정독하기 전에 시집 전체에 관류하고 있는 메시지를 이해할 수 있는 평론이나 해설을 붙여주기를 원하고 있는 것 같다. 문학비평도 문학의 한 장르가 분명하다면, 일반 독자들의 외면을 받아서는 비평문학의 존립, 그 의미는 왜곡되거나 축소될 수밖에 없을 것이다.

21세기, 현대인들은 복잡한 것을 기피하고 단순한 것을 선호한다. 이런 의식의 변화를 수용할 때가 온 것 같다. 독자들이 읽기 힘든 평론, 시집 해설이라면 과연 무슨 의미가 있을 것인가.

시대는 변화하고 있다. 법관들의 판결문도 법관들만의 의사소통에서 벗어나 국민들을 동참시킬 것을 요구받고 있다. 의료전문가인 의사의 처방전도 환자 모두가 쉽게 이해할 수 있는 한글로 작성하도록 권고 받고 있는 현실이다. 수용할 수밖에 없을 것 같다.

시인으로서 창작의 길, 평론가로서 비평의 길을 함께 걸어오면서 비평의 본질에 대하여 고뇌하면서 몸부림쳤다. 이번에 상재하는 평론집에는 그런 고뇌와 몸부림의 흔적들을 일부 담아 놓았다.

중견, 원로시인들의 시인론과 아직 문단에는 크게 부각되지 않았지만 인연 닿은 시인들의 시집 해설이나 시평을 정리하였다. 비평의 대중화를 의식하다보니 용어나 문체에도 변화를 줄 수밖에 없었다. 누구나 이해할 수 있고, 공감할 수 있는 섬세한 평론의 묘미를 살려내고 싶었고, 일부에게만 허용된 문을 열어젖혀 개방하고 싶었다.

책의 표제를 『영원 지향의 시학』이라고 붙인 것은, 죽음은 피할 수 없는 난제이고 운명이기 때문이다. 시인들의 시세계를 탐색하다보면 개인적 종교와 종파를 초월한 공통점을 발견할 수 있었다. 그것은 영원한 세상을 지향하는 일에 중심을 두고, 그날을 예비하고 있음을 확인할 수 있었기 때문이다.

결국 시의 언어란 자타 구원의 언어로, 진리적 구도의 시학이며, 영원한 본향의 세계로 걸어가는 이정표의 역할을 감당할 수밖에 없음을 깨닫게 된다. 운명적으로 하늘의 선택을 받은 시인들은 인생의 숲속 깊이 감추어진 진리의 이정표들을 찾아내어 위치 좋은 곳에 높이 세우려는 몸부림으로 성찰하고 있는 것이다.

한 가지 양해를 구하고 싶은 것은 한정된 지면 탓에 서평을 쓴 시인들의 작품을 일부 누락시킬 수밖에 없었다. 이번에 수록되지 못한 분들에게 깊은 이해를 구하며 다음 출간되는 평론집에서는 되도록 포함시키려 애쓸 것이다.

부족한 사람을 아껴 따르는 아가페 문학회 회원들, 시향 팬클럽 2만 회원들과 책의 출판을 흔쾌히 허락해준 청어출판사 대표 이영철 소설가 및 편집부 직원들에게 깊은 감사를 드린다.

마지막으로 노환에 계신 나의 아버님(손재호)께 작은 기쁨이 되었으면 참으로 좋겠다.

동두천 수월서재에서
손희락

시대적 변화에 부응하는 섬세한 평론

서동석
(웨스트민스터 신학대학원 대학교 부총장 역임)

손희락 동문의 평론집, 『영원 지향의 시학』 축하의 글을 쓰면서 지난 날 캠퍼스에서 환한 미소로 마주치던 추억 속으로 되돌아가게 됩니다.

『영원 지향의 시학』이라는 책의 제목에서 감지되듯 신학과 철학을 전 공한 성찰의 눈빛은 작가들의 의식 속에 내포되어 있는 정신적 고뇌와 갈등, 그리고 죽음 이후의 영원한 세계에 대하여까지 폭넓게 조명하고 있어서 문학과 종교의 연관성에 대하여 다시 한 번 생각하게 됩니다.

책머리에서 저자(著者)가 밝히고 있는 대로 문학 평론은 일반 독자들 이 접근하기 어렵고, 이해하기도 쉽지 않은 장르입니다.

시인의 개성과 혼을 담은 작품에 접근하는 손희락 평론가의 비평은 '새 술은 새 부대'에 담듯 일반 독자들을 포용하는 변화를 모색하고 있고, 섬세하고, 깊이가 있습니다. 작품의 비평 방법에 있어서도 시인 들이 표현하고자 하는 핵심적인 메시지를 적출하여 감동적으로 부각 시키는 데 노련합니다.

이는 깊이 있게 탐구해야 하는 학문을 전공한 과거적 경험에서 그 원인을 찾을 수 있을 것입니다. 그가 전공한 신학은 모든 학문의 근본이고, 감추어진 진리를 찾아들어가 베일을 벗겨내는 고뇌가 수반되기 때문입니다.

책의 목차를 살펴보니 제1부, 제2부에서 시인론으로 소개되고 있는 몇 분의 유명 시인들 중에는 제가 평소에 존경하는 분도 계시고 애송 시도 있습니다. 그분들의 작품을 비평한 내용들을 읽으면서 현세에서 내세로, 영원을 지향하는 깊은 신앙이 함축된 시의 본질에 접근할 수 있어서 좋았습니다.

시를 쓰는 시인의 역할이나 사명도 막중하겠지만, 그 작품을 해부하는 비평가의 눈길이나 의식이 작가나 작품에 미치는 영향력 또한 엄청나다는 것을 깨닫게 됩니다.

제3부, 제4부에서 소개되고 있는 일반 시인들의 시집 해설에서도 개인적으로 추구하는 종교나 세상에서 누리고 있는 현실을 초월하여 영원한 세계를 지향하고 있는 공통적인 몸부림, 자아성찰의 신음소리를 언어로 들을 수 있었습니다.

이번에 상재하는 손희락 동문의 비평집은 참으로 방대합니다.

원로 시인들과 일반 시인들의 작품 세계에 접근할 수 있는 기회를 문학과 시를 사랑하는 독자들에게 최대한 평이한 용어로 허용하고 있습니다.

작품 해설이나 논평을 읽으면서 오래 전, 내 기억 속에 각인되어 있는 손희락 평론가의 독특한 개성과 깊은 관찰력을 다시 한 번 확인할 수 있었습니다.

이 책에 축사를 남기는 기쁨을 오래도록 간직하고 싶습니다.

한국문단에 신선한 바람을 일으키는 평론집이 되기를 바라면서 손희락 동문의 앞날에 축복이 함께하기를 기원합니다.

Contents

4 길을 묻는 고뇌의 즐거움

1

기독교적 시학의 특징

사람, 총체적 휴머니즘 시학

김년균론

1. 사람, 누구인가에 대하여

1997년 혜진서관에서 출간된 김년균의 시집 『아이에서 어른까지』를 읽었다.

수록된 작품 전체가 '사람'을 주제로 서술된 연작시로 구성되어 있기 때문에 페이지를 넘길수록 어둠 속에서 한 줄기 빛을 발견한 듯 쾌감을 느낄 수 있었다. 그리고 감동에 젖어보았다. 이것이 김년균론을 쓰게 된 동기이다.

이 광활한 세상의 주인은 사람이다. 우주의 중심이 사람이기 때문에 사람이면서도 사람에 대한 진리는 깨닫기가 어렵다. 생명의 기원에 대한 상충된 이론, 창조론과 진화론이 대립하여 왔지만, 풍요로운 산물을 시시때때로 제공하고 있는 축복된 이 땅은 인간에게 허용된 유한(有限)한 공간임에 틀림없다.

부모, 형제, 아내, 자식, 인연의 끈에 묶여 단회성의 삶을 살다가는 인생에 대하여 무지하거나 외적인 것에 마음을 빼앗긴 채 허송세월하고 있는 존재가 바로 자신이다.

사람의 실체에 대한 의문에 대하여 어느 정도 해답을 제공할 수 있는 기능을 지닌 것은 종교와 문학이다. 문학과 종교는 상호 밀접한 관계를 형성하여 진리적 깨달음을 교류하는 시적 영감의 원천이 되기도 하고, 한 편의 시에서 구원을 획득하기도 한다.

　김년균 역시 삶과 죽음이라는 기독교적 이원론에 바탕을 두고 자의식의 독특한 관점으로 의문을 탐색해왔고, 깨달은 진리를 대중들과 공유하려는 투철한 사명감 위에 그의 시학은 뿌리를 내려왔다.

　　당신은 누구시요?
　　어디서 본 듯한데

　　당신은 누구시요?
　　함께 어울린 듯한데

　　당신은 누구시요?
　　벌써 떠나간 듯한데

　　어제도 보이고 오늘도 보이고
　　내일도 다시 보일 똑같은 모습으로
　　언제나 곁에 있는 당신

　　욕심도 많고 시샘도 많고
　　아는 것도 많다지만,
　　들어보면 늘 빈 가지로만 허공에 떠 있는
　　하찮은 당신

　　누구시요? 당신은
　　대체 어떤 존재요?

　　— 「사람, 당신은 누구시요」 전문

이 작품에는 물음표가 거듭 사용되고 있고 당신은 누구시요? 의문으로 시작해서 의문으로 마무리하고 있다. '사람'에 관한 연작시를 써 내려가면서 자신에게 묻고 대답하고 성찰하기를 수없이 반복했을 것이다.

사람에 대한 주관적 의문을 가지는 데서 시야를 가리는 안개가 조금씩 걷혀지게 되고, 두 종류의 길, 넓은 길과 좁은 길이 펼쳐져 있음을 인식하게 되는 순간 고뇌가 뒤따른다.

넓은 길로 쾌락의 휘파람을 불면서 걸어야 할지 아니면 좁은 길로 자아를 성찰하며 걸어야 할지, 선택은 자신만이 할 수가 있지만, 스스로 내가 누구인지 의문을 끌어안고 갈등해보지 않은 사람이라면 자아완성의 길, 영원한 구원의 길 입구조차 발견하기 어려울 것이다.

이 작품에서 화자는 자신이 자신에게 '당신은 누구인가?' 묻고 있는 동시에 대중들에게 동일한 화두를 던져주고 있다.

자아를 향한 물음에서 깨달은 진리는 4연에서 소개되고 있다. "욕심도 많고 시샘도 많고/ 아는 것도 많다지만/ 들어보면 늘 빈 가지로만 허공에 떠 있는/ 하찮은 당신"이라고 표현한다. 시인의 깨달음은 겸손을 수반하고 있다. 인간은 물질, 명예, 지혜, 지식 등에 있어서 자랑할 수 없는 존재라는 인식이다. 그래서 빈 가지로만 허공에 떠있는 하찮은 존재라고 고백한다.

외국유학을 하고 평생 박사학위를 몇 개씩 지닌들, 그 지식은 빈 가지에 불과하다는 시인의 깨달음은 옳다. 왜냐하면 그가 소유하고 있는 지식이 인생에 대한 의문을 해결하지도 못하고, 구도자의 길을 걷는 힘도 되지 못하고, 자신을 구원하는 진리나 지식이 되지 못하기 때문이다.

'사람, 그는 누구인가'에 대한 근본적인 관념은 마지막 연에 잘 나타나 있다. 알 것 같기도 하고 전혀 모를 것 같기도 한, 끝없는 고뇌로 자신에게 묻고 또 물어야 할 그런 존재라고 단정하고 있다. 명쾌하지는 않지만 예사롭지 않은 화두를 은유한 메시지임에 틀림이 없다.

돌아서야만 돌아가는 것은 아니다
눈감아야만 죽는 것은 아니다

눈에 보인다고 다 보이는 것은 아니다
움직인다고 다 살아 있는 것은 아니다

돌아서도 돌아오는 이가 있고
살아 있어도 죽은 이가 있다

보이는 길만이 모든 길이 아니듯이
보이지 않는 곳에 더 많은 길이 트여 있듯이

아는 사람은 안다
깨어 있는 사람은 더 잘 안다

세상은 안개 속
사람은 먼지 속

— 「사람, 현자의 눈」 전문

  이 작품에서 함축하고 있는 역설적인 진리는 깊다. 눈을 감아야 죽은 것이 아니고, 살아 있어도 죽은 이가 있다. 현자의 눈에 비친 심오한 인생의 진리를 시적 언어로 표현해낸다.

  육의 눈을 뜨고 살아 있어도 죽은 이가 있다는 아이러니는 종교적인 색채를 물씬 풍기면서 산 자와 죽은 자의 정의에 대하여 확실한 선을 긋는다. 의식이 죽어 있어 사람이 걸어가야 할 정도(正道)에서 이탈한 삶을 살고 있는 존재들은 육신은 호의호식하고, 심장이 뛰고 있어도 심적·영적으로 죽어 있는 시체라는 뜻이다.

  현자의 눈으로 세상을 관조할 때, 사람으로 태어난 자신의 실체를

알고 사람 노릇 바로 하며 인생길, 정도를 걷게 된다는 성찰의 진리가
내포되어 있다.

마지막 연에서 "세상은 안개 속/ 사람은 먼지 속"이란 표현에서도
시적 노련미가 감지된다. 세상은 안개 속에 있고 사람은 먼지 속에 존
재한다는 것은, 사람이 호흡이 끊어지는 순간 한 줌 재로 사라지는 허
무한 육신, 껍데기를 입은 채 살고 있기 때문이다.

'사람, 그는 누구인가', 의문에 대하여 깊이 고뇌하고 있는 화자의
시세계로 한 걸음 더 깊이 들어가 본다.

2. 사람, 유혹과 걱정, 인연에 대하여

김년균 시의 특징은 건성으로 스치고 지나갈 수 없도록 대중들의 의
식과 시선을 묶는 데 성공하고 있다. 한 편의 시를 몇 번씩 되새김질해
가며 읽을 수밖에 없도록 내용에 도취되는 시법을 보인다. 인생의 근
본적인 무거운 주제들을 다루고 있으면서도 사람들의 마음을 작품 속
에서 편안하게 끌어안고 있다. 화자의 시가 지니고 있는 기교적 매력
이다.

　　　　나는 당신을 위해 이곳에 오지는 않았습니다
　　　　나는 죽어도 나를 위해, 내 몫을 위해
　　　　이곳에 왔습니다
　　　　그러나 당신은 참 이상합니다
　　　　나를 가만두지 않습니다

　　　　당신은 언제나 내 앞에 서서
　　　　무릎을 꿇게 하고 마음을 무너뜨려
　　　　당신의 것으로 만들려고 합니다

날강도처럼 날도둑처럼 행패를 부립니다

하지만 나는 노리개가 아닙니다
당신을 즐겁게 하는 꽃이 아닙니다
당신에게 손발이 묶인 짐승이 아닙니다
당신이 지금도 짓밟고 있는 돌멩이가 아닙니다

나는 당신을 모릅니다
당신이 숨겨놓은 신들린 어둠
밖으로만 노래하는 호반의 벤치
아무리 감쪽같이 눈부셔도
나는 알고 싶지 않습니다
나와는 상관없는 일이기에

나는 나입니다
나는 당신보다 작지만 당신보다 크게
꿈꾸고 싶습니다. 내 몫을 위해
훨훨 날고도 싶습니다

— 「사람, 유혹」 전문

　이 작품은 사람들이 일상에서 받는 유혹에 대하여 진술하고 있는데
각 연에서 '당신'으로 호칭하며 항의의 대상으로 등장시킨 존재는, 그
를 세상에 보낸 절대자로 유추되고 있다. 시인은 절대자에게 항의한
다. 왜 나를 가만 두지 않고 당신의 것으로 만들려고 온갖 유혹받는 사
건들을 체험하도록 괴롭히고 있느냐는 것이다.
　이 작품이 탄생하기까지 깊은 고뇌와 갈등, 그리고 어느 정도 확신
에 이르는 절대자와의 교감이 있었음을 감지할 수 있는 내용들이다.
　화자 역시 내 몫을 채우며 살고 싶다고 하소연하고 있듯이 욕망이

없는 사람은 없다. 사람은 다원적 욕망의 주체로서 생의 본질은 엄밀히 말해서 욕망 충족에 있다. 식욕, 성욕, 물욕, 명예욕 등 그 욕망이 가슴 속에서 불타고 있기 때문에 인간은 쉽게 유혹에 빠진다. 그리고 항상 목마르고 갈급하고 허전하다. 그런 존재가 사람이다.

그런데 화자가 말하는 유혹에 대한 정의는 직접체험에서 확립된 차원 높은 철학이 내재되어 있다. 자신을 흔들어 탐욕 가운데로 내던지고 있는 보이지 않는 실체가 위대하신 절대자라는 것을 인식하고 있는 것이다. 다시 말해서 자신은 절대자 앞에서 늘 시험을 치르고 있는 연약한 존재에 불과하다는 행복한 항변을 쏟아놓고 있다.

인생길에서 외적·내적 유혹은 하루에도 몇 번씩 자아를 흔들고 시험한다. 순간순간 사건의 본질과 실체를 이해하지 못하면 탐욕의 빵한 덩어리와 양심을 교환하게 되지만, 작은 유혹을 이기고 그보다 좀 더 큰 유혹도 이기고 연단의 연습과 훈련을 계속하다 보면, 어지간한 욕망을 통제할 수 있는 능력을 소유하게 되어 단 한 번뿐인 인생길에서 성공자가 될 수 있다.

화자는 이런 차원 높은 메시지로 사람들의 시선을 끄는 데 성공하고 있다. 식욕, 성욕, 물욕을 다스릴 수 있는 사람이 있다면 우리는 그를 성자(聖者)라고 기꺼이 호칭해도 좋을 것이다. 사람이 왜 유혹을 받고 이 세상이 온통 탐욕과 죄악과 모순으로 뒤끓고 있는가를 시인은 깨닫고 있고, 그 깨달음이 작품 속에서 은유되어 있다.

위의 작품은 절대자에 대한 자기항변 같아 보이지만, 유혹의 시험을 거듭 치르는 훈련을 받는 사람이 절대자의 관심권 안에 있는 진정한 행복자라는 성찰의 메시지를 담고 있다.

> 걱정을 버리고 사는 일은
> 우리의 일이 아닙니다

살아 있는 동안
제 몸에서 피가 흐르듯이
체온도 함께 지니듯이
끊임없이 다가오는
걱정의 비, 걱정의 숲
그것만이 우리의 일입니다
기쁨은 다만 꽃에 불과합니다
꽃은 피지만 꿈이 없습니다
문 밖에 나서면 바람이 불고
시간은 언제나 달아나고
그리운 것은 오지 않고
그러한 일들을 우리가 피할 수 없듯이
잠시도 멎지 않고 떼 몰려오는
걱정만이 걱정만이
우리의 일입니다. 우리의 몫입니다
산에 들에 떠도는 돌멩이처럼
내버린 채로
우리는 살 수 없습니다

— 「사람, 걱정만이」 전문

　이 작품에서 화자는 근심 걱정에서 헤어나지 못하는 고통 받는 사람들을 위로한다.

　걱정이나 근심 없이 살려고 하지 말라는 위로의 메시지를 전하면서 비유로써 몸과 몸 안에 흐르는 피로 묘사하고 있다. 걱정이 우리의 당연한 몫이라는 시인의 주장에 이 작품을 읽는 사람들을 고개를 끄떡이며 공감을 표하게 될 것이다.

　평자의 주목은 마지막 연에 가서 머문다. "산에 들에 떠도는 돌멩이처럼/ 내버린 채로/ 우리는 살 수 없습니다" 이 멋스런 표현은 만물의 영장 사람이기 때문에 근심 걱정의 태풍 속에서 살고 있지만, 버림받은 존재가 아닌 까닭에 간섭을 받고 지배를 받고 있다는 독특한 시적 인식의 발상으로 하나님과 사람과의 관계에 대하여 보충 설명하여 이해를 충족시켜주고 있다.

　만물의 영장 사람으로 태어났기 때문에 삶의 마지막 순간까지는 걱정이 있을 수밖에 없다. 그러므로 걱정 없이 살 수 있는 영원한 세계를 지향하며 사람답게 후회 없도록 그곳을 동경하며 목표하며 살다 가야 한다는 이치를 결미에서 강조하고 있는 것이다. 화자의 이런 사상은 삶과 죽음, 현세와 내세를 이분법적 사고로 분리시키지 않고 이 세상에서의 삶은 죽음 이후, 영원한 세계를 누리기 위해 연단 받는 훈련과정으로 이해하고 있어 통찰의 진리가 깊다. '사람' 이라는 단일 주제로 연작시를 써서 한 권의 시집으로 묶을 만큼 김년균의 의식, 성찰의 깊이는 확고한 기독교적 신앙에 바탕을 두고 있다고 단정해도 좋을 것 같다.

　　　　날 위해 너는 있고
　　　　널 위해 나는 있고,

　　　　발등에만 밟히는 돌멩이 하나에서
　　　　하루에만 목숨 거는 하루살이 하나까지
　　　　아무도 거들떠보지 않는 풀뿌리까지,

　　　　세상의 온갖 것들 하나도 버릴 수 없이
　　　　모두 뜻이 있음이여
　　　　길이 있음이여

　　　　억만 년 찾아 헤매어도
　　　　이만한 인연 만날 수 없으리

　　　　—「사람, 날 위해 널 위해」 전문

'인연'에 대한 시인의 인식 역시 보편적인 사고를 초월하고 있다.

이 세상에 태어나서 삶을 마치는 마지막 순간까지 사람은 인연 속에서 살아간다. 인생이란 너와 내가 만남으로 출발하는 것이기 때문에 인연법에 대한 진리·지식을 바로 갖고 산다는 것은 중요하다.

위의 작품은 모든 인연에 대하여 포괄적으로 언급하면서도 '부부'의 인연에 초점을 맞추고 있다.

1연의 표현대로 부부는 서로를 위해 존재한다는 인식이다. 서로를 위해 존재할 수 있는 공간은 이 세상이고, 인연을 맺도록 허락된 시간은 비밀로 정해져 있다는 것이다.

사람의 만남을 크게 나누면 두 종류로 구분할 수 있을 것이다. 선한 인연과 악한 인연, 행복한 만남과 불행한 만남이다. 그런데 4연에서 "모두 뜻이 있음이여/ 길이 있음이여"라고 현대인들의 비뚤어진 사고를 꾸짖듯 선언해버린다. 뜻이 있고, 길이 있기 때문에 만남이 주어졌고 인연의 끈으로 묶어져 삶의 길을 함께 걷는 동반가가 되었다는 주장이다.

마지막 연에서는 더 깊은 진리를 함축하여 마무리한다. "억만 년 찾아 헤매어도/ 이만한 인연 만날 수 없으리"라고. 자신의 배우자를 바라볼 때 김년균의 의식처럼 자신에게 가장 합당하고 성격적 궁합이 맞는 최고의 배우자를 만나서 살고 있다고 생각한다면 조화를 이루지 못해 깨어지는 어긋난 인연은 드물 것이다.

그렇다면 이 작품 속에 함축된 진리는 무엇인가. 그것은 서로를 위해서 다가온 뜻 깊은 인연이기 때문에 만남이 주어졌고 몸과 마음이 하나 되었다는 것이다. 그 만남은 자신의 의지와 선택으로 된 것 같지만 하늘의 섭리가 있었고, 그 섭리의 목적은 사람답게 세상을 살다 가는 본분에 충실할 수 있도록 서로 돕기 위해서 맺어진 인연이라는 미학이 작품 속에 관류하고 있다.

'억만 년 찾아 헤매어도 만날 수 없는 이만한 인연' 이라는 뜻은 자신이 세상에 바로 서고 인격적인 병을 고쳐나가는 데 필요한 역할을 하는 없어서 안 될 존재가 아내요, 남편이라는 깊은 진리로 사람들의 관심을 촉발시키고 있는 것이다.

3. 사람, 운명과 궁극적 종착에 대하여

'사람' 이란 존재에 대하여 시인이 인식하고 있는 진리는 깊다.
『아이에서 어른까지』라는 표제가 의미하듯 한 권의 시집 속에는 인생을 총망라한 주제들을 다루면서 형이상의 세계와 형이하의 세계에서 갈등하고 방황하는 의문들에 대한 해답을 아낌없이 내어놓는다.
김년균이 제시하고 있는 의문에 대한 시적 해답들은 신앙적 감각과 현실적 체험을 통하여 수렴되고 인격화된 철학으로 그 깨달음 속에는 확고한 사유가 고착되어 있어, 시적 메시지로 형상화된 이후엔 더욱 구체적인 모습으로 내면을 드러낸다.

이 자리는 당신의 것이 아니다
이 자리는 나의 것도 아니다

이 자리는
당신이 오는 자리
내가 가는 자리

이 자리는
나에게는 조종이 울리고
당신이게는 신바람 나며 축포가 터진다

그러나 나 없이도

당신이 없이도
이 자리는 누군가 오고
또 오고
가고
또 가고
이 자리는
당신의 자리도 아니요
나의 자리도 아니요

주인 없는 빈자리로만
마냥 놓여 있을 뿐

─「사람, 이 자리는」 전문

　이 작품을 객관적 시각으로만 읽으면 직장의 자리다툼 내용인 것 같지만, 그것은 껍데기에 불과하고 알맹이는 사람의 운명에 대하여 포괄적으로 묘사하고 있는 흥미로운 작품이다.

　직장에서 자리가 있다면, 세상에서 역시 자신의 자리가 존재한다. 그런데 화자의 인식은 '이 자리는 당신의 것도 나의 것도 아니다' 라는 단정에서 출발하고 있다. 직장·명예적인 자리와 세상적인 삶의 자리, 양면을 동시에 묘사·함축하고 있는 데서 조종(弔鐘)이 울리기도 하고 신바람 나게 축포가 터지기도 한다. 승진하여 한자리 차지하는 것도 기쁨이고 새로운 생명이 태어나는 것도 경사요 축복이다. 반대로 자리를 잃는 것도 슬픔이고, 삶의 자리를 내어놓고, 영혼이 떠난 초상집에 조등(弔燈)이 내걸리고 통곡으로 메아리치는 것도 비극이다.

　사람은 누구나 피할 수없는 운명을 짊어지고 있다. 그것은 죽음이란 난제이다. 현재 우리가 살고 있는 이 세상은 앞서 누군가 살다가 떠나간 곳이고, 내가 떠나면 또 다시 누군가 와서 내가 살던 곳을 대신 차지하고 일정기간 머물다가 다시 떠나게 된다.

4연에서 화자는 '자리'에 대해서 다시 한 번 정의한다. 그리고 결미에서 "주인 없는 빈자리로만/ 마냥 놓여 있을 뿐"이라고, 떠나야 하는 운명에 대하여 멋스럽게 인식시키고 있어 심각한 주제인데도 거부감 없이 받아들여진다.

이 세상을 누리고 있는 주체, 사람이란 존재는 깊이 알고 보면 여행 중에 있는 나그네에 불과하다. 영원한 것은 땅덩어리뿐, 인간들은 무성한 나뭇잎이 지듯이 비 내리고 바람 불면 우수수 추락하여 사라져가고 있을 뿐이다. 아무리 내 자리, 내 것이라고 항변을 해도 별수 없다. 오늘 하루도 수많은 사람들이 사수하던 자리를 내어놓고 빈손으로 떠나가고 있다. 이것은 피할 수 없고 거부할 수 없는 숙명이다.

표제시 「아이에서 어른까지」에서 화자는 실감나게 묘사하고 있다.

> 그러나 자명한 일은
> 아이는 어른이 되고 어른은 노인이 되고
> 노인은 멀고 먼 곳으로 떠나는 일
>
> ―「아이에서 어른까지」 중에서

세상 자리에 앉아 있으면 아이가 자라 어른이 되고 어른은 곧 노인이 된다. 그것은 아침 안개처럼, 베틀에 드나드는 북처럼, 시위를 떠난 화살처럼, 신속하게 진행되는 숙명적 사건이다.

> 하늘을 알면 마음이 트인다
> 예수를 알면 기쁨이 열린다
>
> ……

단 한 번뿐인 귀한 목숨 내버리다니
별수 없이 내버리다니

쑥대밭에서
천금을 캐내듯
다시 일으켜보아야지

내가 요즘 만나는
요한, 또는
베드로

— 「사람, 구원」 중에서

김년균은 떠나는 자의 궁극적 종착지를 '천국'으로 보고 있다. 예수
를 믿으면 구원받는다는 인식은 확고한 자기 믿음을 원천으로 한다.
그리고 이천년 전 성경속의 인물인 사도 요한도 베드로도 만나고 있다
고 주일 성수하는 규칙적인 신앙생활에 대하여 시적으로 묘사하고 있
다. 마지막 종착지까지 확고하게 인식하고 있는 화자의 삶, 그 관심은
온통 동시대, 사람에게 집중되어 자신의 시학이 되고 사명감이 되었기
에 절제된 언어나 지나친 함축보다는 이해하기 쉬운 간결한 언어로 원
숙성이 감지되는 시를 쓰고 있다.

4. 마무리

김년균의 사람을 중심한 휴머니즘 시학은 끝없이 다루어도 부족할
정도로 풍성하다.
보편적으로 휴머니즘 하면 인간을 삶의 주체로 간주하는 인간 중심
의 사상을 말하지만, 화자의 휴머니즘은 기독교적 본질을 지향하면서

그 시각과 방향을 달리하고 있다.

인간은 삶의 주체로서 시간과 재능을 활용한 이력 전체에 대한 책임을 져야 한다. 지엄하신 하나님 앞에서는 티끌에 불과하지만, 세상을 다 주고도 바꿀 수 없는 소중한 영혼을 지닌 존재이기 때문에 육체보다는 영을 중심으로 삶의 목적과 방향을 설정해야 하고, 신으로부터 은밀한 간섭과 통제를 받는 대상임을 인식하고 있다.

인간은 삶의 주체이기는 하지만, 자유의지를 남용하거나 쾌락을 쫓아 죄를 짓거나 허송세월하며 방종의 삶을 추구해서는 안 된다는 것이다. 그렇다면 이 시집은 시의 형식을 빌린 사람론, 혹은 인생론을 깊이 있게 다룬 한 권의 철학서라고도 할 수 있을 것이다. 화자는 세상적으로 물질을 취하는 일에는 무능하거나 단순한지도 모르겠다. 그러나 세상의 중심이 되는 사람에 대해서는 지대한 관심을 집중시켜 진면목을 밝혀내고 있다. 머리에서 발끝까지 통찰, 세밀하게 해부하여 형상화하고 있어 경탄하지 않을 수 없다.

김년균 시인은 사람을 사랑하여 진실한 대인 관계를 유지하고, 사람에 대한 시를 쓰고 사람에 대한 작품을 쓰기에, 참 사람답게 살려고 몸부림친 시인으로 각인되어 있다. 그의 시에서는 기독교적 성찰과 순수한 사람에게서 채취되는 그윽한 향기가 진동하고 있다.

에로스, 필리아의 노정(路程)을 통한 아가페의 종착

용혜원론

1. 여성의 성적 해방 및 시대적 배경

이 세상에는 두 가지 길이 있고, 두 종류의 삶이 있고, 각각 다른 이력의 인생들이 존재하고 있다.

빈곤계층과 부유한 계층이 있고, 지배계층이 있는가 하면 피지배계층이 존재한다.

21세기 과학문명의 시대 미래적 전망은 인간의 삶을 더욱 계층화시키고 황폐화시킨다. 쾌락적 웃음과 비명의 눈물이 모순적 조화를 형성하면서 인간들의 목에 절망의 올가미를 걸어 팽팽하게 당기는 질식의 고통을 주고 있기 때문에, 고독과 쾌락의 사슬에 묶인 인간이 자아 정체성을 찾아 도피할 탈출구가 있다면 진실한 사랑의 세계나 예술의 영역밖에는 없다고 할 것이다.

현대인들에게 있어서 '사랑'이란 테마는 문학이 되었든지 혹은 음악이나 영화, 대중문화가 되었든지 간에 관심이 깊을 수밖에 없고, 장르를 불문하고 사랑이란 주제를 다루지 않고는 인간들의 마음과 눈과 귀를 고정시키고, 욕구를 충족시키는 데 한계가 있기 때문에 사랑시나 애정 소설을 쓰는 작가들의 작품이 인기를 끌고 있는 것은 불가피한 현상이다.

용혜원은 문단에 데뷔한 '기독교 성직자'이다. 경제적 여유로움을 만끽하면서 본능적 욕구 충족과 해소를 위해 두리번거리는 현대인들에게 성직자 특유의 에로스적인 사랑시로 접근, 필리아적인 문학적 공감대를 형성하면서 종국에는 아가페의 세계로 동행의 여행을 떠나는 독특한 작품세계를 펼쳐왔다.

화자의 시가 대중들의 사랑받게 된 계기는 전통 서정시의 난해성에 식상한 독자들의 쏠림 현상이라고 분석할 수도 있겠지만, 1990년대 TV드라마를 타고 안방에까지 불었던 태풍, 드라마 〈애인〉 신드롬을 타고 일어난 여성의식의 급변, 페미니즘 확장과 맞물려 있다. 용혜원의 시는 유교적 통제의 사슬을 끊고 억압된 현실을 벗어나 사회로, 사회로 탈출하는 여성들의 변화된 의식과 감성을 충족시킨다.

1990년대 이후, 인터넷 활성화와 전자메일을 이용, 개인적 감정을 은밀하게 표출할 때, 화자의 사랑시는 자신의 감정 표현을 대변하는 수단으로 선택을 받다보니 연령을 불문하고 독자층이 형성되었다. 급변하는 사회적 현실과 억압된 감정의 표출, 바람이 일으킨 성적 개방의 물결을 타고 여성 팬들을 확보하는 데는 성공했지만, 비평 논자들의 차가운 시선을 극복해야하는 문제 앞에 부딪히게 되었다. 그러나 개의치 않고 열정적 창작의 길을 걸어 수많은 시집들을 내어놓았고, 한국문단의 한 축에서 비판과 지지를 동시에 받으면서 자기 위치를 확보하고 있는 것이다.

평자는 화자의 사랑시에 대하여 중립적 시각으로 접근하면서, 1996년 민예원에서 발간한 『한 잔의 커피가 있는 풍경 2』에 실려 있는 작품들을 중심으로 살펴보고자 한다.

2. 시집 구성 및 작품의 특징

용혜원의 시집 구성을 살펴보기 전에 사랑의 종류에 대해서 먼저 생각해보고 이해하는 것이 필요할 것 같다. 사랑이란 에로스(Eros), 필리아(Philia), 아가페(Agape) 등으로 구분할 수 있는데 '에로스'라는 말은 철학자 플라톤이 최초로 사용하였고, '필리아'는 그의 제자 아리스토텔레스에게서 기술된 것으로 알려져 있다. 그리고 '아가페'는 예수그리스도가 2000년 전 베들레헴, 마구간에 초림하면서부터 신의 은총과 거룩한 사랑을 나타내는 단어로 널리 사용되어 왔다.

에로스는 감각적이고 본능적인 사랑을 말한다. 필리아는 정신적·인격적 사랑을 의미하는 것으로서, 육체적 사랑 에로스가 정화된 형태의 인격적인 사랑으로 발전되기 위해서는 필리아를 거치는 단계가 필요하다. 필리아 안에서 점점 성화(聖化)되어 아가페에 근접, 신의 사랑을 깨닫게 된다.

용혜원은 에로스·필리아적인 사랑시와 보편적인 생활시를 1, 2, 3, 4부에 배치하고 제일 마지막 부에서 절대자에 대한 신앙시를 수록하고 있다.

『한 잔의 커피가 있는 풍경 2』뿐만이 아니라 『그대 곁에 걸을 수 있다면 2』, 『네가 내 가슴에 없는 날은』, 『사랑이 눈을 뜰 때면』 등 그의 시집 곳곳에서 이런 편집구성을 찾아볼 수가 있는데, 일각에서 바라보는 에로스적인 작품에 대한 비판과 부정적인 시각에 대한 물 타기 작업 혹은 무마용 편집으로 이해된다.

용혜원은 일반 시인들과 다른 독특한 신분, 목사라는 성직을 겸하고 있다. 에로스적인 작품들 위주로 발표한다면 가볍고 충동적이라는 부정적인 비판을 피할 수 없고, 기독적인 작품들만을 수록한다면 비 기독자들의 반발에 부딪혀 시인의 인기를 상실할 수 있기 때문에 신앙시만을 구별해서 한 권의 시집으로 따로 묶지 않고, 출간되는 시집의 마지막 부에는 거의 신앙시를 붙여, 독자들을 의식하는 지혜로운 방편을 선택했다고 할 수가 있다.

목회자가 실천목회를 통해서 성도들을 돌아보고 관리하듯이, 전국에 흩어져 있는 독자들의 관리를 게을리 할 수가 없고 무시할 수 없는 것이 시인이다. 화자는 이것을 깨닫고 있다. 사실, 시가 시인의 전유물일 수 없는데도 난해한 창작을 시도하여 시를 읽는 대중들을 의식하지 않고 배려하지 않는다는 것은 시인의 독선적인 아집에서 비롯된 중대한 과오가 아닐 수 없다. 기독자나 비 기독자를 떠나서 사랑이란 주제 안에서 그들을 하나로 묶기 위해서는 자신의 신앙에 역행하고 빗나가는, 때로는 가볍고 충동적인 시를 쓸 수밖에 없는 심각한 고민과 갈등이 내면에 상존하고 있었다고 할 것이다. 그러나 화자의 시적발상은 기독교 정신에 뿌리를 두고 있고, 표출이나 발화 역시 기독교적임은 부정할 수 없다.

그렇다면 에로스적인 패턴의 사랑시가 과연 천박하고 가벼운 것인가 하는 데 주목하게 된다.

> 그대와 마주앉아
> 얼굴을 바라보며
> 커피를 마실 때면
> 행복하다
>
> 입술에 묻어나는
> 커피의 쓴맛 후의
> 달콤함이
> 우리들의 사랑 같다
>
> 어느새

마신지도 모르게
잔은 비워지지만
어느새
깊이 빠진지도 모르게
우리 사랑은 가득 채워진다

그대와 마시는 커피라면
어느 곳에서 마셔도
행복하다
나는 그만
그대에게 빠져버리고 싶다

— 「그대와 마주 앉아」 전문

위 시에서 행간을 이어가며 가장 많이 쓰인 단어는 '그대'이다.

그대라는 단어는 사랑하는 사람을 '너'라고 부르지 않고 정답게 높여서 일컫는 말이기도 하지만, 사랑을 주제로 한 시에서 '그대'의 묘미를 찾는다면 편안함과 따뜻함을 획득하는 역할이라고 할 것이다. 그대라는 용어는 서정시의 용어라기보다는 산문화된 어휘이지만, 사랑을 모티프로 하고 있는 작품들에서는 시의 흐름을 부드럽게 연결시켜 주는 데 있어서 배제할 수 없는 단어이기도 하다. 시인이 즐겨 사용하는 그대라는 단어는 에로스적인 '그대'인가 아니면 필리아를 초월하는 아가페적인 '그대'인가 하는 문제인데, 평자의 판단에는 전자와 후자를 포괄하고 있다고 판단된다.

「그대와 마주 앉아」 시의 전문을 보면 사랑하는 사람에게 전자 메일이나 편지 글 속에 끼워 보내고 싶은 충동을 느낄 정도로 달콤한 맛을 내면서 감미롭게 읽혀진다. 기독자들은 사랑하는 연인이나 남편을 그대라는 위치에서 잠시 내려놓고 절대자의 존재로 탈바꿈, 형상화시키면 '그대'는 또 그렇게 읽혀지면서 절대자와 함께 한 잔의 커피를 마시는 신비한 체험을 할 수 있을 것이다.

시인 용혜원의 시에서 '그대'는 인간만을 지칭하지는 않는다. 높고 거룩한 하나님, 절대적 신앙의 대상인 신의 존재도 포함하는 양면성을 지니고 있다.

그대의 얼굴을 바라만 보아도 "나는 그만/ 그대에게 빠져버리고 싶다" 사랑하는 연인들이 서로의 가슴 속에 얼굴을 묻고 행복에 빠져들고 싶듯이 기독자들은 절대자의 가슴에 자신을 묻고, 삶의 무거운 짐을 내려놓고, 진정한 평안을 얻는 체험적 은혜를 갈망한다. 그러므로 이 시를 읽는 독자들의 정서적 교감은 종교적 유무를 떠나서 매우 다양하게 표출될 것이다.

위 작품에서 화자는 상상력을 통한 아름다운 발상으로 한 잔의 커피를 마시면서 평범한 연인들의 행복을 노래하고 있는 것처럼 보이지만, 그 지평의 끝은 영원한 신의 목전에까지 연결시켜놓고 있기 때문에 사랑을 노래한 화자의 시들이 가볍다, 혹은 천박하다는 비평은 삼가야 할 것이다. 왜냐하면 시인은 결코 저속한 사랑, 육체적이고 쾌락적인 사랑을 노래하지 않았지만, 시를 감상하는 독자들의 시각이 감각적이며 원초적 본능 수준에 머물러 있기 때문이다.

시인은 현실을 인식하고 변화된 시대에 적절한 작품으로 기독교의 정신과 사상을 접목하고 있을 뿐, 시를 읽어 이해하는 긍정과 부정의 관점들은 개인의 상상에 속하는 영역으로 인정할 수밖에 없다. 그래서 화자는 작품에 대한 비평에도 침묵을 유지한 채, 사람을 마음을 감동으로 움직이는 시의 기능을 복음 전파와 연결시키면서 자기 할 일만 충실히 하고 있을 뿐이다.

3. 눈물과 사랑으로 금이 간 유리잔을 붙이다

용혜원의 의식은 인간을 인간답게 만드는 근본적인 힘은 사랑뿐이라고 인식하고 있는 것 같다. 『한 잔의 커피가 있는 풍경 2』에서뿐만이 아니라 여러 작품 속에서 금이 간 사랑의 유리잔을 시문학이란 본드로 덧칠해서 흉한 흔적을 남기지 않고, 깔끔하게 붙이기 위한 혼신의 노력을 다하고 있음이 감지된다.

화자는 삶에 지친 인간들이 사랑이란 울타리 안에서 현실의 불만을 잠재우지 못하고, 금이 간 유리잔을 이별의 길바닥에 내던져 박살을 내버리지 않을까, 그것이 두려운 것이다.

그래서 할 수만 있다면 강퍅하고 갈등하는 굳은 마음을 부드럽게 만들어서 인연의 포도주가 찰랑이는 사랑의 유리잔을 깨트리지 말고, 삶의 갈증도 낭만으로 즐기며 이 세상을 멋스럽게 살아주기를 바라는 애틋한 심정이 작품 속에 내포되어 있다.

사랑이 갖는 절대적이고 초자연적인 힘은 악한 인간을 선하게 만드는 능력일 것이다. 화자가 문학의 기능에 의존하여 사랑을 주제로 한 시를 쓴다는 것은 하나님께서 주신 탁월한 능력이며, 설교하는 임무 외에 목사에게 주어진 또 하나의 사명이고, 본분으로도 이해되어진다.

우리들의 감정이
살아 있을 때
떨어지는
진실

우리들의 마음이
고백되어질 때

흘러내리는
아픔

— 「눈물」 전문

　2연으로 간결하게 이루어진 이 작품에서 눈물에 대한 정의를 진술하고 있다. 이 시를 쓰게 된 동기는 기도하는 가운데서 자신의 눈에서 흘러내리는 애통과 아픔을 표현한 것으로 보인다. 행을 늘리지 않고 줄여 쓰면 되는 것을 "떨어지는/ 진실", "흘러내리는/ 아픔" 등으로 행을 바꾸어서 강조를 시도한 것은 창작을 할 때나 기도를 할 때 수반되는 눈물의 진정한 가치를 최대한 부각시키는 작업이다.

　화자는 눈물을 흘리면서 시를 쓰고, 시의 기능을 통해서 깨어지기 직전, 사랑의 유리잔을 보존하는 사명을 감당하고 있다. 그 이유는 작품들마다 성찰의 눈빛으로 바라보면 기독교 정신이 용해되어 있기 때문이다. 간결하면서도 씹으면 씹을수록 맛이 나고, 여러 번 반복해서 읽다보면 시를 읽는 독자들로 하여금 상상의 날개를 펴게 하는 작품들이 결코 가볍지만은 않아 보인다.

그대와
함께 있으면
한 잔의 커피로도
사랑을 나눌 수 있다

그대와
함께 있으면
한 잔의 커피로도
행복할 수 있다

— 「그대와 함께 있으면」 전문

일상에서 마시는 '한 잔의 커피'로도 사랑의 향기를 뿜어내며 시적 이미지화를 시도하고 있다. 2연으로 이루어진 이 작품에서 행복과 사랑의 본질적 가치, 그 위대함 속에 내포된 평범함을 그대와 마시는 한 잔의 커피에 담겨 있다고 외치고 있는데, 사랑에 대하여 일관된 이미지를 만들어내고 있는 시적 탐구의 깊이 또한 예사롭지가 않다.

"그대와/ 함께 있으면/ 한 잔의 커피로도 사랑을 나눌 수 있다" 이 말은 화자 스스로 깨달은 진리이며 직간접체험에서 얻어진 것들이다. 한 잔의 커피로 사랑을 나눌 수 있다는 말은 먼저 한 잔의 커피를 둘이서 함께 만들어야 한다는 것을 전제로 하는 은유적 함축이 숨어 있다.

커피와 설탕은 적절한 함량으로 배합되어야 한다. 그렇지 않으면 너무 쓰거나 달다. 그래서 맛깔스런 한 잔의 커피를 만들기 위해서는 그대와 내가 사랑으로 융합된 온전히 신뢰를 바탕으로 하나를 이루어야 한다는 그윽한 교훈을 담고 있다.

남편은 커피, 아내는 설탕적인 존재이며 각각 주어진 역할과 본분이 있다는 뜻으로, 각각 분리되어서는 맛있는 커피가 될 수가 없다는 것이다. 인생의 커피 잔 속에서 사랑으로 녹아져 일심동체가 된다면 2연에서 말하고 있는 "한 잔의 커피로도/ 행복할 수 있다"는 시인의 깨달음과 일치를 이루게 되는 것이다. 화자는 「그대와 함께 있으면」이라는 간결한 작품에서 하고 싶은 말들이 많은 것 같다. 그러나 깊이 투영된 진리는 시를 읽는 독자들의 몫으로 남겨진다.

문학을 하는 시인들은 타인의 작품을 건성으로 읽고 스쳐가는 악습이 있지만, 일반 독자들은 그렇지 않다. 자신이 존경하고 좋아하는 시인이 쓴 작품이라면 어떤 깨달음이 올 때까지 몇 번씩 반복해서 재생시킨다. 시를 쓴 심정적 위치에 파고들어가 철저히 인식하고 싶은 충동감에서 진지하게 접근하기 때문에 독자들의 감성 시력이 시인들보다 더 날카롭고, 깨달음을 통한 진리적 금덩이를 건져 일상의 지혜로 활용하고 있는 것이다.

　물질문명과 과학의 발달이 순수문학만 질식시킨 아니라 사랑에도 변주를 일으켜서 쾌락적·감각적·육체적 불륜으로 끌고 가고 있고, 한 번 갈등의 골이 패이면 회복이 불가능한 위기의 시대를 살고 있다. 화자는 사랑의 유리잔이 금이 간 것까지는 어쩔 수가 없다. 그러나 그것을 쉽게 내던지거나 깨트려서는 안 된다는 종교적 사명감으로 창작의 열정을 불태우고 있다.

　용혜원의 시는 인생의 바다에 떠 있는 바위섬과 같다. 드러난 부분보다 은유로 감추어진 부분이 더 깊다. 멀리서 바라보고 행복을 느낄 수 있는 진리적 낭만을 숨기고 있지만, 그것은 발견해내기는 어려운 것이다. 그 이유는 현대인들은 시의 본질이나 메시지를 추적하지 않고 외형적인 껍데기만을 취하는 경향이 있기 때문이다.

4. 아가페의 지향 그리고 종착

　용혜원의 시가 때로는 유희적 천박한 사랑을 노래하는 것 같기도 하고, 감정적 충동을 불러일으켜 육체적 사랑과 정신적 사랑의 욕구를 자극하는 혼돈을 주고 있는 것 같이 오해될 때도 있다.

　그러나 진정한 목적은 사랑의 배에 인간들을 싣고 유토피아의 세계를 향해 멋진 항해를 하고 싶은 것이며 때로는 춤과 노래를 곁들인 향연을 베풀어서 지루한 항해의 이탈자를 막는 역할을 하고 있다. 그렇다면 과연 화자가 소망하는 종착지는 어디인가. 고단한 삶을 살며 종살이하던 애급 땅을 탈출한 이스라엘 백성들의 목적지, 젖과 꿀이 흐르는 가나안 땅이 아닐 수가 없다.

한평생
한마음으로
오직 예수그리스도만
바라보며 살아온 삶

하늘을 바라보며
기뻐하고
하늘을 바라보며
감사하며 살아온 삶

뒤돌아볼 겨를도 없이
주님만 바라보며
살아온 세월
오직 예배하며 찬양하며
주 안의 기쁨으로 살아온 삶

지난 세월 감사하며
오늘도 내일도
주 예수만을 찬양하리라

한평생
한 마음으로
날마다 순간마다
주 예수만으로 경배하리라

— 「한평생 한마음으로」 전문

　　그 옛날 모세의 지도 하에 400년 동안 종살이하던 애급 땅을 출발한
이스라엘 백성들은 가나안을 향해 떠나기는 했지만, 광야에서 춥고 배
고픈 현실의 고통을 이겨내지 못하고, 신의 뜻에 어긋나는 우상을 숭

배하여 금송아지를 만들기도 했고, 지도자 모세에 대하여 불만과 불평을 노골적으로 토로하기도 했다.

이 작품에서 시인은 모세와 같은 사명자적 위치에서 글을 쓰는 신의 대리인으로 말하기를 "한평생/ 한마음으로/ 날마다 순간마다/ 주 예수만을 경배하리라" 외친다. 한 권의 시집 속에서 자신이 던져준 문학적, 에로스의 떡덩이들이 곰팡이 피고 상한 것이 아니라 인간이 가야 하는 최후의 종착지를 향해 가는 길에 꼭 필요한 문학적 양식임을 강조하면서 인식시키고 있다.

시를 쓰는 시인들은 창작의 뚜렷한 소신과 목적의식을 지니고 있다. 휴머니즘 시인 한용운이 그러했고, 기독교적 서정시인 윤동주가 그러했다. 화자 역시 창작의 분명한 목적을 지니고 조금은 세속화된 언어로 시를 쓰고 있다. 그렇다고 문제될 것은 없다. 사과나무는 틀림없는 사과나무이지, 배나무가 될 수는 없다. 품종은 달라도 사과나무에는 사과가 맺힌다.

문학의 특징은 종교적 갈등에서 비롯되는 일체의 거부감을 초월한다. 그래서 불교를 믿는 사람들이 성경 읽기를 거부하고, 성경을 읽는 기독성도들이 불경을 가까이 하지 않지만, 문학의 포용력이나 영향력은 그렇지 않다. 종교의 벽을 허물고 시적 유토피아의 행복을 공유하고 지향하는 아름다운 기능을 가지고 있는 것이다.

「한평생 한마음으로」 이 시가 지니고 있는 텍스트, 그리고 화자를 감싸고 있는 베일을 벗겨보면 실체가 보인다. 그것은 광야 길을 앞서 가는 인도자의 모습이고 역할이다. 길은 육체적이고 정신적인 사랑, 에로스와 필리아의 노정을 택해서 빙빙 돌고 있어도 종착지, 아가페의 사랑동산까지 한 사람이라도, 한 영혼이라도 더 이끌어가고 싶어하는 열정적 몸부림이 드러난다.

그렇다면 화자의 시가 가볍고 세속적인 육체적 사랑을 노래하고 있는 것이 아님을 알 수가 있다. 소돔, 고모라 같은 이 시대를 향하여 비탄의 언어를 토로하며 흐느끼는 진정한 실체를 그의 작품 속에서 발견할 수 있다. 평자는 화자를 감싸거나 옹호하고 싶지는 않다. 그러나 그의 시세계를 포괄적 시각으로 바라보지 못하고, 단면만을 보고서 왜곡 평가하는 예단과 오류는 바로잡고 싶은 것이다. 육체적이고 에로스적인 시적 표현들은 비유를 들어서 진리를 쉽게 설명하고 싶은 전도자들의 설교 방편과 같은 맥락에서 이해되어야 할 것이다. 사랑을 노래한 다양한 시의 주제들은 타락의 극치를 달리는 현대인들의 쾌락적 사랑과는 구별된 거리를 유지하고 있다는 것이다.

> 오! 어리석은 백성들이여!
> 하나님은 우리를 사랑하사
> 십계명을 주셨거늘
> 너희들은 어찌하여
> 때를 기다리지 못하고
> 우상을 만들어 섬기는가
>
> 분노뿐이로다
> 어리석은 백성들이여
>
> ―「증거 판을 든 모세」 중에서

모세가 십계명을 기록한 돌 판을 들고 돌아와 보니 금송아지 우상을 만들어놓고 절하고 춤추는 인간들의 패역과 광란의 굿판을 보면서 신의 분노를 묘사한 시를 보면서 어쩌면 시인이 감추고 있는 참 모습의 실체가 시적 화자 모세일지도 모른다는 생각을 갖게 된다.

에로스적인 문학작품들은 아가페적인 씨앗을 심기 위한 땅을 고르는 예비 작업이라는 생각에서 벗어날 수가 없다.

화자의 시편들이 21세기 디지털시대, 타락의 극치를 달리는 인간들의 사랑관에 어떤 영향을 줄 것인가, 그 결과를 떠나서 그의 삶은 축복받았다고 말하고 싶다. 왜냐하면 혼자서 걷기도 힘든 광야 길을 걸어가 가나안으로 가는 여정에서 사랑 때문에 아파하고 울며 지쳐서 쓰러진 대중들을 부축해서 끌어안고, 다윗처럼 신의 사랑을 시적인 언어로 노래하는 사랑의 등불을 밝히면서 묵묵히 걷고 있기 때문이다.

5. 목회자, 시인의 삶

에로스가 필리아를 통해서 정화되고 필리아는 아가페를 통해서 구원의 종착에 이르게 된다는 것을, 사랑 때문에 목숨도 버릴 수 있다고 외치며 울고 웃는 인간들은 과연 알고 있는 것인가.

용혜원은 이것을 가르치고 깨우치기 위하여 목회자와 시인이라는 두 가지 직업에 충실하다. 그의 시편들은 난해성을 탈피, 운문과 산문의 혼합적 시법을 띠고 있으며 에로스적인 사랑의 독백 형태로 다가서는 피치 못할 약점을 노출시키고 있지만, 반복 재생시켜 시를 읽는 독자들과 작품 속에서 교감을 형성한다. 결국 시인과 독자가 한 잔의 커피를 함께 마시는 낭만적 미팅이 작품 속에서 이루어지고 있다. 평자는 그만의 독특한 시법이며 시적 기교라고 말하고 싶다.

시인에게 있어서 시를 쓴다는 것은 하나의 운명이다. 그리고 자신의 혼을 담은 총체적 정신세계를 보여주는 것이다. 화자의 작품들 속에는 그만이 간직하고 있는 신앙과 철학, 사랑이 함축되어 있어 대중가요를 부르는 가수들이 발표하는 신곡들처럼 문학적 리듬을 타고 이 시대를 살아가는 메말려버린 인간들의 가슴을 촉촉이 적시며 행복의 꽃을 피우는 단비의 역할을 하고 있다. 화자에게 붙어 있는 '사랑시인'이란 명칭은 적합한 이름표가 아닐 수 없다. 신학과 문학의 노정을 함께 걸

어가면서 자신에게 주어져 있는 두 가지 사명을 충실히 감당하고 있는
모습이 오히려 신선하게 느껴진다.

> 서로
> 등 돌리고
> 가버리면
> 영영
> 보이지 않았습니다
>
> ―「이별」 전문

　행과 행을 연결시켜 놓으면 2행밖에는 안 되는 시이지만 5행으로 나
누어 이별에 대한 여운을 남기며 가슴 아리도록 연결시키고 있는 시법
이 참으로 독특하다.

　앞서 언급했지만, 비평이란 일괄적인 잣대로 수학공식처럼 선을 그
을 수 없는 것이 아닌가 하는 생각을 갖고 있다. 왜냐하면 봇물 터지듯
시단에 쏟아져 나온 그의 작품들이 절망의 거리를 힘차게 걸을 수 있
도록 눈물을 닦아주는 활력소가 된 긍정적인 부분들이 더 넓고 깊기
때문이다.

　『한 잔의 커피가 있는 풍경 2』 시집 후기에서 "우리 한 잔의 커피를
맛있게 마시지 않으시겠습니까? 우리들의 삶 속에 가득한 주님의 사
랑을 느끼면서 말입니다" 하고 독자들에게 자신의 심정을 토로하고 있
다. 여기에서 우리가 다시 한 번 생각해야 할 것은 '문학이란 진정 무
엇인가, 시란 진정 무엇인가, 왜 존재해야 하는가' 일 것이다. 문학의
본질, 그 역할은 무엇인가. 주어진 현실을 극복하고 미래적 삶에 대하
여 소망을 갖고 긍정적인 삶을 펼쳐 가는 데 자아를 성찰하는 보조적
도움을 주려는 것이다.

용혜원의 작품들은 이 세상을 향해서 진실한 사랑과 인생의 낭만을 목청 높여 노래하고 있다. 그리고 마음 속 깊이 쌓여 있는 절망의 부패한 먼지들을 쓱쓱 쓸어낼 수 있는 한 자루 경건한 빗자루의 역할을 감당하고 있기 때문에 남녀노소 구분 없이 애송하고 있다.

시인이며 목회자인 용혜원의 시, 오랜 전통의 나무로 짠, 서정의 난해한 식탁에서 딱딱한 밥을 먹기를 강요당하던 현대인들에게 광야에서 이스라엘 백성들이 공급받았던 만나와 메추라기처럼 시대적 별식과 별미로 제공되고 있다. 한 가지 분명한 점은 기독교를 부정하거나 외면하는 독자들에게도 충분한 감동을 안겨주고 있다는 점이다.

모성의 그리움, 문학적 변주
그 상관성(相關性)

황금찬론

1. 존재적 원형의 상징, 어머니

황금찬 시인의 시집 『어머니와 뻐꾹새』를 읽었다.

이 시집은 2005년 5월에 출간(도서출판 천우)된 것으로, 청년의 때 타계하신 어머니에 대한 그리움을 애틋하게 표현하고 있어 눈시울을 붉혔던 기억이 있다. 그때, 이 시집에 대한 작품론을 쓰고 싶었으나 차일피일 미루다 시간이 흘러버렸는데 어느 문학행사에서 뵙게 된 노 시인의 모습에서 고독의 그림자가 짙게 감지되었기에 다시 한 번 통독하게 되었다.

인간에게 있어서 어머니는 모든 존재가 파생되는 원형의 상징인 동시에 고귀한 생명을 신으로부터 부여받는 통로이고 근원이다. 그러므로 어머니 없이 이 세상에 태어난 존재는 아무도 없다.

> 1940년
> 그때 어머님의 연세가 57세
> 나는 23
> 어머님이 가시고
> 나는 60년을 더 살아 있다
> 지금 나는
> 가실 때 어머님보다

늙고 병들었다

— 「내가 어머님을 만나면」 중에서

고아는 있어도 어머니가 존재하지 않는 사람은 없고, 어머니에 대한 그리움을 갖고 있지 않는 사람도 없다. 왜냐하면 우리는 그 육체를 빌어서 이 세상에 태어났고, 눈을 뜰 때 제일 먼저 뵙는 분인 동시에 세상을 올곧게 살아갈 수 있도록 방향을 제시해주는 이정표이며, 해산의 고통과 희생적 사랑을 쏟아 인생나무를 튼튼하게 가꾸어주신 자양분이기 때문이다.

황금찬 시인이 어머니에 대하여 갖는 그리움은 순간적으로 울컥 솟아나 소멸되지 않고, 삶의 종착점까지 지속성을 갖는다. 위의 시에서 보면, 그 품에 안겨 말라버린 젖을 물고 울던 유아기도 아니고 초등학교를 다니던 유년기도 아니었다. 사춘기도 넘긴 23살 청년의 때, 운명적 이별의 슬픔을 겪었으며 그 후 수많은 세월이 흘렀다.

「내가 어머니를 만나면」 이 작품이 쓰인 때는 화자의 삶, 83세의 일이다. 그리고 2005년 88세의 때, 『어머니와 뻐꾹새』는 한 권의 시집으로 출간되어 모습을 드러낸다. 모성에 대한 사유의 그리움이 화자의 의식을 지배하고 있었다 해도 흘러간 세월은 망각의 시간으로 충분하지 않았을까 하는 의문을 갖게 된다. 시인의 기억에 의하면 어머니가 묻혀 계신 곳은 명절이 돌아와도 성묘도 할 수 없는 분단의 땅임을 알수가 있다. '함경북도 성진 연호동 그 공동묘지' 라고 구체적으로 진술하고 있다.

그런데 평자의 생각에 어머니는 그곳에 묻혀 있는 것이 아닌 것 같다. 비바람에 젖지 않고 잡초도 자라지 않는 아들의 넓은 가슴 속, 깊은 곳에 이장되어 하루에도 몇 번씩 그리움으로 환생, 부활하면서 모자(母子)간 애틋한 사랑을 주고받고 있다.

시인의 의식 속에 자리 잡고 있는 어머니라는 존재는 이렇게 특별하다. 그 이유는 세월의 바람에도 꺼지지 않고 타오르고 있는 효심의 불꽃에서 찾아야 할지 모르지만, 오늘 평자의 탐색이 극도의 이기주의, 물질의 탐욕 때문에 패륜을 저지르고 부모와 자식 간 단절되어가는 천륜을 회복하거나 소생시키는 '계기'가 되어졌으면 하는 기대를 갖게 된다.

2. 어머니와 뻐꾸기, 시적 묘사 그 동기에 대하여

황금찬의 작품을 읽으면서 시집의 표제는 물론, 가슴 아프게 묘사되고 있는 '뻐꾹새'의 울음에 대하여 주목하게 된다.

시의 소재로 등장하는 뻐꾸기는 어머니의 상징이면서도 그리움의 절정으로 묘사되고 있는데, 수많은 조류들 중에서 왜 하필 뻐꾸기일까 하는 의문이 생긴다. 뻐꾹새는 두견과(杜鵑科, Cuculidae)에 속하는 흔하고 흔한 여름철새이다. 5월에서 8월까지 한국 전역에 날아들기 때문에 신록이 우거진 숲길이나 시골 길을 걷다보면 여기저기서 뻐꾹뻐꾹 들려주는 정겨운 노래에 취하여 잠시 발걸음 멈추고 그 존재를 찾아보지만 눈에 쉽게 띄지 않는 작은 새이다.

이런 시각으로 접근해볼 때 시골 숲길에서 흔히 만날 수 있는 뻐꾸기는 가고 싶어도 갈 수 없는 두고 온 '고향'의 상징으로 자리 잡고 있다. 또한 전국 산야에 널리 분포되어 있다는 점에서 누구에게나 존재하고 있는 어머니를 상징하고 있다. 뻐꾸기를 주제로 삼은 시적발상과 이미지의 함축, 그 깊이가 감동의 파장을 유발시킨다.

수동아!
엄마가 죽으면 어느 곳으로 가는지

알고 있느냐
수동아?

수동이는 엄마가 죽어서 가는 것을
모르고 있었습니다

엄마, 엄마가 죽으면 어디로 가?
수동이는 엄마에게 물었습니다

엄마는 죽으면 산으로 간다
저렇게 푸른 산으로 간단다

산에 가서 뭘 해 엄마
수동이는 물었습니다
뻐국새가 되지
수동이가 보고 싶을 땐
언제나 우는
뻐꾹새가 되지
수동아

그럼 나도 뻐꾹새 될래
엄마 따라
엄마는 큰 뻐꾹새
나는 작은 뻐꾹새

뻐꾹, 뻐꾹
엄마는 뻐꾹새처럼
울어보았습니다
어머니

— 「엄마가 죽으면」 전문

이 시의 창작 동기는 유년시절, 뻐꾹새 우는 소리를 들으며 질병에 시달리는 어머니와 주고받는 생생한 대화의 묘사일 수도 있고, 사후 시적발상으로 이미지화시킨 상상일 수도 있지만 직접체험으로 형성된 과거적 경험과 추억들이 관류하고 있는 것 같다. 위 시에서 등장하는 '수동이' 는 화자의 어릴 적 또 다른 이름이거나 예명인 것 같다.

엄마와 아들의 대화형식 서술을 보자. "엄마는 죽으면 산으로 간단다" 그때 아들이 묻고 있다. "산에 가서 뭘 해 엄마/ 뻐꾹새가 되지/ 수동이가 보고 싶을 땐/ 언제나 우는/ 뻐꾹새가 되지" 사랑하는 아들을 두고 멀리 떠나야 할 것을 직감하고 있는 어머니의 대답은 아들이 장차 시인이 될 것을 예감하고 있었는지 모르지만, 상당히 시적인 대답을 던져주고 있다. 하지만 당시의 현실 상황에 맞는 적절하고 생생한 표현이었다. 왜냐하면 바로 그때, 뒷산 뻐꾸기는 구슬프게 울고 있었기 때문이다.

어머니는 몸도 키도 그리 크지 않았다는 시인의 회상에서 감지되듯, 고인은 어떤 질병을 앓아 오랫동안 고생하고 있었던 것 같다. 그러다 화자의 나이 23살 1940년, 이 세상을 떠나 평생에 그리던 신앙의 종착지 영원한 본향, 천국에 입성하게 된 것이다. 어머니의 영혼은 천국을 향해 뻐꾹새처럼 날갯짓 하지만, 육신은 한 줌 흙이 되어 산속에 안면(安眠)하게 된다. 그날, 황금찬의 기억 속에 남아 있는 것은 무엇인가.

뻐꾸기가 운다
어머니 가슴에
파란 봉분이 쌓이던 날
그날도 저렇게
뻐꾹새가 울었다

나는 뻐꾸기가 되리라

울음도
잃어버린
이 적막한 세기말적
도시에서
혼자서 우는
뻐꾸기가 되리라

— 「뻐꾸기」 중에서

어머니의 육신을 공동묘지에 모시던 날, 화자는 통곡의 삽질로 슬피
울었고 산속 뻐꾸기 역시 뻐꾹, 뻐꾹, 이제 헤어져야 한다네, 아들과
어미가 이별해야 한다네, 어머니의 환생인 듯 구슬프게 울었다고 진술
하고 있다.

화자의 기억 속에서 어릴 때부터 수없이 듣고 들어 각인되어 있는
뻐꾸기 소리는 그 후 어머니에 대한 그리움으로 환치되어 고착되어 버
렸고, 삶의 길을 걷는 동안 자신도 뻐꾸기처럼 울며 시혼을 담아내는
창작행위에 젊음과 열정을 바쳤음을 유추할 수 있다.

3. 어머니에 대한 그리움, 삶의 영향

1) 종교적 영향

황금찬의 어머니는 독실한 기독교 신자였다. 1900년대 초, 미국 북
장로교 선교사들은 한국의 예루살렘이라고 불리던 평양을 중심으로
해서 복음을 전파하였고, 곳곳에 성전을 세웠기 때문에 화자의 어머니
도 예수를 영접하는 신앙적 기회를 받아들여 세례교인이 되었을 것이
다. 그 당시 대부분의 여성들처럼 정규교육을 받지 못한 것은 어쩔 수

없는 시대적 불운으로 판단된다. 그러나 어머니가 학문적으로 무식하면서 지혜로울 수 있었던 배경은, 신앙생활을 통하여 얻은 하나님의 축복이라고 하겠다.

> 감사헌금으로
> 오전짜리를 주시면서
> 기도를 같이 주셨다
> 이 아이들도 좀 더 큰 돈으로
> 감사헌금을 드리게 하여 주십시오
> 예수님
> 아멘
>
> ―「추수감사헌금」 전문

책머리, 시인의 말을 인용하면 어머니는 상당히 지혜로운 분이셨던 것 같다. 그냥 추수감사헌금을 손에 쥐어주며 예배당으로 보내지 않고 아들을 앉혀놓고 먼저 기도를 드린다.

철학자 칸트는 사람은 "교육에 의해서만 사람이 될 수 있다. 인간은 교육의 산물이다"라고 했는데, 어머니로부터 신앙교육을 철저히 받은 시인은 수십 년의 세월이 지났지만 기도하시던 어머니의 모습과 그 내용까지도 생생하게 기억하고 있다. 일찍 세상을 떠났기에 아들의 인생길을 앞서가면서 일거수일투족 인도하지는 못하지만, 그 삶에 끼친 지대한 신앙적 영향은 살아생전 모습과 함께 각인되어 있어 어머니가 즐겨 부르던 찬송가 273장, 276장 등을 기억하고 있다. 그렇다면 어머니의 신앙이 유전되어 삶에 끼친 영향에 대하여 접근해보자.

> 새벽 4시
> 나는 뻐꾸기 소리에

잠을 깬다

그리곤 다시
잠이 들지 않는다

젊은 어머니와
늙은 아들의 대화

어머니는
저보다 늙지 않으셨습니다
그래 너는 에미보다
늙었구나

제가 어머니보다
많이 더 오래 살고 있는 걸요

너는 이 에미의
가장 사랑하는 아들이지
늙어가는 네 모습이
울고 싶도록 아름답구나

―「겨울 뻐꾸기」 중에서

    이 작품에서 화자는 "새벽 4시 뻐꾸기 소리에 잠을 깬다"고 말하고 있다.

    새벽 4시에 뻐꾸기 소리가 들린다는 것은 무엇을 뜻하는 것인가. 새벽 4시가 되면 깨어서 기도하던 과거적인 어머니의 기도 행위를 회상하고 있는 것이다. 그 당시 예배당 가까이 근접하여 생활하는 교인들은 성전을 찾아서 기도했지만, 멀리 떨어져 있는 교인들은 새벽기도회에 참석을 못해도 잠자리에서 일어나 기도하고 성경을 읽으면서 하루를 시작했다.

황금찬 시인은 지금도 새벽 4시면 잠이 깨어서 다시는 잠이 들지 않는다고 말하고 있다. 그 뜻은 어머니와 함께 새벽기도를 드리는 것으로 일상을 시작하고 있다는 고백이다. 그리고 어머니가 생존해계신 듯 대화를 주고받는 시적상황을 재현하고 있다. 평자의 생각에도 작품 속에서만이 아니라 실제생활에서 어머니가 생존해계신 듯 대화하며 삶을 영위하고 있다는 생각을 떨칠 수 없어 화자의 효심, 그 독특함을 감지하면서 감동에 젖었다.

어릴 때부터 부모의 뜻에 따라 유아세례를 받고 신앙생활을 잘하던 사람들 중에서도 어느 정도 장성해서, 혹은 결혼해서 가정을 이룬 후 교회를 등지고 세상 속에 파묻혀버린 종교적인 탕자들은 수없이 많다. 어머니는 고인이 되어 그의 곁을 떠나갔지만, 인생의 산에 우뚝 서 있는 아들이라는 나무 위에 깃든 한 마리 뻐꾹새가 되어서 뻐꾹뻐꾹 기도하며 빌고 있는 것이다.

자신이 드리는 새벽기도를 「겨울 뻐꾸기」 마지막 연에서 이렇게 진술한다. "어머니는/ 새벽 4시가 되면/ 늘 우시고 있다" 산 자와 죽은 자, 기도의 주체와 대상이 바뀐 역설적이면서도 멋진 표현이 아닐 수 없다. 그런데 뻐꾸기는 여름조류인데 왜 겨울뻐꾸기일까. 삭풍이 불어치는 겨울에는 새벽기도 드리기가 쉽지 않다. 웬만한 신앙의 깊이로는 어림도 없다. 그래서 겨울 새벽기도회는 참석하는 성도들의 숫자가 적어 예배당이 썰렁하다. 눈이 내려 꽁꽁 얼어붙은 빙판길, 기온이 영하로 내려가도 황금찬은 어머니가 깨우는 뻐꾸기 소리에 일어나 하루를 기도로 시작하고 있다는 신앙적 경건에 대하여 부각시키고 있다.

2) 문학적 영향

황금찬에게 있어서 창작의 열정은 어머니에 대한 그리움이 뻐꾸기 소리로 변환되어 들려오고 있기 때문인지 모른다.

1953년 〈문예〉, 〈현대문학〉을 통하여 데뷔하여 산문집 22권, 시집 35권을 출간했다. 산문집, 시집 등을 한 해에 몇 권씩 출간한 적도 있다. 황금찬 시인의 창작의 열정, 시적 상상력, 그 근원이 되는 사유의 출발점은 어디일까. 아무리 생각해도 자신의 가슴 속, 인생나무를 떠나지 않고 뻐꾹뻐꾹 노래하고 있는 어머니에 대한 그리움이 문학적 변주의 과정을 거치면서 정서와 융합, 다양하게 연주되거나 표출된 결과라고 생각할 수밖에 없다.

그리고 깊은 신앙심에서 흐르고 있는 자아성찰의 깨달음은 시대적인 흐름에 적절히 편승, 융합하면서 대중들의 삶에 꼭 필요한 양식이 되는 수많은 작품들을 탄생시켰다고 할 것이다.

사랑하는 아들아
내가 네게 일러주는 말은
잊지 말고 자라나거라

네 음성은 언제나
물소리를 닮아라
허공을 나는 새에게
돌을 던지지 말아라

칼이나 창을 가까이 하지 말고
욕심도 멀리하라
사랑과 인정도 끊을 수 있는
악마의 힘을 가지고 있는 것이

칼이요 창이 된다

— 「어머님이 하신 말씀」 중에서

이 작품, 「어머님이 하신 말씀」에서 감지되는 교훈적 메시지는 무엇인가.

"네 음성은 언제나/ 물소리를 닮아라/ 허공을 나는 새에게/ 돌을 던지지 말라"이다.

심오한 진리가 함축되어 있는 교훈이지만, 실천하기는 매우 어려울 것 같다. 허공을 나는 새에게 돌을 던져야 새를 잡을 수 있고, 새를 잡아야 불에 구워 허기진 배를 채울 것인데 어머니의 교훈은 그것이 허용되지 않는다.

칼이나 창을 가까이 하지 말고 욕심도 멀리하라고 했으니 약삭빠른 정치가나 양심을 속여 이익을 취하는 사업가도 힘들 것 같고, 성직자나 시인이 되는 것만이 어머님의 말씀에 부응할 수 있다는 생각이 든다.

물질적인 부를 추구하는 사욕을 멀리하면서 물소리 흐르듯 고운 음성으로 삶과 인생을 변주하고 진실을 탐색하는 시인이 된 것은 어머니의 기도로 성취한 응답인 동시에 하늘의 뜻이요, 복된 운명이 아닐까 싶다.

긴 전문을 다 소개하지 못했지만 「어머님이 하신 말씀」 마지막 연의 내용처럼 "포도송이에 별이 숨듯/ ……/ 바다에 떠 있는 섬" 같이 고독하게 살고 있는 것이다.

포도송이에 숨은 별은 하룻밤 머물다가 돌아가도 포도나무에는 피해를 전혀 주지 않는다. 바다에 떠 있는 섬은 시도 때도 없이 왕래하는 파도의 친구가 되어 자신의 가슴을 희생으로 내어주고 있다.

화자는 어머니가 뻐꾹뻐꾹 하면 자신도 뻐꾹뻐꾹 화답한다고 말하

고 있고, 엄마는 큰 뻐꾹새, 나는 작은 뻐꾹새라고 묘사하였는데 시적
순수성과 기교가 돋보인다.

　　　　밤마다 어머니가 오시어
　　　　허공에다 사랑의 사닥다리를 세우신다
　　　　그 사닥다리를 밟고 나는
　　　　별 밭으로 간다
　　　　우리들의 하늘에는
　　　　한 개의 별도 없고
　　　　어둠만이 있었다
　　　　별나라에서
　　　　몇 개 별을 캐다가
　　　　별이 없는
　　　　우리 하늘에
　　　　옮겨 심으리라
　　　　비로소 별이 없던
　　　　우리 하늘에도
　　　　별이 빛나게 되리라
　　　　그 날을 위해 나는 이 밤에도
　　　　별 밭으로 간다

　　　　　—「별을 캐는 아이」 전문

　황금찬은 '별'을 캐는 작업을 하고 있는 시인이다. 그것도 "밤에 사
닥다리를 타고 올라가서 별을 캐다가 우리 하늘에 옮겨 심는다"고 말
하고 있다.
　별을 캐는 작업은 혼자 힘으로는 안 된다. 밤마다 찾아오는 어머니
가 사닥다리를 세워주셔야 한다. 시인의 길을 걷고 있는 문학적 여정
에 있어서 어머니의 영향력을 진솔하게 고백하고 있다. 그러나 객관적

으로 판단해서 이해하기 어렵다. 어머니와 아들에게만 적응되는 신비한 상황이기 때문이다. 창작의 동기, 시적발상이나 교감, 이미지의 형상화에 있어서 뻐꾸기로 묘사되고 있는 어머니가 뻐꾹뻐꾹 울어주거나 사닥다리를 튼튼하게 세워주어야 한다는 것은 별을 따는 행위 즉, 창작의 모티프가 어머니의 영향이라는 고백이다. 그렇다면 출간한 시집, 산문집, 70여 권은 어머니의 사랑과 교감에 화답하여 밤마다 힘들게 별을 캐어 나른 산물이요, 진액을 짜낸 고뇌와 감성, 사유의 철학이 함축된 결과물들이라고 유추할 수 있을 것이다.

4. 맺음말

훌륭한 이력을 남기고 간 역사적 인물이나 위대한 존재들의 배후에는 반드시 어머니가 있었다. 조선조 위대한 학자 율곡 선생의 뒤에는 어머니 신사임당이 있었고, 보나파르트 나폴레옹 (Napoleon Bonaparte, 1769~1821)의 배우에는 어머니 루티치아가 있었다. 프랑스의 황제가 된 나폴레옹은 "오늘의 나를 만든 것은 나의 어머니"라는 칭송과 함께 깊은 감사를 드린다고 하였다.

23세 청년의 때, 고인이 되신 어머니가 90세를 넘긴 아들의 삶에 어느 한순간이 아닌 지속적으로 영향을 준 경우는 참으로 드물 것이다. 아니, 위대한 인물 그 누구에게도 찾아볼 수 없을는지도 모른다. 화자에게는 뻐꾸기로 묘사되는 어머니가 의식 속에서 생존하고 계셨기에 좌절과 절망을 극복하고 시인의 길, 그 정도(正道)를 걸어올 수 있었다고 생각된다.

황금찬은 북에서 남으로 내려올 때, 사랑하는 어머니를 가슴 속에 이장하는 작업을 했다. 시인의 고향 땅, 공동묘지에는 빈 관이 놓여 있을 뿐이다.

이제 마무리 시 한 편을 읽어보자.

　　내가 어머님을 만나면
　　나를 몰라보시고
　　"어느 마을에서 살던
　　노인이지?"
　　그때 나는 할 말을 못 찾을 것 같다

　　어머니! 전 어머니의 아들
　　금찬입니다
　　제 음성은 기억하시겠지요?
　　나는 뻐꾹새 소리로 울어본다
　　뻐꾹, 뻐꾹
　　어머님의 둘째 아들
　　뻐꾹새 금찬입니다
　　뻐꾹, 뻐꾹
　　이제 아시겠습니까
　　말씀하셔요
　　아시겠다고

　　　　— 「내가 어머님을 만나면」 중에서

　노 시인에게는 근심이 하나 있다. 그 근심은 너무나 아름답고 순수해서 평자의 입가에 잔잔한 미소를 머금게 한다. 23세 청년의 때 이별한 어머니를 천국에서 다시 만났을 때, 늙은 아들의 모습을 몰라볼까 걱정이 된다고 한 편의 시로 착잡한 심정을 전한다. 그리고 또 뻐꾹새 소리를 내어 운다. "뻐꾹, 뻐꾹……"

　이 뻐꾸기 소리는 시인, 황금찬이란 인생나무에 주렁주렁 열린 명징한 시의 열매, 창작의 열정을 규명할 수 있는 중요한 모티프로 자리 잡고 있지만, 평자 역시 그 신비한 힘의 실체에 대하여 독자들에게 다 이 해시킬 수는 없을 것 같다.

　대문호(大文豪) 셰익스피어의 명언 "여성은 약하다. 그러나 모성은 강하다"라는 말이 오늘 평자의 귓가에 뻐꾸기 소리로 들려온다.

　뻐꾹, 뻐꾹……

2

사랑의 언어와 영혼의 울림

현대판 막달라 마리아의 부활과
불변의 신앙 시학

김남조론

1. 들어가면서

시인 김남조는 1927년 보수적인 신앙도시 대구에서 태어나 1953년
첫 시집 『목숨』을 상재하면서 문단에 데뷔한 후, 오늘에 이르기까지
자신의 믿음과 신앙을 대변하는 작품들을 발표하여 독자들의 관심을
이끌어낸다.

첫 시집의 표제를 '목숨'이라고 붙일 만큼 대자연 속, 나무 한 그루
가 갖고 있는 생명력까지 소중하게 여기는 순수한 사랑과 박애정신으
로 충만한 시인임을 유추할 수 있는데 그 원천은 가톨릭신앙에 뿌리를
내리고 있다.

기독적 시학에 있어서 중요한 문제는 수많은 독자들을 종교적 성찰
의 길로 이끌어갈 수 있는 자의식을 통한 인격완성이 아닐까 싶다. 왜
냐하면 대중들에게 깊은 감동을 줄 수 있는 철학적 사유나 진리가 내
포되지 못한 작품은 외면받을 수밖에 없고, 전달하려는 메시지, 시인
의 목소리가 아무리 애절해도 독자들은 경청하지 않기 때문이다.

화자는 6·25 전쟁의 포성이 절정에 이른 1951년 서울대학교 사범대
학 국어교육과를 졸업했다. 그 후 마산고등학교, 이화여자고등학교 등
에서 교편을 잡다가 1954년 숙명여대 교수로 보직되어 제자를 양성하
는 일에 전심전력을 다하였다.

대학 강단을 지키면서 다양한 작품들을 시단에 쏟아냈는데, 이념의 갈등과 대립이 첨예한 현실에서 생존에 대한 두려움과 절망을 극복할 수 있는 소망적인 메시지를 함축한 김남조의 시는 종교적 성찰의 향기와 혼합되는 특징을 보이면서 대중들의 사랑을 받았다.

평자는 최근에 펴낸 『기도』라는 신앙시집(고요아침, 2006)을 중심으로 해서 그의 시세계를 탐색해보고자 한다.

2. 현대판 막달라 마리아의 부활

화자의 시집 『기도』 제2부에는 '막달라 마리아'를 주제로 쓴 일곱 편의 시가 수록되어 있다. 성경에 등장하는 수많은 여인들 중에서 화자의 관심은 막달라 마리아에 집중하고 있다.

그렇다면 왜 하필 막달라 마리아인가. 그가 누구인가를 먼저 생각해 본다.

막달라 마리아는 성과 이름의 결합으로 오해할 수도 있겠지만 '막달라' 는 지명을 뜻하며 갈릴리 바다 서안에 위치하고 있는 작은 촌락이 다. 막달라에 살고 있던 마리아라는 여인에 대하여서 성서적으로 여러 가지 학설이 존재하고 있다. 그는 일곱 귀신이 들려서 고생을 하다가 예수와의 운명적인 만남을 통하여서 병 고침을 받고서 예수가 십자가 에서 고통을 당하는 마지막 순간까지 추종했으며, 부활하신 예수를 제일 먼저 만난 축복 받은 여인으로 복음서에는 소개되어 있다.

예수의 신성에 대한 도발적 가설을 내세우며 황당한 주장을 펴고 있는 불경서인 『다빈치 코드』에서는 예수가 결혼을 했는데 그 부인이 바로 막달라 마리아이고, 예수가 처형을 당하자 프랑스로 달아나서 그곳에서 예수의 혈통을 퍼트린 여인이 막달라라고 주장을 하고 있다. 그러나 이것은 학계나 종교계에서 인정받지 못하는 허무맹랑한 가설이며 한탕주의를 노린 상업적인 음모에 가깝다고 판단된다. 어쨌든 막달라 마리아는 위대한 구원사역에 선택받은 사도는 아니었지만, 당대 신앙심이 깊은 여인으로 예수의 공생애 사역 전후에 걸쳐서 중심인물로 등장하는 실존인물임에는 틀림이 없다.

당신이 임종하시올 때
더욱 당신께 귀의를 기원하였습니다
주여

더운 눈물이 돌 속에 스며들고
음산한 바람이 밤새워 부는 무덤에까지
일체의 비교를 넘으신
당신의 죽으심을 섬기러 왔습니다
주여

당신 묘석의 살을 베는 차가움이여
뿌리옵신 피와 눈물이여
진실로 하늘이 예서 닫히고 어둠 속에
사람들 벌 받아야 옳음인 것을

당신 잠드신 동산에서
겨웁도록 빌며 섰으렵니다
불처럼, 정녕 불처럼 일던 그 목마르심
오상(五傷) 받고 아직도
우주만치 남던 자비여
오오 주여

— 「막달라 마리아 1」 전문

김남조의 막달라 마리아에 대한 관심은 자신의 삶도 그와 같이 살다

가기를 원하는 심정적 동경에서 출발하고 있는 것 같다. 위 작품에서 과거의 인물, 막달라 마리아를 시적 주제로 삼아 부활시킨다.

2연에서 "당신의 죽으심을 섬기러 왔습니다", 5연에서 "당신 잠드신 동산에서/ 거웁도록 빌며 섰으렵니다" 하는 표현들을 통해서 화자 자신도 어려운 현실과 사건을 만나도 순교적 각오로 섬기기를 원하는 애절한 신앙적 소원성이 표출되고 있지만, 기독적 신앙시인 까닭에 깊은 시적 은유를 내포하고 있지는 않다. 그러나 시적 생기는 넘쳐난다.

김남조는 문학인으로서는 성공을 했다. 그런데 신앙적으로는 아직 자신이 없다. 왜냐하면 신앙적인 성공은 거룩한 성화를 이루어가는 단계적 과정을 수반하기 때문에 육신을 벗는 날 까지 불가능한 영혼지향의 문제인지도 모른다.

그렇다면 신앙적 성공은 무엇인가 생각해보자. 이 문제에 대하여는 다양한 답들이 표출될 수 있겠지만, 화자는 어떤 고난의 현실에서도 불변의 신앙을 사수하는 막달라 마리아처럼 그렇게 살다 가는 것이라고 인식하고 있다.

이 작품은 성서적 인물을 부활시키면서 자신과 교우들에게 그 신앙적 믿음을 물려받기를 원하는 간절한 심정으로 쓰인 것 같다. 막달라 마리아는 신앙을 지킬 수 없는 어려운 때를 만나 굳건한 믿음을 지켰다. 제자들은 다 뿔뿔이 흩어져 달아났지만, 마리아는 순교적 각오로 고난의 현장을 지켰고, 예수의 부활 사건이 있던 날 새벽에는 제일 먼저 무덤을 찾아 예수를 뵈었던 축복의 여인이었기 때문에 그를 부러움과 존경의 대상, 간접적인 신앙의 푯대로 설정하고 있는 것이다. 그래서 평자는 막달라 마리아에게 지나친 집착을 보이고 있는 화자를 막달라 마리아의 '현대판 부활' 이라고 단정하고 싶다.

이런 심정을 표출하고 있는 시를 읽어보자.

당신은 환생을 하시는지요
한 번은 한국인으로
이 땅에 태어나실는지요
못 사는 부모와 더 못 살게 될지 모를
자식들의 나라에
당신의 장기이신
파도 같은 통곡과 참회 또한 사랑을
울창한 숲으로
땅끝까지 자라게 하실는지요

누구도 못 박혀낸 은총의 비의를
행복한 전염병으로
퍼뜨려 주실는지요

아아 모처럼
형장(刑場)에도 햇빛 부시듯
통한 중에 감격하는
이 한국의 봄날에
당신은 오실는지요 와서 그처럼
살아주실는지요

— 「막달라 마리아 7」 전문

김남조는 가톨릭 교인이다. 기독교적인 교리로 볼 때에 윤회나 환생
이라는 설을 허용하지 않고 있음에도 불구하고 작품 속에서는 환생에
대하여 언급하고 있다. "당신은 환생을 하시는지요/ 한 번은 한국인으
로/ 이 땅에 태어나실는지요" 하고 묻고 있다.

그런데 화자에게 주어진 본이름, 영세명이 바로 시적 주제로 삼고
있는 막달라 마리아이다. 이 시를 쓸 때의 심정은 자신의 과거를 반추

하는 의식에서 출발하고 있다. 거룩한 이름(막달라 마리아)을 받았지만, 종교적으로 성화되지 못한 것을 회개, 자복하는 겸손이 비쳐지고 있다. 그리고 가톨릭교회 안에 존재하는 수많은 막달라 마리아들이 순교 자적인 불변신앙으로 무장해주기를 간절히 원하고 있다.

막달라 마리아는 2천년 전, 예수와 동시대를 살다가 갔지만, 이 땅에는 수많은 막달라 마리아가 존재하여 신앙을 고백하고 있다. 그중 한 사람, 김남조가 존재하면서 불변신앙을 유전받기 위해 발버둥치며 기독적 관점에서 독특한 문학작품들을 쓰고 있는 것이다. 막달라 마리아라는 영세 명을 지닌 시인은 주님을 사랑하는 열정적 믿음을 지난 또 다른 마리아들과 함께 묶어 현대판 마리아의 부활이라고 표현해도 무방할 것이다.

3. 회개의 생활화

김남조의 눈에서는 눈물이 마를 날이 없는 것 같다. 젊을 때나 나이 들어 늙고 병들었을 때나, 절대자 앞에서 죄인이라는 자신의 위치를 이탈하여 생활한 적이 없는 것 같다.

회개란 크게 구분하면 두 종류로 나눈다. 첫째는 단회성적인 회개 요, 둘째는 중복성적인 회개이다. 단회성적 회개는 예수의 십자가 구속으로 단번에 이루어져 구원에 이르는 일회적 성질인 것이지만, 중복회개는 날마다 더러운 발을 씻는 작업으로 삶의 마지막 순간까지 고뇌가 뒤따르는 성화 구원과 연관된 회개이다.

> 나 기도 드릴 때면
> 주의 몸 그림자 안에
> 일렁이는 빗살무늬로 돋아나는

한 여인을 본다

돌도 사위고 말
이천 년의 세월
이천 년 줄곧 타는 불화로의 가슴
그 여자 언제 어디서나
주를 따라 맨발로 달려가는
머릿단 길고 검은
유태 여자

당할 수 없어
죄와 통회와 큰 울음인 여자
전령이 불에 탄 상처 자국인
막달라 마리아만은 도저히
어쩔 수 없어

기죽어 엎뎌 있는 나여
죄와 통회와 나의 큰 울음은
어느 하늘 끝에 뉘일 것인가

— 「막달라 마리아 3」 전문

　화자는 성경에서 진실한 회개의 참 표본을 보인 존재를 막달라 마리
아라고 인식하고 연작시로 형상화하고 있다. 그것은 사실이다. 막달라
마리아의 회개에 대한 과정은 제자들까지도 이해할 수 없어서 빈정거
리기도 하였으나 예수의 죽음을 미리 예견하고 값비싼 향유를 아낌없
이 쏟아 부을 만큼 미래를 투시하는 순수한 신앙의 소유자였다.
　이 작품에서 화자의 진술을 참고하면, 기도하기 위해 눈을 감으면
주님과 하나 되어 영광을 누리고 있는 한 여인, 막달라 마리아를 본다

고 말하고 있다. 머릿단 길게 늘어뜨리고 얼굴이 검은 여자, 그의 믿음과 회개는 도무지 흉내 낼 수 없어서 기가 죽는다 하였는데 마리아의 신앙을 시적으로 구체화시킨 의미가 깊다.

"기죽어 엎디어 있는 나여/ 죄와 통회와 나의 큰 울음은/ 어느 하늘 끝에 뉘일 것인가"

김남조의 일평생 소원은 진정한 막달라 마리아, 이 시대 한국 땅의 막달라 마리아로 살다 가는 것이다. 신앙 충만한 상태에서 헌신, 봉사하며 살다가 주님의 품에 안겨 영광을 누리게 되는 것이 삶의 목표요, 소원임을 알 수가 있다. 평자가 불변의 신앙시학이라고 정의한 이유가 여기에 있다.

신앙시인은 아무나 되는 것이 아니다. 또 한 번의 등단과정을 필수적으로 거쳐야 한다. 등단을 다시 해야 한다는 말은 진정한 회개를 통해서 막달라 마리아가 예수를 만나듯 구원에 대한 확고한 체험이 수반되어야 하고, 일평생 거룩한 성화를 위해 몸부림치는 굳건한 믿음과 천국에 대한 지향이 확고해야 한다는 뜻이다. 서정시는 문단에 등단한 시인이면 누구나 자유롭게 쓸 수가 있지만, 신앙 시는 그렇지 않다.

김남조 문학적 특징은 기독론적인 신관에 뿌리를 두고 있어 지적 교만에서 오는 자기 자신에 대한 우상화나 나르시시즘에 빠지지 않아 겸손하다. 영원한 천국을 향해 가는 필연적인 신앙 노정에서 막달라 마리아가 향유를 뿌리며 갔듯이 시의 향유를 온 세상에 뿌리려 몸부림치는 소명의식에 불타는 열정을 보이고 있는데, 그 원천은 자아성찰의 기도생활을 통한 경건함, 혹은 중복적인 회개의 생활화에서 탐색해야 할 것 같다.

하루가 짜여진 일들
차례로 악수해 보내고

밤 이슥히 먼 데서 돌아오는
내 영혼과 나만의 기도시간

"주님" 단지 이 한 마디에
천지도 아득한 눈물

날마다 끝 순서에
이 눈물 예비하옵느니
남은 세월 모든 날도
나는 이렇게만 살아지이다
깊은 밤 끝 순서에
눈물 한 주름을
주님께 바치며 살아지이다

— 「밤 기도」 전문

이 작품을 보면 김남조의 일상에서 기도 행위는 생활화·인격화되어 있다.

온종일 바쁜 시간을 보내다 밤 이슥히 먼 곳에서 돌아와 피곤이 몰려올 때면 눈에 졸음이 매달려 기도하기도 쉽지가 않다. 그래서 그는 "주님 단지 이 한 마디에/ 천지도 아득한 눈물이 쏟아진다" 말하고 있다. 눈물이 쏟아진다는 표현은 그의 심적 상태가 성령으로 충만해져 있는 상태임을 인식시켜주고 있다. 밤새워 철야기도를 해도 눈물을 동반하지 않는 메마른 기도도 많이 있다. 그런데 "주님" 하고 부르기만 해도 눈물이 쏟아진다고 말하고 있다. 신앙적 감성이 세상 욕망의 햇빛에 마르지 않았다는 증거인데, 그 비결은 부족한 자아를 인식하는 회개의 생활화에 있음을 진술하고 있다.

신앙생활에서 회개가 수반되지 않는 기독자들도 많이 있다. 그들을 영안(靈眼)으로 바라보면 목욕을 하지 않고 거리를 떠도는 걸인들처럼 물욕, 정욕, 이생의 자랑 등에 오염되어 악취를 풍긴다. 그러나 화자는 하루의 시작과 마무리를 성찰의 기도로 하고 있다. 깊은 밤 불을 끄기 전, 아무리 피곤해도 자신의 때 묻은 발을 기도로 닦는다고 말하고 있는데, 위의 시를 읽고 있으면 두 손 모아 기도하는 경건한 모습의 화자가 어둠 속에서 선명하게 보인다.

그렇다면 김남조의 시학은 가톨릭시즘의 영향을 받은 회개의 시학이며, 그의 신앙적 회개에 수반되는 눈물은 시적 이미지의 묘사나 전달하려는 목소리의 강도에까지 영향을 끼친다고 판단해야 할 것이다. 자신을 돌아보는 고요한 기도에서 얻어지는 직관적 깨달음을 이미지화 시켜, 마리아가 예수를 사랑하듯 인간에 대한 사랑을 실천하려는 휴머니즘적 시세계를 구축하고 있는 것이다.

4. 신앙적 고뇌와 창작의 고뇌

김남조는 응시(凝視)의 눈빛으로 신앙적 현실을 인식하여 고뇌의 시를 쓰는 시인이다. 작품 속에서 만나는 화자는 늘 기도하는 듯한 경건한 모습이이어서 다양한 시적 울림이 독자들에게 전달된다. 독자들과 마주 앉아 차를 마시며 이야기를 하듯이 자신의 경험을 바탕으로 한 진솔한 시를 쓰고 이미지로 말하고 있기 때문에 난해하지 않다. 명시의 필수 조건인 대중적 보편성을 충족시키는 시적 특징도 감지된다.

화자의 시가 쉽게 읽혀지면서도 시의 위의(威儀)를 유지하고 있는 것은 깊은 고뇌를 내장한 독특한 표현 기법으로 서정시의 고정된 틀을 깨고, 신앙시의 창을 시원스럽게 열어젖히고 있기 때문이다. 그러나 시를 쓸 때의 고뇌는 절대자에게 올리는 기도에 버금갈 정도로 진실하고 애절하다.

당신처럼 저희도
여러 번 남자를 사랑했습니다
당신처럼 저희도 일곱 마귀가 들어
일곱 가지 굿판을 벌입니다

당신은 옥합의 향유를
거룩한 분의 두 발에 따르고
눈물에 적신 머릿단으로
공들여 오래오래 닦았습니다
저희도 그 비슷이는 했습니다

— 「막달라 마리아 5」 중에서

화자는 주님의 발에 향유를 붓고 자신의 머리카락으로 발을 닦아드린 막달라 마리아의 과거적 사건을 묘사, 한 편의 시로 형상화하고 있는데 신앙적 고뇌의 작업, 그 내면을 엿볼 수 있다.

이 작품에서 막달라 마리아가 향유를 발에 부었다고 말하고 있는데, 예수님 당시에 흔하던 감람유에 비해서 향유는 엄청나게 값이 비싸다. 막달라 마리아가 예수의 발에 향유를 붓고 입을 맞추고 머리털로 씻어드린 행위는 그 이유가 한 가지뿐일 것이다. 성서에 보면 일곱 귀신이 들렸던 병에서 고침을 받고 구원을 받아 이제 인간답게 살아갈 수 있게 된 그 은혜가 너무 크고 감사해서 자신의 전부를 바칠 수밖에 없었던 자발적 신앙행위라고 말하고 있다.

화자는 이 역사적 사건을 언급하면서 간접적인 심정고백을 하고 있음을 알 수가 있다. "저희도 그 비슷이는 했습니다" 이 표현이 함축하고 있는 의미는 매우 깊은 것 같다. 일평생 시를 쓴 창작의 행위와 향유를 발에 붓는 헌신의 행위를 하나로 묶고 있다. 막달라 마리아가 예수의 냄새나는 발에 입을 맞추듯이 자기중심적 이기의 길을 걷는 삐뚤어진 현대인들의 삶, 그들의 오염된 사고와 모순의 발에 입 맞추는 심정으로 "주님, 나는 시를 썼습니다. 아시지 않습니까" 고백하면서 사람들의 정서를 환기시키고 있는 것이다.

위의 시를 읽으면서 현대인들의 추악한 탐욕과 이기주의 악취가 진동하는 발아래 엎드려 눈물을 흘리며 입을 맞추고 있는 김남조의 아름다운 헌신, 그 모습을 상상해볼 수 있다. 겸손하게 엎드려 "저희도 그 비슷이는 했습니다" 하고 고백하면서 지혜와 축복을 구하고 있다.

이 작품의 1연을 주목해보면 "당신처럼 저희도/ 여러 번 남자를 사랑했습니다" 말하고 있는데 이것은 무슨 뜻일까. 남자는 상징적 의미를 지니고 있다. 그것은 예수 외에 다른 사물이나 존재 등에 의식을 점령당하거나 삶의 중심이 일시적으로 치우친 것을 표현하고 있다. 물질이라는 상징적 남편 혹은 명예라는 상징적 남자를 사랑하기도 했었다는 고백이다. 이런 문제는 인간에게 있어서 피할 수 없는 본능적 욕망이라고 인식되지만, 그냥 넘어가도 문제가 되지 않을 사건들을 진솔하게 고백하는 시인의 모습은 잔잔한 감동을 유발시킨다. 현대인들의 마음속에는 하루에도 몇 번씩 광란의 굿판이 벌어지고 있다. 절대자의 위치에 대신 세워진 금송아지 헛된 우상들이 존재하기 때문이다.

화자는 기도하는 심정으로 마음 속 탐욕과 우상을 제거하고, 자신이 섬겨야 할 인간들의 발에 향유를 붓는 막달라 마리아의 심정으로 시인의 길을 걸어왔기에, 간결한 작품에도 진실이 담겨 있고 기독교 정신이 융화되어 있다. 어떻게 하면 한 영혼이라도 예수께로 이끌어 구원에 이르도록 연결시켜 줄 수 있을까, 고뇌의 눈물을 흘리고 있는 것이다.

김남조의 시는 눈물과 기도로 축축하게 젖어 있는 고뇌의 산물이라고 단정할 수밖에 없다. 그 옛날, 예수의 발아래 값비싼 향유를 붓고 공들여 닦고 있는 막달라 마리아의 모습이나 휴머니즘적 사랑을 실천 하면서 주님이 부르시는 마지막 순간까지 고뇌의 시를 쓰고 있는 시인 의 모습은 동일하다고 판단된다. 왜냐하면 "너희들이 목마른 이웃에 게 한 잔의 물을 나눠주는 것은 곧 나에게 한 잔 물을 대접하는 것과 같은 것"이라고 예수는 일깨워주었기 때문이다.

3연에 보면 막달라 마리아가 눈물에 적신 머릿단으로 발을 닦고 있 다고 표현하고 있다. '머리털'은 마음과 뜻과 정성을 다하는 인격의 상징이며 총체적 헌신을 의미한다. 화자 역시 그런 마리아의 심정으로 시혼을 불태우고 있고, 창작의 작품들은 진리의 양식처럼 소중하게 인 식하면서 영양가를 높게 유지하여 공급한다. 거룩한 성화를 위해 몸부 림치는 신앙적 고뇌와 창작의 고뇌는 상호 연관하여 시적 특징을 이루 었고, 자아성찰을 통한 심오한 이미지 묘사에까지 파급되어 농축되었 음을 확신하게 된다.

5. 나가면서

시인 김남조는 주님의 특별한 사랑과 은총을 입었다.

근 60년에 이르는 열정적 시력(詩歷)과 함께 15권의 시집과 수상집들 을 이 땅에 남겼다. 그리고 이번에 상재한 『기도』라는 시집에서 의미 깊은 작품들을 묶어 귀한 성찰의 메시지를 전달하고 있다. 혹 우리 모 두가 잠시 슬픔에 잠겨야 할 마지막 이별의 메시지일 수도 있다.

> 이별의 돌을 닦으며
> 고요하게 있자
> 높은 가지에서 떨어지려는 잎들이

잠시 최후의 기도를 올리듯이

아쉬워하진 말자
가을 나무의 쏟아지는 잎들을 비벼 넣고
바람은 또 무엇인가를
빚는다고 알면 그만인 걸

— 「영원 그 안에선」 중에서

"이별의 돌을 닦으며/ 고요하게 있자" 위의 시 내용처럼 인간은 '자아 나뭇잎'이 바람에 떨어질 것을 예감하고 먼 길을 떠나기 위해 기도로 준비할 때가 있다. 그 후에 남는 것은 무엇인가. 삶의 이력과 업적만 남지만 그것마저도 시간이 지나면 인간들의 기억 속에서 잊혀져간다. 그래서 인생은 참으로 허무한 존재이다.

화자는 위의 작품에서 누구나 피할 수 없는 숙명에 대하여 언급하고 있다. 현세에서 갈망하던 주님을 천상에서 뵈옵고 그 발에 입 맞추는 축복을 누리는 날이 다가오고 있다는 궁극적 구원에 대한 종교적 인식이 함축되어 있다. 자신의 삶, 그 마지막에 대한 이별 예고인 것처럼 읽혀진다.

평자는 김남조의 작품들 중에서 「후조」를 애송한다. 「후조」 역시 인간은 언젠가 떠날 수밖에 없다는 운명적인 존재임을 암시하고 있다. 인간은 일명일생(一命一生), 유일성(oneness)의 생명을 가지고 단 한번의 삶을 산다. 언젠가 하늘이 정한 운명의 시간이 되면 모두가 지엄한 부름에 화답하여 떠날 것이다. 그런데 왠지 화자가 부럽기만 하다. 그 이유는 막달라 마리아처럼 일상의 생활에서 주님을 사랑하는 열정적 신앙으로 살았으며 6·25를 통과하는 시대적 환란과 종교적 이념과 갈등이 대립·충돌하는 변천의 시대에도 주님의 손이 그의 생명을 지켜주셨고, 시인의 길을 명예롭게 걷도록 오늘까지 인도하여 주셨다는 것을 확신할 수 있기 때문이다.

이제 문학을 하는 시인의 존재가치는 점점 추락하고 있고, 종교적인 부흥 역시 더 이상 기대하기 힘든 21세기 첨단과학시대를 살고 있다. 일각에서 미래에는 시인의 존재 자체가 불가능할지도 모른다는 부정적 전망이 제기되고 있고, 디지털 문화의 영향력은 문학뿐만이 아니라 기도와 신앙이라는 절대적 가치를 파괴시켜버리는 윤리적, 암흑이 덮어올지도 모른다. 그런 현실이 도래해도 기독교 신앙에 바탕을 둔 김남조의 작품들은 후대에 생명의 빛을 발할 수 있을 것 같은 예감이 들어 흡족해진다.

긴 세월, 자신에게 다가온 사건과 사물에게서 진리를 구하고 체득한 진리를 신앙과 융합하여 시를 생산하며, 막달라 마리아의 거룩한 발자국을 추종해온 김남조의 삶은 영원한 본향에 대한 이주 준비가 완벽하게 진행 중이다.

마르지 않는 신앙의 샘에서 물을 퍼내다

이해인론

1. 서론

시인 이해인은 1945년, 이 땅에 태어나 깊은 믿음과 신앙이 없이는 걷기 어려운 '수녀'가 되었다. 그가 수녀로서 예수의 부름을 받은 개인적 사건이 특별은총에 속한다면, 1976년 시집 『민들레의 영토』를 내어놓으며 문단에 데뷔한 사건은 신의 일반은총에 속하는 획기적 사건이며 그가 감당해야 할 달란트인 동시에 고귀한 사명이다. 한국문학사를 통해서 이해인만큼 다양한 작품을 발표한 시인도 드물고, 그의 시를 즐겨 읽는 독자층이 두터운 시인도 그리 많지 않을 것이다.

성경 「야고보서」에 보면 "행함이 없는 믿음은 죽은 것"이라는 지엄한 말씀이 있다. 화자의 시가 근 30년이라는 긴 세월을 이어 내려오면서 국가를 경영하는 정권도 수없이 바뀌고, 인간의 의식 구조와 가치관에 엄청난 소용돌이, 변화가 일어났지만, 각 종파를 초월해서 사랑을 받고 있는 이유는 그의 문학의 원류가 된 신앙의 깊이가 언행일치를 요구하는 독자들의 윤리적 기대감을 어느 정도 충족시켜주었기 때문이다. 21세기 디지털시대를 살고 있는 대다수의 사람들은 자기 자신은 거룩한 삶을 살아갈 수 없어도 특별한 소수의 사람들, 맑은 감성으로 글을 쓰는 시인이나 경건한 그룹에 속하는 성직자들에게는 자신들과는 구별되는 순결한 삶과 차원 높은 도덕성을 요구하는 경향이 있기 때문이다.

시인 이해인은 열정적인 창작과 다작의 작품 활동을 통해서 대중들 속으로 파고들었지만, 그의 작품들이 논자들의 비평에서 비켜서 있는 것은 서정적 경향의 시학보다 한 차원 더 높다고 판단되는 영적 주제들로 신앙시를 쓰고 있기 때문이며, 인간이면 누구나 입성하고 싶어하는 궁극적인 세계, '영원한 천국'을 지향하고 있기 때문이다.

현대문학의 장르 중에서도 운문시는 산문문학과 구별되는 난해성 (obscurity) 때문에 복잡함을 기피하는 독자들로부터 외면을 받고 있다. 그러나 시인들은 독창적 문학성이나 시학을 내세우면서 의도적으로 난해하고 이해가 어려운 시를 창작하고 있는 경향이 있어 하루가 다르게 급변하고 있는 산업주의 문명과 과학의 발달, 쾌락적인 현실 추구욕과 괴리감을 벌리면서 시 인구의 저변 확대에는 실패하고 있다고 할 것이다.

현대인들은 사랑, 동정심, 배려 같은 부드럽고 고상한 성품들을 상실하면서 갈수록 자기중심적이고 이기주의적인 사고(思考)로 급변하고 있다. 이해인은 시문학이 지닌 난해성을 인정하면서도 이를 안타깝게 여겼다. 방향을 상실한 채, 인생길을 걷고 있는 감성이 병들어버린 인간들을 향해 간절히 기도할 뿐 아니라 자아성찰의 회개가 수반된 작품을 통해서 그들의 손목을 잡아끌어 누구나 쉽게 이해하고 해석될 수 있는 종교적이고 소망적인 '기도 시'를 통해서 빈부귀천 차별 없이 끌어안는다. 이해인은 시대적인 배경이나 이즘을 초월, 신학적 진리에 가까운 독자적인 문학노선을 지향하여 왔는데 굳이 이름을 붙인다면 견고한 신앙문학 혹은 천국문학 노선이라고 정의할 수 있을 것이다.

평자는 그가 발표한 수많은 작품들 중에서 1999년 도서출판 열림원에서 내어놓은 시집 『다른 옷을 입을 수가 없네』를 중심으로 살펴보고자 한다.

2. 문학적 작품을 통한 강론

이해인 시에서 나타나는 지배적인 톤은 부드러운 회초리 성격의 따끔한 교훈이어서 문학적 작품으로 강론을 대신하고 있는 듯한 인상을 받는다.

강론은 가톨릭 성직자들 중에서도 신부에게 주어진 그 누구도 침범할 수 없는 고유의 특권이고 집행이지만, 그의 기도 시들은 행간과 행간을 연결해놓으면 절묘하게 표현된 하나의 강론임을 알 수 있다. 이런 작품의 특징 때문에 독자들은 그의 시에서 진리적 깨우침을 얻어 성공적인 신앙생활이나 행복한 가정생활에 보조적 교훈으로 삼고 있다.

화자의 시들이 여타 시인들의 작품과 다른 점은 바로 여기에 있다. 일반 시인들의 작품은 여러 번을 읽어도 이해가 어렵고, 설사 이해를 한다고 해도 자신의 삶에 적용해서 응용하기가 어려운데 반해서 이해인의 시는 전개된 내용들을 읽고 있노라면, 독자들 자신이 드리지 못한 기도문을 대변하고 있어 '아, 나도 수녀님처럼 이렇게 사랑하며 기도하며 살아야지' 하는 신앙적 결심으로 무장하게 만드는 은밀한 힘을 지니고 있기 때문이다.

이제
남은 것은
아무 것도 없다

두고 갈 것도 없고
가져 갈 것도 없는
가벼운 충만함이여

헛되고 헛된 욕심이

나를 다시 휘감기 전
어서 떠날 준비를 해야지

땅 밑으로 흐르는
한 방울의 물이기보다
하늘에 숨어가는
한 송이의 흰 구름이고 싶은
마지막 소망도 접어두리

숨이 멎어가는
마지막 고통 속에서도
눈을 감으면 희미한 빗속에 길이 열리고
등불을 든 나의 사랑은
흰옷을 입고 마중 나오리라

어떻게 웃으실까
고통 속에서도 설레이는
나의 마지막 기도를
그이는 들으실까

— 「마지막 기도」 전문

이 시는 명 강론의 성격을 띠고 있는 작품이다.

이 세상의 밭에 욕망의 뿌리를 내린 채 황금사과 나무를 심어놓고 자고나면, 하나 둘 세고 있는 인간들에게 세상 욕심과 애착을 비운 시인의 작품은 독자들로 하여금 '아, 어떻게 하면 저런 신앙상태에서 기도할 수 있고, 성령 충만한 일상생활을 할 수가 있을까?' 하는 생각을 하게 한다. 독자들로 하여금 부러운 눈빛으로 동경하며 사모하게 만드는 것이다.

「마지막 기도」라는 이 작품의 탄생 동기는 시인이 기도하다가 성령 충만한 은총을 입은 개인적 체험에서 출발하고 있다. 3연에서 보면 "헛되고 헛된 욕심이/ 나를 다시 휘감기 전/ 어서 떠날 준비를 해야지"에서 알 수 있듯 실제적으로 한 인간이 이 세상을 떠나는 마지막 운명의 날은 비밀의 보자기에 싸여 있어서 아무도 알 수가 없다.

그런데 시인의 고백으로 보아 그는 기도하다가 지금 당장 주님의 부름을 받는다면 기꺼이 응할 수 있을 만큼 준비된 행복에 젖어 있다. 아마 신랑 되신 예수의 품에 혹은 성모님의 품에 안겨 있는 듯한 기쁨과 신앙적 환희에 젖어 있는 상태임을 알 수가 있다.

인간이 죽어도 좋을 것 같은 행복을 경험하는 때는 두 가지 경우일 때이다. 육적으로 사랑하는 사람의 품에 안겨서 머리끝까지 뻗어오는 절정의 오르가슴을 느끼고 진솔한 사랑을 고백할 때와, 영적으로 성령이 충만한 상태에서 깊이 기도하다 신비한 하늘의 위로와 천국의 환상을 생생하게 체험하였을 때이다. 그 순간 터져 나올 수 있는 신앙고백이 있다면 "헛되고 헛된 욕심이/ 나를 다시 휘감기 전/ 어서 떠날 준비를 해야지" 하는 것이어서 이 한 편의 시는 강론보다 더 깊이 있게 시를 읽는 사람들의 가슴을 파고들어 행복을 유발시키며, 내세에 대한 관심을 집중시키도록 환기시키고 있다.

화자의 시 「마지막 기도」는 죽음 이후 내세에 대한 믿음과 확신, 소망을 담고 있으며 기도문의 내용 역시 신앙적 순수성을 내포하고 있어 참으로 좋다. 고상한 시어가 담겨 있지도 않고 특별한 시적인 기교가 숨어 있지도 않다. 단지 순수한 심적 상태의 신앙고백을 그대로 옮겨 놓았을 뿐이다. 이해인 시의 특징은 바로 이런 것이다.

마지막 결론 부분을 보면, "어떻게 웃을까/ 고통 속에서도 설레이는/ 나의 마지막 기도를/ 그이는 들으실까"로 마무리하고 있다. 고통 속에서도 설렌다는 말은 역설의 시법이다. 인간은 아무리 성령 충만한 은혜를 입고 세상의 모든 욕심을 다 버렸다고 해도 천국에 입성을 하기 전까지의 기도는 고통의 현실 속에서 드릴 수밖에 없다는 것을 말하고 있는 것이다. 그러면서도 "고통 속에서 나는 설레이고 있다"고 표현함으로써 그 고통이 있기 때문에 자신의 기도가 더욱 애절하고 청결하여 행복에 젖어 있다는 것을 표현하고 있으니 강론 중에서도 명강론이 아닐 수가 없다. 어느 신부나 성직자가 이보다 더 멋진 강론으로 대중들을 향해 다가설 수 있을 것인가.

"나의 기도를/ 그이는 들으실까" 화자는 그 분이 듣고 있고 있는 것을 스스로 감지한다. 그 신비한 개인적인 체험에다가 시적인 운율을 붙여 신앙적으로 묘사하는 것은 그만의 독특한 시법이다. 이 작품을 읽고 있는 독자들에게서 "물론입니다, 수녀님!", "그럼요, 그분은 듣고 계십니다" 하는 답을 자연스럽게 유도하고 있는 것이다.

이해인의 초기 시 『민들레의 영토』부터 시작해서 『다른 옷을 입을 수가 없네』에 이르기까지 그의 작품들 속에서는 신부들만이 할 수 있는 강론을 시적인 언어로 표현, 강단에 서지 않고도 강론을 하고 있는 경건한 수녀의 모습을 보면서 그가 진정 축복받은 여인임을 확신하게 된다.

3. 시의 특징과 시인의 사명

이해인 시의 특징은 현실적인 환경을 극복하고 감사하는 마음으로 인생길을 걸어가면서 가슴과 눈은 저 멀리 천국을 바라보고 그곳에 소망을 두는 내세지향에 있다. 세상에서 천국을 향해 한 계단씩 밟아가는 성도의 본분을 실천하면서 감동이 넘치는 한 편의 기도 시로 독자들에게 힘을 보태고 있다.

그러므로 화자의 시는 자신의 종교적 믿음이 변하지 않듯이 천국을 소개하고 있는 핵심적 목표에서 이탈하지 않는다. 아가페적인 사랑을 서정성 넘치는 시적언어로 표현하면서 시인이며 수녀인 자신의 존재적 사명을 감당하고 있는 것이다. 수녀의 본분과 시인의 사명에 충실할 수 있었던 것은 그의 가슴 속에서 솟아오르고 있는 믿음이란 마르지 않는 옹달샘이 자리 잡고 있기 때문이다.

이해인의 시는 인생을 총망라한 깊은 진리를 함축하고 있어서 천주교 신자뿐만이 아니라 대중들의 슬픔과 아픔을 끌어안는 데 차별 없는 관심을 보인다. 그가 눈물 한 번 흘리고 나면 그 눈물은 헛되이 마르지 않고 한 편의 시가 되어서 상처를 어루만져주는 치료제의 역할을 하고 있는 것이다.

이런 시를 창작할 수 있는 배경에는 그만의 확고한 시론이나 심오한 철학적 사유가 정립되어 있기 때문이다. 문학이 문학으로서의 역할을 제대로 감당하려면, 죽은 문학이 아니라 살아 있는 문학이어야 한다는 것이며, 대중들의 삶 속에 파고들어서 눈물을 닦아주고 소망을 주어서 절망을 극복하는 정신적인 힘이 되어야 한다는 것이다. 이런 확고한 시론이나 종교적인 성찰은 그의 작품들 속에서 살아 숨쉬고 있다.

삶의 의무를
다 끝낸
겸허한 마침표 하나가
네모난 상자에 누워
천천히
땅 밑으로 내려가네

이승에서 못다 한 이야기
못다 한 사랑
대신 하라 이르며
영원히 눈감은

우리 가운데의 한 사람

흙을 뿌리며
꽃을 던지며
울음을 삼키는
남은 이들 곁에
바람은 침묵하고
새들은 조용하네

— 「하관」 중에서

　죽음은 인간이 피할 수 없는 슬픈 '운명'이다. 위의 작품을 보면 함께 주님을 위해 일을 하던 겸허한 마침표, 노 수녀 한 분이 주님의 부름을 받았음을 알 수가 있다.

　영원한 삶의 세계로 들어가기 위한 죽음이라는 관문은 베토벤의 명곡 〈운명〉의 심포니처럼 갑자기 찾아와 '바바바방' 하고 장엄한 생명의 문을 두드리는 통과의례인 줄 알면서도 기독인들은 박수를 치며 사랑하는 이들을 떠나보내지 못한다. 그러나 잠시 이별의 슬픔에 잠기는 것은 육신의 형제자매로 만난 끈끈한 정과 인연을 애도하는 것이지, 죽음 자체를 슬퍼하거나 거부하는 것은 아닌 것이다.

　"바람은 침묵하고/ 새들은 조용하네" 멀리 떠나는 날에 대한 운명의 의미를 함축한 시적인 묘사가 참으로 적절하고 아름답다. 생명을 가진 자는 반드시 죽고, 만나는 사람은 반드시 헤어져야 한다는 인생에 대한 불변의 진리를 이보다 더 잘 표현할 수 있는 적절한 시어를 얻기는 쉽지 않을 것이다.

더 깊이 더 낮게
홀로 내려가야 하는

고독한 작별인사

흙빛의 차디찬 침묵 사이로
언뜻 스쳐가는
우리 모두의 죽음

한평생 기도하며 살았기에
눈물도 성수처럼 맑을 수 있던
노 수녀의 마지막 미소가
우리 가슴 속에
하얀 구름으로 뜨네

― 「하관」중에서

하관 식에 참석한 화자는 허무하게 한 줌 흙이 되어 돌아가는 노수녀의 종착을 보면서 슬픔의 눈물을 흘리기보다는 시간적 차이는 있지만, 결국 다 떠나야하는 운명 앞에서 땅속에 묻히는 것은 노 수녀의 육신일 뿐, 영혼은 일어나 하늘의 부름을 받는다고 표현한다. 미래적 부활에 대하여 묘사하기를 "노 수녀의 마지막 미소가/ 우리 가슴 속에/ 하얀 구름으로 뜨네"라고 표현하였다.

이해인 시에서는 절망과 슬픔, 비극과 죽음은 찾아볼 수가 없으며 한 인간이 흙으로 돌아가는 마지막 순간에서도 부활의 긍정적 소망과 축복으로 환치하여 슬픔에 잠긴 사람들에게 위로의 메시지를 던져줌으로써 시인의 복된 사명을 다하고 있다.

평자도 때로는 자신에게 질문을 던지고 싶을 때가 있다. '나는 왜 시인이 되었으며 무엇 때문에 시를 쓰고 있고, 또 어떤 작품을 남겨놓고 죽으려고 하는 것인가' 하는 문제이다. 글을 쓰는 시인이라면 수도복을 입은 특별한 신분이나 존재가 아니라도 절망을 깨트리고 소망을 세우는 시인의 사명을 충실히 감당해야 한다. 그 임무 중에서 중요한 것은 메말라가는 인간의 감성을 촉촉이 적실 수 있는, 때로는 구체적(concrete)이고 때로는 추상적(abstract)인 작품을 적절히 배분하여 생동감이 있고 희망이 넘치는 시를 써서 인간이 스스로 해결할 수 없는 근본적인 문제에서부터 사소한 것에 이르기까지 세밀한 답을 제시해주어야 하는 것이다.

현시대에 있어서 시인들은 그 직무를 유기하고 있는 것인지도 모른다. 왜냐하면 갈급한 심정으로 심각한 질문을 던지고 있는 인간들의 호소를 외면한 채 상업적 돈벌이에 급급해서 영혼의 울림이 없는 가벼운 작품들을 남발하고 있기 때문이며, 예술이 상품으로 유통되고 있는 현실을 직시하면서도 모른 채 수수방관하고 있기 때문이다.

전통 서정시의 문법을 중시하는 시인들이나 논자들은 신앙적 주제로 다작을 하고 있는 화자를 위시해서 산문에 치우친 작품들을 혹독하게 비평하고 있기도 하지만, 그들의 비평은 독선과 아집으로 치우친 것이 아닌가 하는 의구심을 갖는다. 왜냐하면 이 시대 독자들은 평이하게 읽혀지면서 삶의 힘과 용기를 주며 목마른 갈증을 해소시켜주는 생수의 역할을 하는 시인들의 작품을 애독하고 있기 때문이고, 시대적 패러다임에 부응하는 현대시의 변화를 요구하고 있기 때문이다.

느끼하지만 구수한 맛의 피자를 즐겨먹는 이 시대 사람들에게 전통 떡만을 먹으라고 강요할 수는 없다. 떡과 피자, 입맛에 맞는 다양한 메뉴를 적절히 준비해서 공급해줄 수 있는 시인이 되어야 할 것이다. 이런 관점이나 시각으로 바라볼 때, 시인 이해인의 단상은 참으로 대단하다. 그의 작품세계는 절망적 환경을 극복하고 소망의 불꽃 위에서 따끈따끈한 시의 빵을 굽고 있기 때문이고, 이 빵 맛은 맛있기로 소문이 난 까닭인지 즐겨 찾는 이들이 많기 때문이다.

4. 구령애에 불타는 운명적 천직관

이해인의 창작 열기의 모태는 구령애에 불타는 신앙과 믿음에서 비롯되었고 수녀와 시인이란 신분을 운명적 천직으로 받아들이고 있다.

시인이란 존재는 예민한 감성으로 훈련된 후천적 재능에 의하여 기계에서 생산되는 상품처럼 어느 날 갑자기 모습을 드러내는 것인가, 아니면 거부할 수 없는 운명적인 힘에 의해서 선택을 받아 결정되어지는 것인가. 이 문제에 대하여 평자는 전자보다 후자의 입장에 서 있다고 말하고 싶다.

영혼을 울리는 진리적 시를 쓰는 진정한 시인은 인간의 힘과 사회적 교육에 의하여 만들어지기보다는 이 세상에 태어날 때부터 가슴 속 깊은 곳에 시인이란 낙관을 찍어 구별된 존재로 태어나, 때가 되면 시대적 소명에 부응한다고 믿고 싶다.

그러므로 실존주의 철학자 하이데거(1889~1976)의 말처럼 "인간은 아무런 목적도 없이 그냥 이 세상에 던져진 존재가 아니다"라는 사실을 인식하고 살아가야 한다. 천상천하에 단 하나뿐인 목숨을 가지고 태어나 오직 한 번뿐인 인생을 살다 가는 것이기에 주어진 사명을 자각하고 후회 없는 삶을 살아야 할 것이다.

> '하늘에도
> 연못이 있네'
> 소리치다
> 깨어난 아침
>
> 창문을 열고
> 다시 올려다 본 하늘
> 꿈에 본 하늘이

하도 반가워

나는 그만
그 하늘에 푹 빠지고 말았네

내 몸에 내 혼에
푸른 물이 깊이 들어
이제
다른 옷은
입을 수가 없네

— 「다른 옷은 입을 수가 없네」 전문

　이 시가 던져주고 있는 은밀한 묘사와 진리적 함축은 무엇인가, 바로 천국이다.

　시인은 어젯밤 꿈길에서 천국을 거닐었다. 엄격하게 지켜지는 수녀의 기상시간, 하루를 출발하는 기도를 마치고 하늘을 올려다보니 꿈에서 보았던 푸르고 맑고 빛나는 천국이 바로 그곳에 걸려 있었다. 천국의 가치를 일찍 깨달아 남들이 가지 않는 좁은 길, 수녀의 길을 걸어왔기에 그는 이렇게 말하고 있다. "내 몸에 내 혼에/ 푸른 물이 깊이 들어/ 이제/ 다른 옷은/ 입을 수가 없네"

　화자의 시는 간결하면서도 묘사나 교훈은 살아 춤추는 특징을 보인다. 몸과 혼에 푸른 물이 깊이 들어서 이제 다른 옷을 입을 수가 없다. 일평생 수도복을 입고 살아온 삶이 이토록 행복하다는 것을 한 편의 시로 진술하고 있다.

　그렇다면 수녀만 행복한가? 그것은 아닐 것이다. 사도신경으로 신앙 고백하는 모든 성도들이 구원의 옷, 의의 옷을 걸친 행복한 존재임을 시인은 이 작품에서 간접적으로 은유하여 독자들 스스로 깨달을 수 있도록 유도하고 있는 것이다. 「다른 옷을 입을 수가 없네」를 읽고 있는 사람들 중에서는 물질적 어려움에 시달리는 사람도 있고, 의사로부터 사형선고를 받아서 죽음을 앞두고 있는 사람들도 있을 것이다. 그러나 그들도 예수가 입혀주신 의의 옷을 입고 있기 때문에 "하늘에도 연못이 있네"에서 볼 수 있듯, 그 연못에서 언젠가 나도 한 마리 물고기가 되어서 영원히 뛰어놀 수 있다는 특별한 신분적·존재적 위치를 깨닫는다면, 현실적 고통 속에서도 행복에 젖게 될 것이다.

화자는 구령애에 불타는 시인이다. 그의 수녀 복을 벗기면 오래도록 입어 낡고 푸른 시인의 속옷이 돌출될 것이다. 그가 가지고 있는 재산과 명예는 단지 그것뿐인 것이다. 출간된 시집이 쇄를 거듭하면서 출판사에서 지불하는 인세 수입을 얻었겠지만 그가 속한 수도회의 공동수입에 포함될 것이고, 개인적인 재산은 계절 따라 바꿔 입는 낡은 수도복뿐이다. 하지만 그는 다른 옷의 필요성을 전혀 느끼지 못하는 행복한 존재임을 시를 통해 고백하고 있다. 또 그의 가슴 속 깊은 곳에는 하늘이 주신 옹달샘이 있어 마르지 않는 샘물을 끊임없이 퍼내고 있음도 알수가 있다. 시인이 불타는 구령애나 사명감이 없이 그냥 작품을 쓴다고 한다면 매일같이 드리는 기도문처럼 다작을 하기는 어려울 것이다.

의미 깊은 시적 주제를 발견하고 그것을 이미지로 형상화하여 예술로 승화시키는 것은 모든 시인들의 바람이겠지만, 열정적 창작열은 구령애의 불꽃이 시심의 장작더미 위에서 불타오를 때만이 가능한 것이 아닐까 싶다. 화자에게 있어서 탁월한 시적 능력은 지극히 작은 종자라도 가슴속에 심어 상상의 지평을 확장, 독자들이 원하는 맛을 지닌 열매로 아름다운 시의 그릇에 담아서 내어놓는다는 것이다.

이해인이 수녀 복을 입고 있는 것이 중요한 것이 아니다. 그가 수녀 복을 입고 난 후, 구령애에 불타서 시를 쓰는 시인이 되었다는 것이 중요하다. 이것은 신의 허락으로 짊어진 운명의 십자가가 아닐까 싶고, 그는 그것을 천직으로 받아들이며 사명의 길에서 이탈하지 않고 있다.

5. 결론

시인 이해인에게 있어서 문학에 대한 열정과 종교적 신앙행위는 동일한 선상에 놓아도 좋을 만큼 의미가 깊고 상호연관성을 지닌다. 왜냐하면 일반 신자들은 기도를 드리면 엎드려 기도한 것으로 끝이 나지만, 그가 드리는 기도는 또 다른 한 편의 시가 되어서 종교적 성찰의 과정을 거쳐 새롭게 태어나기 때문이다.

『다른 옷은 입을 수가 없네』 이 시집 속 기도 시들은 하나님과 자신만이 알 수 있는 비밀의 대화록을 공개한 것 같아서 남의 기도를 엿듣는 호기심과 감동이 어우러져 독자들에게는 행복을 선물하면서도 자아 신앙상태를 스스로 점검하는 계기로 삼도록 유도하고 있다.

시단에서 다작을 하고 있는 시인들은 작품의 진정한 가치를 묻는 논자들의 비평에서 자유로울 수 없어 도마 위에 올라 부정적으로 해부되고 있기도 하지만, 시인 이해인의 작품들은 다작을 하면서도 시의 위의를 높이려 애쓰고 있다. 또한 인간의 감정에 호소하기를 거부하는 세속에 물들지 않는 신앙 시이며 종교적인 색채를 어느 정도 절제하는 순수함을 지니고 있기 때문에 다작에 대한 이해가 묵시적으로 형성되어 있다고 할 것이다.

현재 시단에 출간되어 있는 기도 시로 묶어진 작품들이 화자의 작품만 있는 것은 아니다. 근래에 들어와서 다양한 종교적 색깔을 지닌 시인들의 작품들이 발표되고 있다. 그러나 질과 양에 있어서 그에게 미치지 못하는 것은 '수녀'라는 특별한 신분에서 우러나오는 진국 기도의 진실성, 순수성, 거룩성 때문이라고 유추된다.

화자의 작품세계는 믿음의 숲속, 종교적 철학이 흐르는 진리의 옹달샘을 형성하였다. 1945년생, 이제 창작으로 흐르는 옹달샘, 그 물의 양은 서서히 조절될 수 있겠지만, 그의 삶이 다하는 날까지 깨어지고 금이 간 인생의 바가지를 들고 대중들은 그의 옹달샘을 찾을 것이고, 그의 문학은 상당기간 한국 시단에 영향을 미치게 될 것 같다.

『다른 옷을 입을 수가 없네』 시집에 실려 있는 기도 시를 중심으로 해서 살펴보았지만, 시인 이해인의 시의 전체적인 주제(theme)를 이루고 있는 큰 줄기는 현세보다 내세에 중심축을 두고 복합적인 함축을 내포한 천국의 지향이었다. 일반 시인들의 작품이 행복한 삶의 의미를 묻는 보편적 관념에 머물고 있는 반면에, 그의 작품 속 반복되는 모티프는 현세를 뛰어넘어 황금보석으로 단장하고 수녀의 얼굴을 가리는 베일처럼 감추어져 있는 거룩한 성 예루살렘에 이르고 있기 때문에 신자와 불신자를 불문하고 문학의 울타리 안으로 끌어들여 구원의 길을 걷게 하는 신과 인간 사이 매개적 역할을 하고 있다.

그러므로 시의 주제가 명징하고, 누구나 기도하는 심정으로 읽으면 가슴에 와 닿아서 감동에 젖어든다. 종교적 냄새를 풍기는 신앙시보다 서정시를 높이 평가하고 있는 비평가들의 구미에는 맞지 않겠지만, 그는 이 시대, 하늘이 내린 천부적 시인임에 틀림없다고 단정하고 싶다.

예수의 심정으로 시인의 길을 걸은 애통의 시학

정호승론

1. 들어가면서

시인 정호승은 1950년 대구에서 태어나 1973년 대한일보 신춘문예에 「첨성대」가 당선되었으며, 6년 후인 1979년 『슬픔이 기쁨에게』(창작과 비평) 첫 시집을 출간하면서 문단활동을 시작한다.

화자를 일컬어서 논자들은 '사랑시인', '민중시인' 등으로 호칭하고 있지만, 왜 그가 사랑시인이며 민중시인인가에 대하여는 좀더 깊이 있게 다루지 못한 아쉬움이 있다는 생각을 하게 된다.

『서울의 예수』 한 권의 시집 속에서 노래하고 있는 애틋한 곡조들은 암울한 시대의 구조적 모순과 빈곤의 대물림 속에서 고통을 받고 있던 민중들의 아픔을 대변하는 애가(哀歌)를 시적 언어로 은유·묘사하여 부르고 있는데, 사회적 모순에 분노하면서 읊는 곡조가 구슬프고 애잔하여 정호승의 시를 읽다 보면 가슴이 뻐근해오는 통증을 느끼게 되고 자신도 모르게 눈물을 흘리게 된다.

물론 시인이 독자들보다 먼저 분노로 울 때 절창의 시가 탄생하기도 하지만, 화자는 눈물을 닦아주기 전에 먼저 실컷 울린다. 현실을 덮고 있는 절망을 걷어내어 속을 후련하게 만든 후, 민중들의 의식을 일깨우는 한 자루 희망의 촛불을 시로 밝힌다. 그리고 허무와 절망의 자리를 스스로 박차고 일어날 때는 소망과 행복의 빛 가운데로 걸어가야 인간답게 살 수 있다는 깨달음과 용기를 주고 있다. 마치 억울하게 쓰러져간 영혼을 위로하는 살풀이굿을 하듯 시적 운율의 춤을 덩실덩실 추며 깨달음의 흥을 돋우며 진리 가운데로 예인하고 있는 것이다.

정호승의 시는 사랑과 위로가 주는 평안함, 예리하고 날카로운 성찰의 힘을 동시에 지니고 있는데 먼저 시를 쓰는 주체인 자신이 통곡하고 그 다음에는 민중의 가슴 속을 파고들어 울리며, 위로하며 일으키는 특징을 보인다.

민중의 아픔을 자신의 아픔으로 끌어안고 통곡한 시력(詩歷) 40년의 작은 보상으로 2006년 제9회 가톨릭 문학상을 수상하기까지 화자의 작품들은 민중의 사랑을 받았고, 대중적인 명망과 함께 상업적으로도 큰 성공을 거둘 수 있었다고 할 것이다.

1970년대에서 오늘에 이르기까지 수많은 작품들을 발표하였지만, 그 가운데서 시집 제목도 독특한 화자의 두 번째 시집 『서울의 예수』(민음사)를 중심으로 해서 초기 시세계를 탐색, 그가 지향하고 있는 이상적 작품세계의 구축과 지향이 어디로 향하고 있는가를 살펴보고자 한다.

2. 열악한 시대적 현실과 개인적 환경의 연관성

시인의 시집 『서울의 예수』는 1982년에 민음사에서 출간되었다. 1970년대 이후 나타난 시인들 중에서는 분단의 이데올로기를 넘어선 군부독재 시절, 정치적 암흑과 민중들의 고통을 시적 종자로 삼아서 형상화시키고 구체화하는 양상을 띠었다. 그 가운데서 정호승의 작품들은 사회적으로 소외되어 멸시천대를 받는 음지에 속한 사람들을 끌어안고 시적 예술로 대응, 승화시키는 시정신의 치열함 속에서 몸부림친다.

1970년대는 '새마을 운동'을 모태로 하는 근대화의 물결을 타고서 영·호남, 충청 할 것 없이 전국에서 젊은 남녀들이 서울로, 서울로 집중하는 시대였다. 중고교 진학을 포기하고 맨손으로 낡은 가방 하나 들고 서울로 올라왔지만, 갈 곳이 없는 청년들은 버스 안내양이 되었고, 봉제공장 재봉틀을 밟았고, 길거리에서 냄새나는 구두를 닦거나 질통을 짊어지는 막노동을 했다.

밤과 낮의 구분 없이 철야하며 중노동에 시달리는 비참한 현실을 오직 인내로 견디던 시대였기에 화자는 그들의 슬픔과 고통을 대변하면서 비참한 삶의 현실들을 시적 소재로 삼아 사회적 모순과 병폐를 고발하는 목소리를 높인다.

노래하리라 비 오는 밤마다
우리들 서울의 빵과 사랑
우리들 서울의 전쟁과 평화

인간을 위하여
인간의 꿈조차 지우는 밤이 와서
우리들 함께 자는 여관 잠이
밤비에 젖고

찬비 오는 여관 문의 창문 밖으로
또 다시 세월이 지나가도
사랑에는 사랑 꽃
이별에는 이별 꽃을 피우며

노래하리라 비 오는 밤마다
목마를 때 언제나 소금을 주고
배부를 때 언제나 빵을 주는

우리들 서울의 빵과 사랑
우리들 서울의 꿈과 눈물

— 「우리들 서울의 빵과 사랑」 전문

이 작품을 살펴보면 당시 '서울의 상황'이 적나라하게 묘사되어 있다. 인간답게 살기 위한 기대감으로 배고픈 시골을 떠나 상경한 젊은 청년들 앞에 펼쳐진 현실은 매우 비참하였다.

기름 냄새 역겨운 버스회사 안내원 기숙사 혹은 영세한 봉제공장들이 마련해준 여인숙 숙소에서 수많은 사람들이 서로 얽혀 칼잠과 새우잠을 자야 했고, 반찬이라고는 단무지와 신 김치 몇 조각뿐이었으며 멀건 푸성귀 소금국에 퍼석한 밥 한 덩이 집어넣고서 배차시간에 쫓겨 버스에 올라야 했던 고단한 삶의 현실이 슬픔과 절망으로 드러난다.

특히 2연에서 "인간을 위하여/ 인간의 꿈조차 지우는 밤이 와서/ 우리들 함께 자는 여관 잠이/ 밤비에 젖고"라고 표현하고 있는 것은 악취가 진동하는 비좁은 곳에서 칼잠을 자야 하는 이런 직장을 구한 것이 행복인지, 슬픔인지, 다행인지, 불행인지 분석할 수 없을 만큼 빵에 대한 문제 해결이 시급했음을 표현하고 있는 것이다.

그런데 4연에서는 "노래하리라/ 비 오는 밤마다/ 목마를 때 소금을 주고/ 배부를 때 언제나 빵을 주는"이라고 말하고 있다. 그런데 이상하다. 왜 목마를 때 물을 주지 않고 소금을 주는가, 왜 배고플 때 빵을 주지 않고 배부를 때 주는가.

이것은 역설적 묘사이다. 목이 말라도 마실 물이 없고 배가 고파도 먹을 빵이 없다는 비참한 현실을 진술하고 있는 것이고 빵과 사랑, 꿈과 눈물이 범벅이 된 채 인간들은 비에 젖어 있고, 슬픔에 젖어 있다는 비참함에 대하여 표현하고 있는 것이다.

그렇다면 정호승은 왜 절망하고 신음하는 그들에게 관심을 집중하고 있는 것일까.

1970년대 민중의 아픔에 대하여 관심을 보인 여러 시인들이 존재하고 있었지만, 화자는 유난히 그들의 아픔을 끌어안고 슬퍼하고 있음을 볼 수가 있다. 이런 현상들은 시인이 경험한 과거적 현실 환경과 상관관계가 있는 것 같다.

시인의 첫 시집 『슬픔이 기쁨에게』 발문을 쓴 대학동창 박해석 시인의 말에 의하면 대구에서 상경, 경희대 국문과에 입학, 문예장학생으로 등록금 혜택은 받았지만 그 넓은 서울 땅에서 작은 몸뚱어리를 누일 수 있는 공간은 없었다고 말하고 있다. 그래서 갈 곳이 없는 그들은 대학 강의실에서 깡 소주잔으로 우정을 맹세하고 문학적 낭만을 노래하며 라면으로 끼니를 때웠다. 교단 밑에 감추어 두었던 얇은 담요를 꺼내 덮고, 추위에 떨며 새우잠을 자야했던 비참한 현실을 경험하였기에 화자는 대학 졸업 후 배고픈 민중들을 위해서 시를 쓰겠다는 결심을 하게 된 계기가 된 것 같다. 만약에 화자가 등록금 조달에 신경을 쓰지 않고 부유한 환경에서 비싼 커피를 마시며 카페나 드나드는 화려한 귀족으로 대학생활을 하였더라면 그의 작품세계는 성향을 달리하면서 배부른 자들을 위한 축제의 노래가 되어 민중의 가슴을 울리고 찢는 애통의 생명력을 함축하지 못했을 것임에 틀림이 없다.

그가 대학을 졸업한 후에 배고픈 민중들을 의식하고 그들을 외면하지 않는 시인의 길을 걸어서 슬픔을 기쁨으로 바꾸며 자아 탐구한 시적 진리의 떡을 떼어 정신적 배부름을 제공하는 묵시적 신의를 지킨 고귀함을 엿볼 수 있다는 점에서 내면에 흐르고 있는 인격의 깊이를 어느 정도 유추해 볼 수 있다.

3. 예수의 인간화 자신과의 동일성

　민중들이 고통 받는 암울한 시대에 정호승은 현실을 반영한 직관적 비판을 담은 작품들을 연이어 발표한다. 상재한 시집 『서울의 예수』에서 그는 시인으로서 자신이 걸어갈 길을 예고하고 있는데, 그것은 어둠에서 빛으로 인도하는 '인간 예수'가 되는 것이었다. 인간 예수가 된다는 선언은 사이비 종교의 교주가 되겠다는 것이 아니다. 오랜 세월, 구세주를 열망하던 선민(選民) 이스라엘 백성들의 메시야로 초림했다가 그 백성들의 손에 의해서 십자가에 달려 죽은 예수의 심정으로 미래에 닥쳐올 고난을 극복하며 두려움 없이 소신 있는 작품들을 쓰겠다는 각오를 진술하고 있는 것이다.

　1970~1980년대는 군부독재에 의해서 시인이 시를 함부로 쓸 수가 없고 발표에도 신중해야 하는 그런 시대이기도 했다. 대중가요에도 금지곡이 존재하고 있었던 시대이니만큼 민중의 아픔과 고통을 대변하는 문학작품을 쓴다는 것은 십자가를 지는 것 같은 고난이 따르는 위험한 상황을 만날 수 있기 때문이다.

> 그는 모든 사람을
> 시인이게 하는 시인
> 사랑하는 자의 노래를 부르는
> 새벽의 사람
> 해 뜨는 곳에서 가장 어두운
> 고요한 기다림의 아들
>
> 절벽 위에 길을 내어
> 길을 걸으면
> 그는 언제나 길 위의 길
> 절벽의 길 끝까지 불어오는

사람의 바람

들풀들이 바람에 흔들리는 것을
용서하는 들녘의 노을 끝
사람의 아름다움을 아름다워 하는
아름다움의 깊이

날마다 사랑의 바닷가를 거닐며
절망의 물고기를 잡아먹는 그는
이 세상 햇빛이 굳어지기 전에
홀로 켠 인간의 등불

— 「시인 예수」 전문

정호승은 시인이라는 자신의 직업을 천직으로 여기고 있고, 시인의
사명은 신의 거룩함과 인간에 대한 휴머니즘적 사랑에 이르도록 십자
가를 져야 한다는 것을 인식하고 있는 것 같다.

물론 예수께서 절망 속에 살고 있는 사람들에게 복음을 전하는 것이
나, 시인이 희망적이고 소망적인 시를 써서 발표하는 것은 성질 면에
서는 동일한 선상에 놓고서 볼 수도 있을 것이다. 암울한 시대, 비참한
현실을 목도하고 있는 시인의 직임은 예수와 같이 민중들에게 기쁜 소
식을 전하는 복음 전도자의 사명이나 투쟁을 위한 길을 앞서 걸어야
겠다는 인식을 갖게 되었다. 화자가 이렇게까지 시대적 현실에 안타까
움을 느끼고 하나님의 아들, 예수의 심정으로 목소리를 내게 된 것은
그가 바라보는 세상은 슬픔의 먹구름이 덮여서 고통의 비가 멈추지 않
고 있는 절박한 상황이었기 때문이다.

2연에서 "절벽 위에 길을 내어/ 길을 걸으면/ 그는 언제나 길 위의
길/ 절벽의 길 끝까지 불어오는/ 사람의 바람"이라고 표현한다. 절벽

위에 길을 내어서 길을 걷는다는 시적인 묘사는 행복의 길이 사라진 상태에서 생존의 길을 찾아서 울고 있는 민중들의 절망, 그 극치를 그려내고 있다. 대중들이 무거운 짐을 내려놓을 수 있는 도피성은 외적인 환경에서는 불가능하고 종교적인 만족이나 심적 위로를 추구하여 힘을 얻는 방편, 오직 예수밖에는 없다고 확신하고 있는 것이다.

사실 기독교 백년사에 있어서 1970~1980년대는 한국의 영적 신앙 부흥기에 속한다. 수많은 교회들이 곳곳에 세워졌고 예배당마다 사람들이 넘쳐나고 찬송의 소리가 온 세상에 울려 퍼진 현상은 암울한 시대, 소망의 탈출구가 종교밖에는 없었기 때문이다. 교회는 죽음 이후의 미래에 대한 소망과 함께 현실적인 삶에 대한 기복적인 메시지로 대중들의 상처를 치유하는

피난처, 영적 병원의 역할을 감당하였던 것이다.

그런데 화자는 선구자적 의식으로 자존심을 지키고 있는 동시대 시인들에게 심각한 질문을 던지고 있다. '시인의 길을 걸어갈 때, 예수의 심정으로 걸어 어둠을 밝히는 진리의 등불이 되려는가' 하는 것이다. 다시 말해서 한 편의 시를 창작하더라도 허공을 울리는 꽹과리나 공허한 울림이 되지 말고 진정 민중들의 삶 속에서 절망을 뒤집어엎고 사랑의 꽃을 피워내는 소망 있는 작품을 쓰자는 것이다.

시인이 예수의 심정을 가져야 한다는 것은 먼저 깨달은 자의 원초적 거룩한 지향일 뿐, 계란으로 바위를 치는 어려운 난제임을 정호승은 인식하고 있었을 것이다. 그런데도 예수를 인간화시키고 인간화시킨 예수를 당대의 모든 시인들이었으면 좋겠다고 외침으로써 시인의 사명, 그 중요성을 부각시킨다. 시인이란 양심의 등불을 꺼트리지 않고 시대적 어두움을 걷어내는 일에 앞장서서 종교적 휴머니즘 십자가를 기쁨으로 짊어져야 한다는 것이다. 그렇다면 동시대 민중들의 슬픔과 고통에 동참한 시인들 중에서 화자의 위치는 당연 선두였음을 인정할

수밖에 없을 것 같다.

> 서울의 이름으로 너희에게 평화 있으라
> 오늘도 쓸쓸한 봄풀을 바라보며
> 너희는 정성을 다하여 마음을 고요히 하라
> 서울에는 진정으로
> 감사의 눈물을 흘리는 자가 아직 없나니
> 빈들에 마른 풀 같은 너희는 이제
> 서울의 이름으로 봄밤을 흔들어 깨우라
> 목마른 자가 물 마시는 꿈을 꾸다가
> 새벽에 깨어나서 더욱 목말라하고
> 송장메뚜기 한 마리가
> 온 나라의 들풀을 갉아먹고 혼자 웃나니
> 사람들이 뜯어먹을 풀 한 포기 없는
> 서울의 이름으로 너희에게 기다림이 있으라

—「서울 복음 1」중에서

「서울 복음 1」의 내용을 보면 정호승은 마치 메시야처럼 민중들을 향해 복음을 전하는 현대판 예수가 되어 있음을 알 수가 있다. 과연 정호승은 예수와 자신을 동일시하는 영웅주의나 신비적 환상주의에 빠져 있는 것인가. 질책과 책망, 경고와 조소가 함께 어우러진 이 한 편의 시에서는 "송장메뚜기 한 마리가/ 온 나라의 들풀을 갉아 먹고 혼자 웃는다"고 표현하고 있다. 이것은 독재정권의 위정자들과 그 밑에 빌붙어서 기생하고 있는 불의의 축재자들을 향한 경고의 메시지이다.

그리고 "사람들이 뜯어먹을 풀 한 포기 없는/ 서울의 이름으로 너희에게 기다림이 있으라"고 외치고 있는데 목사나 신부의 축도를 변형시켜 희망적으로 들려오는 내용들 속에 함축되어 있는 진리는 무엇인가.

이제 곧 봄이 오고 있음을 알리고 싶은 것이다. 이제 곧 파릇파릇 돋아나는 봄풀을 만나게 될 것이니 희망의 끈을 놓지 말고 인내하라고 민중들의 의식을 일깨우고 있다.

「서울 복음 1」의 내용대로 정치적인 과도기를 여러 번 거치면서 한국은 경제적인 부흥을 가져오게 되었고, 시인 정호승의 예언은 정확하게 적중한다. 길거리에서 코를 막고 눈물을 흘리던 최루탄 냄새가 사라지고, 학생들의 데모가 없는 평화로운 시위문화가 형성되었고, 사회는 안정을 되찾았으며, 봄풀들이 자라기를 기다리던 민중들이 어느 정도 풍족한 삶을 이어가게 되었으니 『서울의 예수』는 한 권의 시집이면서도 미래를 예언하는 복음서적인 역할을 다했다고 판단할 수 있을 것이다.

시인은 고난의 가시밭길을 걷는 예수처럼 소망적 외침이 있어야 하고 미래적 구원을 예언하는 각 시대의 등불이어야 한다는 화자의 주장은 영웅주의에서 비롯된 자기도취나 환상이 아님을 알 수가 있다. 슬픔과 기쁨, 절망과 희망, 성공과 실패, 그늘과 햇빛 등으로 변주되는 것이 삶이고 인생이지만 시인이 된 존재는 민중의 고통이 절망에서 비참으로 끝나지 않도록 힘과 용기를 불어넣어주어야 한다는 것이다. 정호승은 암울한 시대, 문학적인 방편을 빌어서 소망적인 메시지를 던져주는 시인 예수의 길을 문학이라는 십자가를 짊어지고, 흔들림 없이 걸었다고 단정하고 싶다.

4. 죽음을 통과한 부활의 시편들

예수의 죽음은 부활이라는 새로운 소망으로 환치시키면서 처절한 고통과 절망이 환희와 축복으로 일순간에 뒤바뀐 위대한 사건이다.

화자의 시편들이 민중들의 주목을 끌며 상업적으로 성공, 쇄를 거듭하게 된 것은 역설의 시법과 반복법, 독특한 비유 그리고 건성으로 울지 않고 진정으로 애통하는 진실의 염분 농도가 높았던 그가 흘린 눈물 때문이 아닐까 싶다.

예수께서 복음을 전하실 때에도 직설하지 않고 핵심적인 진리는 사물을 동원하거나 비유를 들어서 상징적으로 말씀을 하셨는데 열 처녀의 비유, 달란트의 비유, 청지기의 비유 등은 이천 년의 세월이 흐른 지금까지도 신학적·교리적 논쟁의 불을 꺼트리지 않고, 그 실체적 본질을 찾아서 접근하고 있는 수많은 신학자들을 양산하고 있는 것이다.

화자의 시를 감상해 보면 타인이 쉽게 모방할 수 없는 경지에 이른 듯한 달관한 시법을 보인다.

창밖에 기대어 흰눈을 바라보며
얼마나 거짓말을 잘할 수 있었으면
시로써 거짓말을 다할 수 있을까

거짓말을 통하여
거짓말의 시를 쓸 수 있을까
거짓말의 시를 읽고 겨울밤에는
그 누가 홀로 울 수 있을까

밤이 내리고 눈이 내려도
단 한 번의 참회도 사랑도 없이
얼마나 속이는 일이 즐거웠으면
품팔이하는 시인이 될 수 있을까

생활은 시보다 더 진실하고
시는 삶보다 더 진하다는데
밥이 될 수 없는 거짓말의 시를 쓰면서
어떻게 살아 있기를 바라며

102

어떻게 한 사람의
희망이길 바랄 수 있을까

― 「거짓말의 시를 쓰면서」 전문

이 시의 행간에 숨은 주제는 거짓말이다. 시의 이미지를 묘사할 때
는 행간에서 단어의 중복 사용을 되도록 피하는 것이 기본이다. 화자
의 시법은 문학적 이론이나 시론 등 기존 지식을 뛰어 넘어서 자기만
의 시세계를 구축하고 있다.

위의 시에서 '거짓말'이라는 단어가 6회 반복되고 있는데, 민중들의
아픔과 고통을 외면한 채 시를 쓰고 있는 문인들에 대한 도전적인 반
박이고 야유이며, 신랄한 비판으로도 비쳐질 수 있는 이 작품이 담고
있는 진정한 뜻은 무엇일까.

그것은 시의 본질에 대하여 말하고 싶은 것이다. 4연에서 "생활은
시보다 진실하고/ 시는 삶보다 진하다는데" 하고 말하고 있다. 물론
이 말은 당시의 시대적인 배경과 고통스런 현실을 중심으로 해서 이해
되고 해석되어야 할 것이다. 어느 시대나 선구자적인 사명을 가지고
시를 써서 어둠을 밝히거나 진리를 일깨우는 시인들이 존재하고 있었
지만, 그 숫자는 매우 미미하다고 할 것이다. 그렇다면 화자의 시집
『서울 예수』 제1부 첫 장에 「거짓말의 시를 쓰면서」 이 작품을 수록한
것은 시집에 담겨 있는 후속 시편들에 대하여 자기 보증을 하고 있는
성격이 강하다.

다시 말해서 '나의 작품들은 배가 고파도 양심을 팔지 않았고 속고
속이는 즐거움 때문에 품팔이를 하지 않은 진실한 작품으로 때가 묻지
않았다. 그러므로 감성의 눈을 크게 뜨고 사색, 탐독해서 힘을 얻고 소
망을 얻을 수 있기를 바란다'는 뜻을 내포하고 있는 것이다.

자신의 작품에 대하여 스스로 보증하고 있는 화자의 작품들은 시의 진실성을 충족하고 있고 진솔한 메시지를 함축하고 있다. 평자는 화자의 작품에 대하여 죽음을 통과한 부활의 시편들이라고 인정하고 싶다.

그렇다면 언제 정호승이 죽었는가? 정호승이 죽었다는 표현은 시를 쓰면서 자아가 죽는 연습을 게을리 하지 않았거나 아집과 교만, 명예를 좇고 불의와 타협하여 사욕을 채우고자 하는 물질적 탐욕에 대하여 철저히 죽은 듯한 의식이 엿보인다는 말이다. 일평생, 민중들을 위하여 진실한 메시지를 담은 소망적 작품만을 쓰겠다는 스스로의 언약 속에서 이탈하지 않았고, 시인의 길을 마치 예수처럼 걷고 있다는 것을 강조하고 싶은 심정이다.

정호승의 시는 누가 읽어도 마찬가지이다. 몇 번을 거듭해서 읽을 수밖에 없는 함축, 지성과 감성이 잘 변주되어 있는 독특한 시어들로 구성되어 있다. 시적 구성이 탄탄하다 못해 치밀하다고 할 것이며, 메시지의 핵심이나 시적 주제를 탐색하는 진지함 없이 건성으로 읽고 지나갈 수 없는 것이 특징이다. 그 이유는 상상의 강을 따라 고요하게 흘러가다 변화무쌍하게 폭포로 추락하는 큰 낙차를 보였다가 다시 평온하게 흐르는 시적 운율로 반복하고 있어 대중들의 감성 속을 자유자재로 드나들거나 침범하고 있기 때문이다.

> 서울에는 바다가 없다
> 서울에는 사람 낚는 어부가 없다
> 바다로 가는 길이 보이지 않아
> 서울에는 동백꽃이 피지 않는다
> 서울의 눈물 속에 바다가 보이고
> 서울의 술잔 속에 수평선이 기울어도
> 서울에는 갈매기가 날지 않는다
> 갯바람이 불지 않는다

서울에 사는 사람들은
바다를 그리워하는 일조차 두려워하며
누구나 바다가 되고 싶어 한다

―「서울에는 바다가 없다」 전문

이 작품에서 보듯이 서울에는 바다가 없다는 당연한 사실을 언급하면서 출발하고 있는데 시적 정황을 감싸고 있는 주제는 바다이다. 그당시 서울의 현실을 이처럼 잘 표현하고 있는 화자의 시적 기교는 가슴과 머리 속을 맴돌고 있는 지성과 감성의 한계를 시적 미감으로 환치하는 독보적인 형태로 구성되어 감탄을 이끌어낸다.

"서울에는 사람 낚는 어부가 없다", "길이 보이지 않는다", "동백꽃이 피지 않는다" 등은 현실 절망의 극치를 묘사하고 있다. 이런 절망을 거듭 환기시키기 위해서 "갈매기가 날지 않는다/ 갯바람이 불지 않는다"고 거듭거듭 표현하고 있다.

그러나 결론에 가서는 "그렇지 않다", "않는다" 등으로 변환, "누구나 바다가 되고 싶어 한다"고 끝을 맺고 있다. 이것이 정호승 시의 독특함이고 극한 절망 속에서 희망의 빛을 찾아서 스스로 흘리던 눈물을 닦고 걸어 나오는 자력의 힘을 불어넣어주고 있는 것이다.

2행에서 말하고 있는 "서울에는 사람 낚는 어부가 없다"는 표현은 더욱 아이러니하다. 왜냐하면 1980년 당시는 교회마다 전도의 열기가 뜨거워 고속터미널, 서울역 할 것 없이 노방 전도자들을 쉽게 만날 수 있었던 시대이기 때문이다. 화자는 열렬히 전도하는 그들의 모습을 보면서 기발한 발상으로 이 시를 쓴 것으로 보인다.

화자의 시세계는 탐색할수록 깊이가 있다. 「서울의 예수」라는 작품에서처럼 한강이 아닌 시인의 시집에 낚싯대를 드리우고 사색에 잠기

면 운율이 요동치는 강물 속에서 진리의 대어를 건져서 희망과 성공을
향해 달려갈 수 있는 이정표를 발견하게 된다.

이런 작품들이 그의 가슴 속에서 표출되어 이미지화되었다는 것은
개인적인 탐욕이나 세상이 주는 모든 호화로운 것들에 대하여 철저히
죽었다는 증거이다. 오직 민중을 위해서 진리를 외치는 전도자, 예수
의 심정으로 문학의 길을 걸었기 때문에 상처받은 민중들의 아픔을 치
료하고 허기를 채워주는 좋은 시를 쓰게 된 것이다.

5. 나가면서

시인 정호승은 1970년대 말부터 개인적 신변의 위험을 무릅쓰고 현
실비판적인 리얼리즘(realism) 시를 쓰기 시작해서 1982년 『서울의 예
수』를 출간한다. 그 후 40여 년 가까운 긴 세월이 흘렀다.

세상은 급변하여 대중버스에서 안내양의 모습도 사라지고, 밤새워
일하던 청계천의 노동자들도 이제는 물질적인 풍요를 누리며 눈물 젖
은 빵 한 조각 때문에 더 이상 코피를 쏟지 않는다. 노동자의 이익을
대변하는 노동법이 존재하고 고통 받는 민중을 위한 사회단체들이 그
들의 권리를 지켜주면서 상생의 삶을 살고 있다.

그렇다면 화자의 작품세계는 어떻게 변하였으며 이제는 통곡과 애
통의 눈물을 흘리지 않고 시를 쓰고 있을까. 1997년 5월에 출간된 화
자의 다섯 번째 시집 『사랑하다가 죽어버려라』 후기에서 그는 이렇게
말한다. "7년 만에 다섯 번째 시집을 내게 되었다. 그동안 시를 쓰지
않고 살아온 날들이 후회스럽다." 언뜻 보면 편안하게 미소 짓고 있는
것 같이 보인다. 그러나 평자의 눈에 비치는 시인의 모습은 여전히 눈
물을 흘리며 전국을 바람처럼 떠돌며 배회하고 있는 것 같아 보인다.
구걸하는 사람들도 사라지고 배고픈 노동자들도 임대 아파트에서나마

행복을 노래하고 있는데 그는 왜 여태껏 애통하고 있는 것일까.

> 수녀들이 날마다 강간을 당한다
> 술 취한 아버지를 아들이 칼로 찌르고 방에 불을 지르고
> 어머니가 발가벗고 아들에게 체위를 가르친다
> 아침마다 지하철은 개미들을 가득 싣고 한강으로 빠지고
> 개들이 고무신을 신고 낙엽을 밟으며 청와대 앞길을 걷는다
> 아버지도 딸의 옷을 벗기고 달 밝은 밤에 잠을 자지 않는다
> 머리에 물을 들인 소녀가 화장실 변기에 앉아
> 아이를 낳고 바람이 되어 사라진다
> 어디에도 인수봉은 보이지 않는다

　　　　　　　　　　　　　　　— 「기적」 중에서

　정호승은 한강의 기적이 낳은 물질만능주의 시대 과학기술의 발달로 건설된 타락의 세상에서 또 다른 고민을 끌어안고 울고 있다. 1970년대 한 조각 빵 때문에 울어야 했던 시대보다 더 큰 통곡과 애통을 하고 있는지도 모른다.

　그 이유는 무엇인가. 아버지가 딸을 범하고 아들이 부모를 죽이고, 매일 같이 수녀들이 끌려가 강간을 당하는 강력 범죄가 끝없이 일어나는 시대적인 변화, 현대인들의 광란적인 야누스의 삶 때문이다. 수녀가 강간을 당한다는 의미는 무엇인가. 전자팔찌 제도를 도입해야할 만큼 미성년자들의 성폭행 상황을 비유하고 있는 것이다. 허기를 면한 풍요로운 사회는 추악한 범죄라는 또 다른 상황을 만들어내고 있기 때문에 한 시대를 직시하는 시인의 고뇌는 죽음의 순간까지 끝없이 이어지고 있는 것이다.

　화자는 일평생 시인의 정체성을 지키며 예수의 심정으로 애통했고 대성통곡을 하면서 시를 썼다. 김대중 대통령이 분단된 남북문제와 독

재정권에 대항한 공로로 노벨평화상을 수상했듯이 '예수 시인' 정호 승에게는 민중의 아픔을 끌어안고 애통의 시학, 그 길을 걸은 공로로 2006년 제9회 가톨릭 문학상이 주어졌다.

한국문단에 각종 문학상이 남발, 시인의 순결과 정조를 빼앗고 대신 던져주는 더러운 화대처럼 매매되는 현실인데 화자는 상 받기도 즐겨 하지 않는 것 같다. 요즈음 갓 등단한 시인들의 프로필에도 정체불명 의 문학상 수상이 몇 회씩 포함되어 있다. 거의가 이름만 들어도 누가 문학을 빙자하고 난도질해서 팔아먹었는지, 얼마에 흥정해서 산 것인 지 대충 짐작할 수 있는 부끄러운 상들이 주류를 이루고 있다.

그러나 화자는 문단 데뷔 근 40년 만에 오랜 세월 통곡하였다는 공 로로 가톨릭교회가 주는 상을 받았다. 그가 받은 문학상은 가치가 있 다. 시상은 가톨릭교회가 했지만 그의 작품에서 힘과 용기를 얻어서 절망의 숲을 헤쳐 나왔던 그 옛날 절망했던 민중들의 이름으로 주는 귀한 상이기 때문이다.

스스로 오만을 경계하며 메시아적인 의식으로 발표되었던 정호승의 시는 배고픈 시대에는 따끈따끈하게 구운 밀가루 호떡처럼 민중들의 배고픔을 잊게 해주었고, 오늘 타락의 극치를 보이는 이 시대에는 기 능을 상실한 병든 양심을 파고드는 채찍의 역할을 하는 기능적 양면성 을 보이고 있다. 허기로 뒹굴던 시대에 민중들의 기억 속에 영원히 남 는 시인, 인간 예수의 심정을 지닌 문학적인 행보는 그가 이 땅에 존재 하는 전이나 후에도 시간의 흐름을 초월하여 지속적인 사랑을 받게 될 것이다.

3

영원 지향의 시학

삶의 향기 진동하는 아가페적 가톨릭시즘(Catholicism)

김미화(스텔라) 시집 『나의 사랑 하늘입니다』

1. 신앙과 작품과의 관계성

김미화의 시집 『나의 사랑 하늘입니다』는 제목부터가 가톨릭시즘 세계관에 바탕을 두고 탐색되어져서 그런지 내세지향적인 거룩한 냄새를 물씬 풍기고 있다. 통독한 원고 절반 이상이 믿음이 돈독한 신앙시로 채색되어 있기 때문에 종교적 구원의 문제를 견고하게 하면서 뭇 영혼을 정화시키는 역할을 하고 있다.

시인의 작품과 종교관은 불가분 유기적 관계를 형성하면서 문학적인 특징으로 나타난다. 작품을 접하는 독자들은 한 편의 시 속에서 시인의 사상과 철학적 관념까지 끄집어낼 수 있는데 이를 농사에 비유하면 시인의 신앙은 파종하는 씨앗으로 창작 작품은 추수 때 거두는 열매로 이해하여도 무방할 것이다.

평자는 먼저 태풍이 불어도 흔들림이 없을 것 같은 화자의 가톨릭 신앙에 관하여 관심을 가져보았다.

> 꿈의 결실
> 베드로, 미카엘라, 스텔라, 바오로, 가브리엘라
> 기도의 품에 안고 민간인 통제구역
> 지아비 바라기로 따라 돌며
> 가르침의 날개 아프게 접고

뽀얀 흙먼지 길에
핏빛 자목련 꽃으로 피어난 여인

아픈 세월의 강
보랏빛 자맥질 숙명으로 끝내고
반쪽 잃은 몸으로
일흔 성상 위에 영롱한 침묵
보석처럼 반짝입니다

— 「마리아의 고희」 중에서

마리아(어머니)의 고희를 맞아서 감사하는 심정으로 쓴 위의 작품에서 감지되는 것은 두 가지이다. 첫째는 신앙연조에 대한 유추이며, 둘째는 남편을 잃고 5남매를 성장시킨 어머니 마리아의 희생적 사랑과 교육에 대한 열정이다. 훌륭한 어머니는 김미화의 문학에 있어서 출발점이 된 것으로 보인다. 화자의 신앙뿌리는 어머니에게서 유전되었고 유년시절부터 체질화된 신앙과 믿음은 훗날 사랑으로 승화되면서 인격으로 굳어졌다.

한국문단에서 신앙시를 쓰고 있는 시인들의 대부분이 부모로부터 물려받은 모태신앙이거나 유년시절부터 신앙 교육을 철저하게 받으면서 성장하였다는 공통점을 지니고 있다. 그래서 그런지 지천명의 인생길을 걷고 있는 삶의 발자국은 흔들림이 없고 혼돈의 숲에서 헤매고 있지도 않다.

『나의 사랑 하늘입니다』 표제에서 관류하고 있는 종교적 지향이나 의미는 무엇인가. 손에 들고 있는 인생 열차의 티켓이다. 이 땅 위에 부귀영화나 욕망의 탑을 건설하는 데 힘쓰기보다는 마지막 종착지, 하늘(천국)에 대하여 사랑과 관심, 삶의 열정을 집중시키며 그 위대한 나라를 유업으로 물려받는 영광의 날에 소망을 두고 지혜롭게 살아가는 것이 중요하다는 것을 암시하고 있는 것이다.

신앙심이 깊은 김미화의 시세계가 어떻게 펼쳐지고 있는지, 동일한 시대를 살고 있는 인생들에게 던져주는 심오한 메시지가 무엇인지 일별해보고자 한다.

2. 시적 소재의 다양성 및 통찰의 깊이

김미화의 시적 경향은 기독적 신앙체험과 자아성찰에서 표출된 진솔한 고백 등이 주류를 이루고 있지만, 다양한 소재로 독자들의 마음을 사로잡는다. 시를 쓰는 모든 시인들이 그러하겠지만, 화자의 시에는 독특한 자기만의 목소리와 성찰이 응축되어져 삶과 인격을 대변하면서 가슴 속에서 끓고 있는 구령애의 열기와 혼합된다.

> 가을바람에 마른 심장
> 허기진 핏줄을 채우려
> 나도 모르게 움켜쥔 포도 한 송이
>
> 가슴 울컥거림 진동에
> 싱크대 아래로 뚝 떨어진 한 알
> 발에 밟히며 비명을 지른다
>
> 보듬어 살리는 기쁨으로
> 아프게 터지는 유혈의 웃음
> 이사야의 당신 목소리로 들려옵니다
>
> ― 넌
> 내 눈에 넣어도 아프지 않을
> 나의 귀염둥이 내 사랑이다

변함없이 샘솟는 자줏빛 사랑
흥건히 젖는 감사의 전율
그 사랑에 안기어 홀연히 일어납니다

― 「자줏빛 사랑」 전문

시의 제목은 평이하게 붙여놓았지만, 사소한 체험을 형상화시킨 함축의 메시지는 그 의미가 깊다.

이 시의 창작 동기는 일상에서 흔히 있는 사건이다. 가을 끝물 포도를 씻다가 포도알이 이탈되어 싱크대 밑으로 뚝 떨어졌고, 발아래 밟혀 그만 터져버린 것이다. 일상에서 벌어지는 이런 사건은 누구나 체험할 수 있고 추락한 포도알은 발에 밟혀 터지지 않았다 해도 거의가 다시 주워 담지 않고 쓰레기통에 버리게 된다.

감성이 예민한 시인은 이 사건에서 기발한 발상을 얻어 한 편의 시를 쓴다. 사물을 바라보는 시안(詩眼)이 열려 있고 메시지 또한 간결하면서 의미성을 내포하고 있어서 어떤 재료이든지 간에 기회(소재)만 주어지면 자유롭게 요리(창작)할 수 있는 노련미를 지니고 있음을 감지하게 된다.

그런데 김미화 시인은 터진 포도알을 주워, 보듬어 살리는 기쁨을 체험했다고 말하고 있고 이때, 허공에서 들려오는 신비한 음성을 듣게 된다. '이 터진 포도알이 바로 주님 앞에서 시인, 자신의 모습'이라는 깨달음이다. 발에 밟혀 터져버린 절망적인 상태, 비참하게 버려질 수밖에 없는 현실인데 "내 눈에 넣어도 아프지 않을/ 나의 귀염둥이 내 사랑이다" 주님은 말씀하고 있다는 것이다.

포도를 의인화시킨 시법의 노련함 속에서 함축의 의미 또한 자신이 체험한 환희를 독자들에게 전달시켜 공유하고 있는 좋은 작품이다. 사물이나 사건을 바라보는 시적 안목이 이보다 더 깊을 수는 없을 것이다. 이렇게 깊이 들여다볼 수 있다는 것은 무엇을 증명하는가. 맑고 깨 끗한 계곡물에서 헤엄치는 물고기를 쉽게 발견할 수 있듯이 화자의 감수성이 순수하고 투명하여 관찰력 또한 예민함을 증명하고 있다.

해풍에 결핵을 앓아
꼬득꼬득 말라가는 널
어부는 철저하게 외면하였겠지

푸른 유영 그리워 몸부림치다
싸늘하게 식어간 너의 시신 앞에
저 갈매기 슬피 날며 곡이나 하여 주었을까

핏빛, 네 아린 속살에
위안의 미역 이파리
부드러운 수의로 덮는다

씹을수록 고소하고 알싸한
취한 듯 아득하고 묘한 맛
어젯밤 불면으로 쓰여진 내 시가 너였으면 좋겠다

―「구룡포 과매기」 전문

시인이 사물을 바라보면서 토해내는 언어나 미묘한 비유들이 감칠 맛이 날 때, 독자들은 시인의 시에 심취하여 행복에 젖게 된다. 그리고 그 시인의 진정한 팬, 독자가 되어 연속 발간되는 시집을 기다리게 된다.

위의 시에서 자기만의 독특한 상상과 이미지, 시어(詩語)를 발견하게 되는데 평자의 입가에 흐뭇한 미소를 선물하고 있다. 과매기가 해풍에 말라가는 과정에서 하늘 나는 갈매기가 통곡하여 주었는지 묻는 부분도 그렇지만, 돌돌 싸서 먹는 미역을 '수의'로 표현하고 있어서 놀랍다. 과매기도 인간처럼 마지막 걸치고 가는 미역비단 소재, 수의가 존재한다는 것을 나는 오늘 김미화의 시를 읽으며 깨닫게 되었다.

시의 전개에 있어서 물처럼 이어가는 각 연의 흐름도 중요하지만 결론 잘 쓰기는 시에 생명을 불어넣는 마지막 작업으로 참으로 중요하다. 과매기를 입 안에 넣고 꼭꼭 씹으면서 내뱉는 화자의 독백 "어젯밤 불면으로 쓰여진 내 시가 너였으면 좋겠다"는 감동적인 맛에 대한 최고의 표현, 찬사가 아닐 수 없다.

김미화 시인의 어법은 단순한 것 같으면서도 아무나 쉽게 건져낼 수 없는 독특함을 지니고 있다. 작품들마다 꼬득꼬득 알싸한 과매기 맛을 지니고 있고 언어의 흐름이 자연스러우면서도 은근한 호소력을 내포하고 있는 특징을 보이고 있어 서정시인의 자질이 엿보인다.

3. 타인을 위한 희생적 사랑

오늘날처럼 극단적인 이기주의로 치닫고 있는 현실에서 자신보다 타인을 위해 산다는 것은 신부나 수녀처럼 성직자의 신분이 아니면 불가능할 것이고, 그런 삶을 추구한다면 존경받기보다는 바보처럼 산다는 비난의 돌에 맞아 원치 않는 상처를 입기 쉬울 것이다.

김미화의 시를 읽으면서 그의 고상한 인격에 대하여 깊은 생각에 잠기게 된다. 왜냐하면 한 편의 시는 그 마음속에 자아(自我)가 진솔한 언어의 옷을 입은 미감의 실체이기 때문이다.

> 어디서 온 바람인지
> 딩동딩동, 불쑥 들어와
> 팥 시루떡 한 접시 전해준다

이웃, 구수한 마음 고맙게 받았지만
빚진 기분이다
아래층에 묵고 있는 내가 약자인데
다툼 없이 잘 지내길 기도할 뿐이다

—「2007, 이웃」 전문

이 작품에서도 언급하고 싶은 것은 많지만, 시인의 보편적인 의식만
확인하고 지나간다.

화자는 받기보다는 주는 것을 더 기뻐한다. 이사 온 가정에서 이웃
에게 돌리는 시루떡 한 접시까지도 타인에게 받는 것은 빚진 기분이라
고 말한다. 물론 그릇을 돌려주면서 보답의 정성을 담았으리라 유추되
지만, 이웃에게 베풀기를 원하는 천성이 감지되고, 간결한 시이지만
강자와 약자가 더불어 살면서 소음문제로 다툼이 없는 이웃 배려의
미, 공동체 의식의 중요성을 표현하고 있다.

오늘 하루만큼은
자신을 위하여 구하지 않겠습니다
가족을 위하여 기도하지 않겠습니다

사욕을 좇는 기도만 해왔기에
오늘 아침 태양을 바라볼 때
심히도 부끄러워 눈을 감았습니다

내가 받아야 할 양식 있다면
어려운 이웃에게 주시고
내가 누려야 할 축복 있다면
병든 이들에게 나누어 주옵소서

성모님
나의 진실한 기도를 들어주소서

— 「마음 가난한 날의 기도」 전문

이 작품에서 보면 타인을 위한 사랑을 실천하는 시인의 의식을 확고하게 느낄 수 있다.

자신을 위하여서, 가족을 위하여서 오늘 하루는 특별히 구하지 않겠다는 것은 평신도의 기도라고 말하기는 차원이 매우 높다. 왜냐하면 모든 인간들은 타인에게 피해를 주지 않고 더불어 사는 방편을 강구하면서도 자기의 유익을 쫓는 이기심을 소멸시키기는 매우 어렵기 때문이다.

"내가 받아야 할 양식 있다면/ 어려운 이웃에게 주시고/ 내가 누려야 할 축복 있다면/ 병든 이들에게 나누어 주옵소서" 참으로 멋진 기도이다. 성모님께서 이 기도를 들으셨다면 타인에게는 물론 화자의 인생길에도 갈증과 고통을 씻어내는 축복의 단비를 흡족히 내려주실 것 같다.

김미화 시의 특징은 순수하고 아름다운 데 있다. 모든 시인들이 아름다운 시를 쓰고 싶어도 뜻대로 되지 않는 이유는 무엇인가, 청결하지 못한 내면의식에 문제가 있기 때문이다. 사욕에 치우치지 않는 투명한 눈으로 사물을 바라보고 생명력을 불어넣거나 예인하는 순수한 시심으로 시를 쓸 때, 그 시는 감동의 날개를 달고 독자들의 가슴을 울려 사랑을 받게 될 것은 자명(自明)한 일이다.

주님
감기 앓아 상한 목소리입니다

둔탁하든지
꾀꼬리처럼 울려 퍼지든지
아름답게 들리게 하시어
무거운 마음
지친 눈빛
기도하는 이들에게
위로와 평안이 되게 하소서

당신이 제게 주신 것
당신의 것이오니
미사에 참례한 저들 귓가
복된 음성으로 들리게 하소서

— 「미사 해설 전 드리는 기도」 전문

　시인의 재능, 달란트 역시 다양한 것 같다. 그리고 주어진 재능을 자신의 것으로 여기지 않고 주님의 것으로 인정하여 봉사하고 있다. 참으로 겸손하다. 겸손한 신앙에서 풍겨 나오는 향기가 여러 작품들 속에서 진동하는 것을 감지하게 된다.

　피곤에 지친 눈을 감고 강론을 듣거나 회중을 대표하여 드리는 기도자의 목소리가 근심 걱정에 사로잡힌 성도들에게 기쁨과 위안이 되는 절대자의 목소리로 변환되어 들릴 때도 있다. 이것은 물론 신비한 체험의 영역에 속하는 것이겠지만, 위의 시에서 구하고 있는 기도가 그런 성령의 역사를 간절히 원하고 있다. 심성이 아름답고 소유한 신앙이 깊다.

　「염원」, 「화려한 식탁」, 「갈색별리」, 「태안흑사병」 등 여러 작품에서도 아가페적 사랑을 실천하며 살고 싶고 베풀어 나누고 싶은 애틋한 심정이 감지되지만 지면관계상 언급하지 못하고 줄인다.

4. 확고한 신앙, 가톨릭시즘의 실천

김미화의 신앙은 그의 시 「성모 마리아」, 「성모님께 드리는 기도」 등에서 보듯이 확고하고 불변이다. 투철한 신앙으로 무장되어 있는 시인의 의식은 가톨릭시즘의 실천으로 표출되는데 그의 인격을 대변하는 생동감 있는 시, 작품을 쓰고 배치하는 일과도 연결된다.

근래에 가톨릭(Catholic)이라는 단어와 병행하여 가톨리시즘(Catholicism)이라는 표현을 자주 듣게 된다. 이 둘은 비슷하기는 하지만 같은 말은 아니다. 쉽게 말해서 가톨릭과 가톨릭시즘의 관계는 '어떤 브랜드와 상품의 관계'로 이해하면 된다. 가톨릭을 믿든지 기독교를 믿든지 간에 신자라면 예수님의 지상 명령에 따라 빛과 소금의 역할을 감당해야 한다. 빛과 소금의 역할을 감당하지 못하게 되면, 나로 인해서 교회로 들어오는 출입문을 막아버리는 불행한 위치에 서 있게 되어 가톨릭이라는 성스러운 브랜드의 가치를 추락시키는 불량상품이 되어버린다.

그런데 김미화 시인의 삶의 모습이나 성모님의 사랑을 실천하려는 아름다운 의지는 가톨릭이라는 거룩한 상품을 감싸고 있는 아름답고 화려한 포장지 같아서 세상 속을 배회하는 불신자들의 발걸음을 성당 안으로 인도하는 사명을 넉넉히 감당할 수 있을 것 같은 예감이 든다. 오늘날, 교회나 성당에 이끌려 나왔다가 언행일치가 되지 않는 먼저 믿은 이들에게 실망하거나 심적 상처를 받아 주님을 등지는 일들이 허다하기 때문이다.

> 참으로 오묘한 시간
> 스스로 빚은 공간
> 양심의 맨발로 줄타기 곡예를 한다

헤어나려 안간힘 할수록
희열과 고뇌의 줄이
마른 목을 휘휘 감아 조이는

밤새 끝나지 않을
방향을 찾을 수 없는 미로
아득한 이 시간 이 공간은

당신 신비의 순간을 잡고
자비의 하늘을 날고픈
자유의 곡예사 상념 줄에 엮인 고해의 넝쿨 속

—「고해의 넝쿨 속」 전문

고해는 신부에게 보속을 받는 고백성사와 스스로 기도하여 자신을 성찰하는 일상적인 회개기도 등으로 구분할 수가 있을 것이다.

이 시를 보면 화자는 자신을 점검하여 마음을 청결케 하는 기도를 주야로 올리고 있는 것 같다. 성당에서 엎드리든지 아니면 집에서 묵주기도하며 자신을 살피든지 간에 양심의 맨발로 줄타기 곡예를 하고 있다고 비유했는데, 시적인 표현이 매우 흥미롭다. 줄타기 곡예는 위험하다. 그러나 중심을 잡고 멀리 바라보고 서서 한 발 한 발 움직여 앞으로 나가면 안전하다.

위의 시에서도 발목을 잡는 상념 속 거짓자기를 통제하고 자유롭게 하늘을 날고픈 신앙적 행위와 간절한 소원성이 감지된다. 이런 기도의 노력을 통해서 신앙은 성장하고, 인격은 주님을 닮고, 행동은 세상의 빛과 소금이 되는 것이다.

이 시는 함께 공유하는 교우들에게 양심과 신앙, 자아 실체 확인이라는 고뇌와 희열을 음미케 하여 기도하게 하는 좋은 작품이 될 것 같다.

이마에 재를 얹고
돌아갈 제 집을 그립니다
머리는 당신께로
가슴은 제멋대로 살아온 인생
평생 제게 맞는 고운 옷
넘치도록 먹여주신 일용할 양식
그 사랑의 의미를 생각합니다
뒤늦은 후회 깨달은 영혼
분향 속에 온갖 상념 날리는 날
당신을 먹고 마시며 온 몸으로 느껴
제대로 걸어야 할
십자가의 길 초입에서
이마에 재를 얹고
돌아가 제 집 본향을 그립니다

— 「재의 수요일」 전문

이 시에서도 회개 기도하는 모습이 보인다. 그런데 그냥 기도하는 것이 아니다. 이마에 재를 얹고 기도한다. 재를 얹고 기도하는 이유는 머리는 당신께로, 가슴은 제멋대로 살아왔기 때문이라고 겸손하게 고백하고 있다.

자신의 실체를 깨닫고 있다는 것은 무엇을 증명하는가. 김미화의 시가 철저한 자기성찰의 바탕 위에서 명확하고 진솔하게 쓰여진 언어라는 사실을 직감하게 한다. 성서에도 보면 바리새인은 죄를 깨닫지 못한다. 그러나 세리는 자신의 가슴을 치면서 지은 죄를 통회하고 자복한다. 예수님께서는 스스로 거룩하다는 바리새인들을 책망하시고 세리는 의롭다고 칭찬하셨다. 그런데 평자가 주목하는 것은 "이마에 재를 얹고"라는 시적인 표현이다.

구약성서 「욥기」에 보면 의인 욥의 회개 역시 재 위에 앉아서 이루어졌다. 재는 절박한 상황의 묘사이다. 자신의 아집과 교만, 소유를 불태워서 빈손, 무소유가 되어서 기도한다는 상징적인 의미를 함축하고 있다. 시의 제목도 「재의 수요일」이라고 붙여놓았지만, 재를 이마에 얹고 돌아갈 집을 기다린다는 결미부분에서의 반복되는 시어 취택은 참으로 놀랍다.

이 작품은 김미화 시인의 총체적 신앙 그 깊이를 대변하고 있다. 교회의 이름으로 행하는 봉사나 시인의 인격에서 진동하는 겸손의 향기를 통하여서 주님의 영광을 무시로 드러내는 가톨릭시즘의 실천자로 손색이 없을 것 같다는 확신이 든다.

첫 시집 상재 이후, 앞으로 탄생될 신앙 시들은 거룩한 물줄기를 폭포처럼 뿜어내면서 독자들의 가슴 속에 쌓인 오염물들을 깨끗이 씻어내는 시인의 사명을 감당해낼 것 같아 기대가 된다.

5. 결론
— 나의 사랑 하늘입니다

김미화 시인의 삶은 내세와 연결되어 있다. 그의 신관(神觀)이나 인간관, 세계관 그리고 시학(詩學) 역시 천국을 지향한다.

인간은 누구나 이 세상 현실 속에서 나그네로 살아가고 있지만 어느 날, 운명적인 부름을 받아 본향으로 돌아가야 한다. 인간의 의지와 힘으로 거부할 수 없는 미래적 사건이 우리 모두를 기다리고 있다. 현세에서 움켜쥐고 있는 물질과 육신 등 총체적 소유에 대한 투자처를 바로 찾고, 사랑과 겸손으로 주님의 말씀을 순종하여 살아가야 할 이유는 돌아가야 할 곳이 있기 때문인데 그곳이 어디인지 장소적인 개념, 확실한 주소를 우리는 알고 있다.

언제부터인가 하늘을 사랑합니다
별빛, 달빛 타고
긴 꼬리 유성으로 내 가슴 통과하는 당신
너무 좋아 어쩔 줄 모릅니다

멀고도 가깝게 느껴지는 그곳에
당신이 계신다기에
꿈길 까치발, 손 높이 흔들어도 닿을 수 없어
안타까워 눈물만 흐릅니다

두둥실 구름으로
당신 곁 떠돌 수 있다면
미세한 티끌로 분해되어
사라져도 좋겠습니다

언제부터인가 하늘을 사랑합니다
두 손 모으고 목 놓아 부르면
"나 여기 있노라" 응답하시는
나의 사랑 당신이 있기 때문입니다

― 「나의 사랑 하늘입니다」 전문

시인의 신앙은 이론적 단계를 초월하여 체험으로 성숙하여 있다.

1연에서는 '긴 꼬리 유성으로 통과하는 성모님'이나 주님의 사랑을 느끼고 있고, 3연에서는 언제 어느 때, 삶의 종말이 닥쳐와 분해되어도 좋다는 의미로 말하고 있는데, 믿는 자에게 닥치는 죽음의 순간이야말로 슬픈 통곡보다는 더 좋은 본향으로 이주하는 수지맞는 축복의 날임을 인식하고 있기 때문이다.

이 세상 살다 가는 삶은 은밀히 말해서 멋지게 투기하고 가는 것이다. 투기하고 간다는 말은 강남지역에 상가나 아파트를 사는 것이 아니다. 황금덩어리는 아무리 많아도 죽음의 관문을 통과하는 날, 그 효과를 상실한다. 먼 훗날 누리게 될 천국, 사망 선을 통과한 후에도 효력이 살아 있는 영원한 곳에 투자해야 하는 것이다.

화자는 그 투자에 실패하지 않기 위해서 삶의 여백을 선용하여 창작을 하고 있고, 자신의 실체를 드러낸 귀한 작품들을 묶어 상재하면서 전도·투자 행위에 나서고 있다는 생각을 떨칠 수가 없다.

화자가 시인으로 데뷔한 것은 하늘이 허락한 운명인 것 같다. 시를 쓰는 원천적인 동력 또한 현세에 있지 않고 내세를 지향한다. 시의 운율이나 기교면에서는 설익었다 판단할 수도 있겠지만, 진솔하고 감동이 넘치는 평이한 어조로 '나는 하늘을 사랑한다'고 속삭이며 공감대를 형상하는 영혼(독자)들을 찾아 끌어안고 있기 때문에 예사롭지 않다.

시인은 시를 쓰는 목적이 분명해야 한다. 시를 쓰는 목적이 확고하지 않으면 스스로 정체성을 확립하지 못하고 퇴보하거나, 나태하여 시인의 사명을 다할 수가 없다. 김미화의 시세계는 넓고 깊다. 그의 시적 목소리는 천상의 음악처럼 청아하다. 그리고 함축된 메시지는 사랑이 녹은 강물이 흐르듯 잔잔하고 평화롭다. 정교하게 언어를 조탁한 기라성 같은 유명 시인들의 시보다 약간은 미숙한 듯하면서 진솔하게 쓰여진 시가 감동의 파고(波高)가 더 높게 출렁이는 이유는 무엇일까. 이 문제는 평설로 추적할 수 없는 김미화만의 시적 기교의 비밀인 것 같아 그냥 덮어둔다.

죄의식의 일깨움, 눈물의 의미

송영숙, 김현기의 시

　어느 문예지의 월평을 맡아 쓰고 계시는 선배 평론가의 심각한 고민을 들을 수 있는 기회가 있었다. 막상 평을 쓰려고 해도 수록된 시인들의 작품 속에서 시평의 대상이 될 수 있는 좋은 작품을 건지기가 쉽지 않다는 것이다. 문학잡지의 난립과 시(詩)의 홍수 시대에 공유할 수 있는 수준 높은 작품이 없다는 것은 아이러니가 아닐 수 없다.

　문단에 데뷔하는 시인의 숫자는 갈수록 늘어나고 있지만, 시혼을 불태워 구워내는 창작의 도자기, 그 질과 빛깔은 점점 추락하고 퇴색되어가고 있기 때문에 염려스럽다.

　한 해도 저물어가는 2006년 12월의 일이다. 한국 문인협회에서 발간하고 있는 〈월간 문학〉 편집후기에서 "질을 높여라", "문예지의 격을 높이라"는 회원들의 아우성 요구에 답을 하는 편집인의 고뇌를 읽은 적이 있다.

　한국문협은 창립역사나 전통, 질적 수준이 각각 다른 신문의 신춘문예나 문예지의 신인문학상 제도를 통해 작품 평가의 객관성을 상실한 심사기준을 통과한 회원들의 연합체이니만큼 작품의 질이나 문학적 수준, 시인의식의 일치점을 형성할 수 없다는 것은 불가피한 현상일 것이다.

　또한 한정된 지면을 할애, 균등의 기회를 부여해야 할 편집인의 고민 또한 깊어질 수밖에 없다. 그러나 한국문협 내부에서 작품의 질 저하 현상을 염려하는 목소리가 살아서 표출되고 있다는 것은 한국 시단의 미래를 위하여서는 희망적인 징조가 아닐까 싶다.

현재 인터넷을 모태로 창간된 대다수의 문예지, 카페의 전체 메일 기능을 이용하여 신인응모를 유도하고 있는 잡지들의 데뷔작품들을 보면 솔직히 얼굴이 화끈거려 견딜 수 없다. 시인으로서 어느 정도의 습작기를 거친 시력, 창작의 기본인 문학적 지식, 시어 구사 능력, 수사법 등 어느 것 하나 제대로 된 검증을 거치지 않고 있다.

최소한의 검증이라고 할 수 있는 신인들의 기본학력까지 무시, 누구나 마음만 먹으면 설익은 작품을 들고 시인이란 고귀한 이름표를 부착할 수 있고, 하루아침에 대단한 존재로 돌변한 듯한 착각 속에서 문예지를 창간하고, 이력을 과대 포장하여 거드름을 피우고 있어 어느 카페는 시인 반, 일반 독자 반이다.

'앞으로 시인다운 시인이 존재할 것인가, 그렇지 않을 것인가' 하는 심각한 위기론이 대두되고 있고 일각에서 부정적 전망이 제기되고 있다면 시의 본령을 올곧게 지켜나가며 자아성찰을 통해 깊은 영감이나 감성을 표현할 수 있어야 할 것이며, 어떤 잡지를 통해서든 문단에 데뷔했다면 사물을 바라보는 투시력, 심미안적 혜안의 눈을 밝혀 연금술사(鍊金術師)로서의 능력을 길러나가야 할 것이다.

오늘은 계간 〈시세계〉에 실려 있는 20인의 작품 중에서 송영숙, 김현기의 작품을 일별해보고자 한다.

1. 송영숙의 시
― 죄의식의 일깨움

〈시문학〉을 통해 데뷔한 송영숙의 작품 「죄를 짓고 돌아오는 길」은 직접체험에서 쓰여진 것으로 보인다.

「죄를 짓고 돌아오는 길」을 읽으면서 크게 느낀 것은 시적발상의 순수함과 의식의 오묘함, 그 깊이이다. 화자가 이 작품을 통하여서 대중들에게 말하려는 메시지가 무엇인지 먼저 파악해본다.

> 우연이라도 성당 앞을 지나가는 게 아니었다 문득
> 해선 안 되는 일만 하고 살았다 싶어
> 창백해진 내 인생의 볼을 꼬집어 비튼다
> 왜 그랬을까
> 삼십대 때만 해도 오늘 같은 날엔
> 알아서 무릎 꿇고 두 팔 십일 자로 들어 올렸다
> 어쩌다 천하에 몹쓸 놈이 되었을까
> 이렇게 살면 안 된다
> 그렇다고
> 내 머리통을 향해 조준을 할 수는 없지 않은가
> 연옥의 뜨거움에 대한
> 언젠간 혼자 가야 할 먼 길에 대한
> 매운 생각들이 시야를 가리는
> 모퉁이 길
>
> ─ 「죄를 짓고 돌아오는 길」 전문

1) 고백적 묘사

시인은 이 작품에서 성당 앞을 지나고 있다. 하늘을 찌르듯 높이 솟아 있는 십자가를 바라보면서 자신이 죄를 짓고 살아온 죄인임을 고백하며 무심코 지나치는 사람들의 내면에 자리 잡고 있는 죄의식을 일깨우는 작업을 한다.

그것도 그냥 단순한 고백이 아니라 진솔한 내적·종교적 갈등을 토해내고 있다. "창백해진 내 인생의 볼을 꼬집어 비튼다/ 왜 그랬을까" 하고 감칠맛 나는 충격적 시구를 동원, 독자들의 호기심을 유발시킨다.

　이 시에서 감지되는 것은 무엇인가. 자신을 포함한 모든 사람들이 동일한 존재(죄인)임을 인식하게 만드는 것이다. 그리고 한 단계 더 깊은 묘사로 진입한다. "삼십대 때만 해도 오늘 같은 날엔/ 알아서 무릎 꿇고 두 팔 십일 자로 들어 올렸다" 삼십대엔 자발적으로 그랬었다는 표현, 두 팔 십일 자로 들어 올렸다는 과거적 회개기도의 관습을 밝히면서 이 시에 날개를 달아 생동감을 주고 있다.

　과거에는 신앙양심이 깨어 있어서 죄를 지으면 민감하게 반응, 차일피일 미루지 않고 그 즉시즉시 청산을 하고, 고해를 하고, 신부의 보속을 받아 찌꺼기 처리(심적 청소)를 잘 했다는 말이다. 그런데 삶에 지치고, 영혼에 때가 달라붙어 악취가 나고, 둔감해진 까닭에 지금은 스스로 천하에 몹쓸 놈이 되었다고 고백하고 있다.

　이렇게 내적 상황을 진솔하게 고백하였기 때문에 시를 쓴 목적을 일부분 성취하고 있다. 왜냐하면 이 시를 읽는 독자들로 하여금 현재 자신의 신앙과 영혼의 상태를 되돌아볼 수 있는 기회 혹은 회개를 통한 신앙적 점검 동기를 부여하면서 자발적인 동의를 이끌어내고 있기 때문이다. 읽어서 이해가 되지 않는 난해한 작품보다는 시인의 진솔한 목소리, 고백이 내포될 때 감동의 강도는 당연히 확대된다.

　행간 밖으로 전해지는 감동이 미약하거나 방향을 상실하고 횡설수설하는 것은 시가 아니다. 동시에 자아성찰의 고뇌가 자신에게서만 끝나버리는 작품이라면 시적 생명력이 없다. 시적인 대상, 대중들을 작품 속으로 끌어 들어가 고뇌의 동반자로 삼고, 함께 가슴을 치며 눈물을 흘리며 회개할 수 있도록 유도해야 노련한 시인일 것이고, 성공한 작품이라 할 것이다.

　화자의 심연에서 출렁이는 신앙적 갈등과 진솔한 고백, 그 잔잔한 파문이 독자들의 무디고 때 묻은 양심까지 파고들면서 영향력을 확대하고 있어 매우 흡족하게 느껴진다.

2) 희생적 묘사

구약시대 하나님께 제사를 드릴 때는 제단에 올려놓을 속죄제물 번제양이 필요했다. 이 작품 속에서 시인은 제단에 각을 떠서 바쳐진 한 마리 속죄양의 심정으로 누웠다.

물론 그가 어떤 몹쓸 죄를 짓고 성당 앞을 지나오다가 성령의 영감, 감동을 힘입어서 쓰여진 작품일 수도 있지만, 자신을 천하에 몹쓸 놈으로 표현, 스스로 각을 떠서 희생시키고 있다는 점을 주목하고 싶다.

그리고는 "내 머리통을 향해 조준을 할 수는 없지 않은가/ 연옥의 뜨거움에 대한" 하고 결론을 향해서 가고 있다. 이렇게 자신을 희생하고 있는 이유는 무엇인가. 의식의 폭을 넓혀 보면 현대인들을 향한 죄의식에 대한 일깨움을 목적으로 하고 있다.

송영숙은 죄를 짓고도 회개가 없고, 눈물이 없는 인간들을 향해서 이렇게 살면 안 된다고 외치고 있는데 너희들의 신앙 양심적 눈물이 메말라버렸다는 지적이다. 눈물이 메말랐다는 것을 지적하고 있는 시적 은유, 종교적 회개를 촉구하는 함축의 메시지가 내포되어 있기 때문에 이 작품은 시적 가치를 획득하게 된다.

누구에게나 인생길을 걸어가면서 자신의 삶에 대하여 갈등하고 변화를 일으킬 수 있는 기회는 여러 번 주어진다. 그 기회를 화자는 '모퉁이 길'이라고 묘사하고 있다. 적절한 깨달음이고 직관이다. 인생 산행을 떠나 정상에 오르기까지 비바람 피해가며 흘린 땀을 씻는 모퉁이 길이 존재하고 있다. 모퉁이 길에서 자신이 걷고 있는 길에 대한 향방의 점검이나 확인, 성찰의 기회가 주어진다. 길을 잘못 들었다고 판단되면 가던 길을 전환해서 은밀하게 숨겨져 있는 숲속 지름길을 찾아갈 수도 있겠지만, 멸망의 길인 줄 알면서도 계속 진행한다면 후회막급에 이르게 된다는 진리를 말하고 있는 것이다.

누구나 인생길에서 몇 번씩 만나는 기회가 있다. 갈등과 고뇌의 바위 곁으로 나 있는 좁은 모퉁이 길을 발견한다는 것은 성공적 인생 여정에서 그 얼마나 중요한 일인가! 현대인들의 고질병은 죄를 짓고도 그 의식에 대하여 둔감해져 비양심적 삶을 살고 있는 것이다. 깨달음이 없기에 회개가 없고, 회개가 없기에 눈물이 없고, 눈물이 없기 때문에 세상은 극단적 이기의 바람이 불어치면서 살인, 강도, 강간 등의 범죄가 끝없이 이어지고 있어 잔인하고 무섭다.

이런 세상을 향해 자신이 제물이 되어 선지자적인 깨달음의 메시지를 던지고 있는 송영숙 시인의 모습은 참으로 진지하면서 대담하다.

2. 김현기의 시
─ 눈물의 의미 그 미학

위에서 언급하였듯이 송영숙은 죄를 짓고 돌아오면서도 회개의 눈물이 없는 현대인들의 모습을 안타까워하였다. 〈예술세계〉를 통해 등단한 김현기는 간결한 시를 통하여서 눈물의 의미와 그 효과에 대하여 깊이 있게 묘사하고 있다.

삶에서 죽음에 이르기까지 무엇엔가 쫓기며 집착과 탐욕으로 살고 있는 것이 인생이지만, 시간적 여백이 있을 때마다 자신을 성찰하여 눈물을 흘릴 수 있는 존재는 복 있는 사람이다. 감성이 메말라 눈물이 없는 사람은 그 삶을 해부해보지 않아도 실패한 인생길을 걷고 있다고 단정해도 틀리지 않을 것이다.

이웃이나 친구의 불행을 목격해도 억지로는 흘려지지 않는 것이 눈물이다. 그러므로 눈물은

고귀한 것이기에 단 한 번뿐인 삶의 부패를 막아내는 짠맛의 기능을
지니고 있는 것이다.

절망 삼키는 동그란 언어
투명한 가슴에 꽂힌다
떨어짐으로
다시 태어나는 너
이 세상 가장 아름다운 꽃이다

— 「눈물」 전문

1) 눈물에 대한 시적 묘사

1연 5행에 불과한 간결한 시에서 화자의 시세계 심연의 깊이와 폭,
그 내면의 세계를 들여다 볼 수가 있다.

시의 제목은 「눈물」이라고 붙였지만, 실제적으로 눈물이란 단어가
시 본문에서는 전혀 언급되지 않고 "절망 삼키는 동그란 언어/ 떨어짐
으로 다시 태어나는" 등으로 처리되었으며, 부정적이고 비관적인 슬
픔에 대하여 긍정적이고 소망적인 기쁨으로 환치시킨 후 아름다운 꽃
으로 최종 형상화되었다. 인간이 흘리는 눈물에 대한 깊이 있는 관찰
이 철학적 사유와 혼합하여 탄생된 좋은 작품이 아닐 수 없다.

눈물은 뺨을 타고 흘러내리는 서러움과 기쁨이 혼합된 축축한 소금
기에 불과하다. 그런데 화자는 흘러내리는 것이 아니라 투명한 가슴에
꽂힌다고 말하고 있다. 그만큼 서러움이나 억울함, 슬픔의 깊이가 리
얼하다는 것을 강조하고 있는데, 역설적이면서 언어 조종에 달관한 독
특한 표현이 아닐 수 없다.

어쩌면 이 작품 역시 화자의 직접체험이 창작의 동기일 수 있다. 흐

르는 눈물이 인내의 강이나 현실 극복의 바람을 타고 흘러가거나 마르지 않고, 화살처럼 날아와 가슴에 팍팍 꽂힌다는 표현은 사랑하는 이를 영영 떠나보내는 운명적인 이별이나 목이 쉬도록 부르짖어도 진실이 전혀 통하지 않는 어떤 사유나 사건에서 파생되었음을 유추할 수 있다. '가슴에 꽂힌다'는 시적 표현은 멈추지 않고 흐르는 눈물의 의미 그 심각성을 표현하는 적절한 시어로 평가받을 수 있을 것 같다.

돌이켜 생각해보면 평자 역시 가슴에 꽂히는 서러운 눈물을 하염없이 흘려본 경험이 있다. 그때에 가슴을 칼로 도려내는 듯한 지독한 통증을 벙어리 냉가슴 앓듯 침묵으로 삼키면서도 그 고통을 표현할 때 '가슴에 꽂힌다' 이처럼 멋지게 표현하지는 못한 것 같다.

언어를 다루고 조종하는 능력은 시의 성패를 좌우한다. 그래서 이미지 속에서 은유되어 있는 시인의 목소리가 쉽게 노출되거나 파장이 미미할 정도로 평범해서는 안 된다는 것이다. 상상의 지평을 확장한 간결한 시에서 화자의 시어 구사와 취택, 그 노련미를 감지할 수 있어서 기뻤다.

2) 눈물의 효과 — 꽃

"떨어짐으로/ 다시 태어나는 너/ 이 세상 가장 아름다운 꽃이다" 표현하고 있다.

떨어짐으로 다시 태어난다는 것은, 눈물이라는 사물에 대하여 하나의 생명력 있는 종자·씨앗으로 본 것이다. 눈물이라는 씨앗을 심었더니 그 효과는 꽃으로 피었다는 것이다.

어느 가수가 부른 유행가 가사에서 "사랑은 눈물의 씨앗"이라며 대중들의 가슴을 파고들었던 기억이 난다. 눈물 자체를 씨앗으로 인식하였고 그 최종적 효과를 아름다운 꽃이라고 확신하고 있는 시인의 직관은 예사롭지 않다.

　김현기의 표현대로, 인간은 슬퍼도 눈물을 흘리고 기뻐도 눈물을 흘린다. 또 절망을 침묵으로 삼킬 때, 흘리는 눈물은 외형적으로는 눈시울이 젖을 정도에 그쳐도 가슴 속에서는 장대비도 아닌 폭포수같이 흘러내리는 경우도 더러 있다. 그런데 모든 눈물이 떨어져 씨앗이 되고 꽃이 되는 것은 아니다. 김현기의 작품 「눈물」 속에는 대조법으로 처리한 은유, 그렇지 않을 수도 있다는 의미를 함축하고 있다.

　버지니아 공대 무차별 총격사건을 일으킨 '조승희' 군은 현실사회에 대한 불신감과 빈부격차에 대한 절망의식, 저항적 증오심을 품고 살아왔다. 마음을 열어놓고 대화를 나눌 수 있는 친구도 없는 고독한 그였기에 가슴이 답답할 때는 서럽고 고독한 눈물을 홀로 펑펑 쏟았는지도 모른다. 그런데 그가 흘린 눈물은 향기를 내뿜어 꽃이 되는 효과를 상실했다. 그 결과는 어떻게 나타났는가. 향기 대신 악취를 풍기는 잔인한 증오가 되어 미국 역사상 대학가에서 최대의 비극적 참사를 일으킨 범죄자로 그 이름 석 자가 각인되어 버렸다.

　절망적 환경과 현실에 포위되었을 때, 내가 흘리는 눈물이 꽃이 되느냐 그렇지 않느냐, 그 차이는 참으로 엄청나다. 화자의 주장대로 꽃이 되는 눈물을 흘리며 우리는 살아야 하겠다. 진정 꽃이 되는 눈물이라면 그 양은 많으면 많을수록 좋을 것이다. 자신이 지은 죄를 진정으로 회개하고 삶의 방향을 전환, 인생길 정도(正道)를 꿋꿋이 걸어간 사람이 있다면 그가 흘린 눈물은 심연의 밭에 씨앗으로 떨어져 한 송이 꽃으로 필 것이다.

　절망으로 흘리는 눈물이 아름다운 꽃이 되어 피어나기까지 5행으로 구성된 간결한 작품을 읽으면서 심오한 진리를 함축하고 있는 이런 작품은 언어 비틀기 혹은 언어의 유희로 남발되고 있는 시인들의 가벼운 작품들과는 품격이 다르다는 점을 강조해두고 싶은 심정이다.

3. 결론

송영숙은 죄를 짓고도 성당이나 교회 앞을 양심의 가책도 없이 지나는 대상들을 향하여 자신을 희생물로 삼아 비통한 회개 운동의 필요성을 피력하는 메시지를 던지고 있고, 김현기는 인간들이 흘리는 눈물에 대한 분류를 통해서 떨어져 아름다운 꽃으로 피어나는 눈물을 흘려야한다는 눈물에 대한 의미, 그 효과적 미학을 정의하는 시를 발표했다.

두 작품 모두 좋은 시라고 단정하고 싶다.

시를 쓴 주체는 각각 다르지만, 서로 상관관계가 있고 은밀한 화답 성격의 연결과 사건 사물의 이미지를 극대화시켜 나가면서 현실 사회에 경종을 울리고 있어 흐뭇하다.

높은 산 위에 올라가 오늘 우리가 사는 이 세상을 바라보고 있으면, 왠지 가슴을 짓누르는 묵직한 덩어리가 숨통을 틀어막고 있는 것 같은 질식의 고통을 느끼게 된다. 모든 인간들이 두 손 높이 들고 회개의 눈물을 쏟아낼 수 있는 대 참회 운동이 범민족적으로 일어나야 할 때가 지금이 아닐까 싶다.

그렇다면 더더욱 유토피아 세상을 건설해가는 일에 시인들의 창작 활동은 건강한 사회 기초를 이루는 네모반듯한 주춧돌 역할을 감당하면서, 분열된 인간들의 마음을 하나로 묶는 거룩한 작업을 위해 진액을 아낌없이 쏟아야 할 것이다.

이미 크고 작은 시적 난관을 뛰어넘어 섬세하고 감동적인 서정을 자유롭게 노래하고 있는 두 시인의 행보를 주목하고 싶다.

인생극장, 화두를 움켜쥐고 세상을 보다

안원찬 시집 『가슴에 이 가슴에』

1. 시인의 의식

시집 원고를 통독할수록 가슴 속 깊이 감동의 파장이 느껴진다. 관조의 눈빛으로 사물이나 사건을 깊이 직시하고 있어 그 통찰력 또한 예사롭지가 않다.

작품 전체가 '인생극장' 이라는 부제가 붙은 연작시로 구성되어 있지만, 원제와 부제가 바뀌어져 있다는 생각을 떨칠 수 없다. 대다수 시인들은 묵직한 성찰의 주제를 원제로 설정하여 뽑아 올리고 각 시편의 주제들로 부제를 삼아 연작시를 써내려가지만, 안원찬은 그 반대의 방편을 택하였다.

이런 독특한 발상이나 인식의 전환은 모방을 거부하는 시인의 개성으로 이해되어 일면식도 없는 화자의 존재가 진리를 찾아 헤매는 갈급한 구도자의 형상으로 성큼성큼 다가오고 있다.

화자는 이 세상을 '거대한 극장' 으로 인식하고 있다. 인간은 세상이라는 인생극장에서 스스로 주연배우가 되거나 제각각 다른 한 편의 영화를 제작, 감독, 연출하면서 윤회하고 있다는 것이다. 이런 심오한 불교적 사상에 의식의 뿌리를 내리고 시를 쓰고 있기 때문에 그 깨달음은 비유나 묘사를 통하여 감추어진 진리를 행간 밖으로 적절히 드러난다.

한 편의 작품 속에서 독자들은 시인의 실체나 철학적 사상에 접근하게 되고 정서적 교감이 일치하거나 형성될 때에 그 시인의 곁을 맴돌며 진리적 양식을 구하는 무리들로 변신하게 된다.

이번 시집의 메타텍스트인 인생극장이란 화두를 움켜쥐고 이 시대를 걷고 있는 대중들을 향해 던져주고 있는 진솔한 시편들은 사유와 성찰의 진리가 함축된 종교적 깨달음의 결정체, 총체적 세상관이라고 단정할 수 있을 것 같다.

> 너의 꽃이 나무라면
> 꽃피우는 일이 곧 살아갈 일
> 향기로웠으면 좋겠다
> 못났어도
>
> 어디서든 시들지 않는 꽃으로
> 냇가에 누워 비벼대는 갈대처럼
> 허물없이 살았으면 좋겠다
> 물이 되어 흐르듯
>
> 뚜껑 없는 항아리 되어
> 구석에 홀로 있어도 외롭지 않을
> 이별하고 아파도 아프지 않을
> 이별 되었으면 좋겠다
>
> ― 「아들과 딸에게 ― 인생극장 1」 전문

아들과 딸에게 보내는 아버지의 진솔한 메시지이자 상재하는 시집의 첫 작품인 인생극장 제1편에 관심을 가져 보았다.

꽃피우고, 물 흐르듯이 흘러가면서 평탄하게 살다 갈 수 있다면 나름대로 성공한 삶이겠지만, 아무리 부유한 행복을 노래하며 살아도 언젠가는 이별이 기다리고 있는 슬픈 인연, 운명으로 만났음을 결론에서 강조하고 있다.

왜 하필 사랑하는 아들딸에게 전하는 간곡한 메시지에서 아파도 아프지 않은 이별, 아직은 멀리 있는 '죽음'을 끌어와서 어두운 부분을 앞당겨 진술하고 있는 것일까. 그것은 인생극장에 앉아 영화를 감상하고 있어도 언젠가는 자신이 차지하고 있는 좌석을 누군가에게 물려주고 후회 없이 멋스럽게 떠나야 하는 존재임을 인식하고 있기 때문이다.

보편적으로 사람들은 죽음이라는 슬픈 문제는 되도록 언급을 회피하고 삶에서 배제하려는 반면, 화자는 죽음에 집중하는 의식으로 살고 있어 독특하다. 이 작품은 자신의 혈육, 아들딸에게 보내는 교훈적 메시지 같지만 확대하여 보면 동시대를 살고 있는 인간들에게 전하는 시인의 메시지로 받아들여진다.

인생극장, 숙명적 이별을 직관하면서 세상을 관조하고 있는 시인의 의식은 두 눈을 부릅뜨고 깨어 있다. 작품 속에 내장된 시인의 목소리 또한 울림이 크다. 무미건조하게 걷고 있는 독자들의 발목을 잡고 인생에 대한 진지한 토론을 벌이고 싶어 스쳐가는 인연들을 한 편의 시로 불러 세우고 있다.

2. 명징한 주제, 또렷한 목소리

오늘 우리가 앉아 있는 인생극장(세상현실)은 안개 속에 가려 있고, 어둠 속에서 출구를 찾지 못해 방황하거나 좌절하여 영화 감상을 중도에 포기(자살)하고 있다. 그리고 필름은 낡아 끊어지기도 하지만, 너무나 빨리 돌아가고 있기 때문에 화면이 겹쳐지는 혼돈에 빠지고 내일에 대한 변화를 전혀 예측할 수 없어 영육 간에 피곤하여 견딜 수가 없다.

물질적 풍요 속에서 삶에 대한 가치관을 상실하고 미래에 대한 소망적 지향을 잃어버린 채 시간만 허비하며 죽음을 기다리고 있는 인생들에게 시인이 전하는 메시지, 영혼의 노래는 주제가 명징하고 목소리는 또렷하여 독자들의 정수리를 내리쳐야 할 것이다.

> 물고기 밥으로 쫓기다 밖으로 나온 놈들은
> 입이 퇴화하여 먹지 못한다
> 3년 동안 물속에서 살았어도 생년월일이 없다
>
> 태어남과 죽음의 사이를 메우는 삶은
> 생에 가장 소중한 것
> 단 한 번이라도 날개 접을 일이 없다
>
> 나고 가는 곳을 모르는 팔자라 해도
> 딱 한 번 주어진 짝 짓기를 위해
> 가로등 에워싸며 되풀이되는 곡예비행은
> 이승과 저승 오가는 길목에서 이루어지는
> 최고의 축제다
>
> ─「하루살이의 일생 ─ 인생극장 4」중에서

이 작품은 인생과 하루살이를 하나로 묶어놓은 좋은 작품이다. 출생과 죽음이란 문제는 하루살이나 인생이나 다를 것이 없다는 인식이 깔려 있다.

흔히 말하기를 '하루살이 인생'이라고 표현한다. 하루하루 힘들게 살아가고 있는 현실을 의미하는 비유지만 인생은 하루살이와 동일하다. 화자의 진술대로 하루살이는 가로등 불빛을 쫓아 아슬아슬 곡예비행을 하고 있고, 인간들은 황금불빛을 쫓는 부나비 되어 제 목숨 깎아먹는 생존경쟁을 하고 있다.

이 작품에서 하루살이 인생, 삶의 우선순위는 물질보다 사랑에 두어야 한다는 시인의 또렷한 목소리가 들려온다. 3연에 보면 "딱 한 번 주어진 짝짓기는/ 이승과 저승 오가는 길목에서 이루어지는 최고의 축제다"라고 단정하고 있다. 물질과 사랑에 대하여 삶의 우선순위가 설정되면서 헛된 것에 속아 뒤바뀌면 안 된다는 진리적 함축이 돋보이는 작품이 아닐 수 없다.

인생과 하루살이를 하나로 묶어놓은 시적 노련미와 혼돈하거나 엉키지 않은 선명한 주제는 시의 감칠맛을 더하면서 독자들의 시선과 관심을 이끌어내는 데 성공하고 있다. 현대시는 명징한 주제와 동시에 신선한 감동을 요구한다. 수많은 시인들의 뼈다귀 고듯 우려먹은 식상한 시어만 나열해놓고 비비 틀어 언어의 유희 속에 갇혀 버린 시보다는 단 하나의 주제라도 시인의 의도하는 목소리가 또렷한 작품들이 독자들의 사랑을 받고 있다. 그 이유는 디지털 시대의 세상사가 복잡하기 때문에, 은밀하게 숨겨져 발견하기 어려운 금맥을 캐는 수고보다는 쉽게 찾아내어 삶에 활용할 수 있는 빛나는 보석들을 원하고 있기 때문이다.

안원찬의 시는 이런 독자들의 허기와 욕구를 어느 정도 충족시켜 줄 수 있을 것 같다.

작년 봄에 욕심 비우라고
써레질해댔던 논바닥
여름 내내 푸른 물결 일고
겨울 내내 황금물결 일더니만
지금은 텅 비었네

갈 숲마저 서걱이는 요즘
다랑논 넘나들며 이삭 줍다

쭉정이에 긴 한숨 내쉬는 노파
멀끔히 쳐다보던 허수아비
낮 빛 벗고 염불하네

　　— 「염불하는 허수아비 — 인생극장 6」 전문

　이 작품에서 시인은 허수아비가 염불을 하고 있다고 아이러니한 표현을 하고 있다.

　이 작품의 창작 동기는 산골짜기 비탈진 다랑논에 버려진 허수아비를 소재로 삼아 쓰여졌다. 화자의 시상은 무시로 회전하고 있고, 창작의 열정을 불태우는 의식은 깨어 있어서 스쳐가는 모든 사건이나 현실들을 소재로 삼아 시를 쓰기에 능숙하고 묘사에 있어서 절묘하다. 추수가 끝나 이삭을 줍는 텅 빈 들판에 서 있는 허수아비는 찬 바람에 노출되어 있을 것인데 화자는 허수아비가 중얼대는 염불을 들을 수 있는 영의 귀가 열려 있다. 대단한 투시력과 직관이 아닐 수 없다.

　2연으로 구성된 위의 시에서 허수아비의 염불 내용은 구체적으로 언급되지 않고 함축되어 있다. 시인은 염불 내용을 의도적으로 감추거나 시를 읽는 독자들의 몫으로 남겨주고 있지만 시적상황이나 배경을 유추해 볼 때 이미 추수가 끝나 결실의 풍성함이 사라진 허허로운 벌판이 암시하는 것은, ‘공수래공수거’ 결국 빈손으로 돌아갈 수밖에 없는 허무한 존재임을 깨우치도록 유도하고 있는 것이다.

　허수아비라는 시각적 사물을 동원해서 알곡과 쭉정이로 구분된 추수가 끝난 밭에서 제2, 제3의 종말론적인 진리를 깨우칠 수 있도록 쓸쓸히 버려진 허수아비와 한숨 쉬는 노파만 부각되고 다른 상황들은 축소되거나 절제되어 있는 것이다.

　화자의 시는 명징하다. 핵심 메시지는 무겁지만 진솔하다. 때로는 그 명징함이 은유나 비유 속에 가려져 있어도 실체를 찾아내기에 그리 어렵지 않은 기교가 돋보이고 시적 생명을 부여한 언어, 압축된 목소리를 또렷하게 전달하는 특징을 보이면서 적절한 감동을 창출해내고 있어 기대가 된다.

3. 인생극장, 화두를 움켜쥔 정견인(正見人)의 삶

안원찬의 시를 읽고 있노라면 삭발하고 출가하지 않았지만, 인생극장이라는 철학적 화두를 움켜쥐고 용맹정진하며 진리를 탐구하는 수행자의 고뇌가 감지된다. 깨어 있는 자의식으로 절창의 시를 낳고 싶어 몸부림치는 해산의 고통, 애절한 비명소리가 들리고 있다.

시인의 작품들은 명징한 주제, 또렷한 목소리가 효용성 있게 전달되어져야 하겠지만, 명징한 주제에서 그치거나 만족해서는 안 된다. 현대인들과 함께 공유할 수 있는 깊은 진리를 함축해야한다. 그래서 이미지 묘사가 어렵다는 것이고, 시어 하나를 찾아 밤 새워 불면의 고통을 감내하고 있는 것이다.

화자에게 있어서 불변의 화두, 문학의 출발점은 역시 인생극장인 것 같다. 이 세상은 인생극장이고, 자신은 잠시 잠깐 영화를 보고 있는 관람객에 불과하다는 정견인의 의식이 관류하고 있기 때문에 세상과 인생, 사물과 존재에 대하여 정확하게 직시하고 있다.

21세기, 황금을 숭배하고 물질을 최고의 가치로 여기는 페티시즘(fetishism) 시대를 살면서 인생을 바로 보고 있다는 것은 참으로 중요하다. 세상과 인생을 바로 보지 않고서는 현실을 극복하거나 저항하는 좋은 시를 쓸 수 없기 때문이다.

내게
늙었다고 하면

시인하리

내게
병들었다고 하면
시인하리

네게
죽을 때가 되었다고 하면
시인하리

이젠
환희의 기쁨을 챙겨야 하리
부모님께 감사하며

——「현실을 받아들이리 —— 인생극장 59」 전문

　자신에게 주어진 현실을 부정하거나 거부하지 않고 겸허히 받아들
이는 삶의 자세는 행복과 불행을 결정짓는 계기가 될 수 있다. 이 작품
에서 시인이 말하고자 하는 메시지는 현실을 받아들이라는 것이다. 병
들었으면 병든 대로, 늙었으면 늙은 대로, 죽을 때가 되었으면 죽음에
처한 상황 그대로 받아들이라는 것이다.

　이 작품을 읽으면서 현실에 대한 시인의 대처법에 접근하여 공감을
표하는 독자들이 많을 것이다. 왜냐하면 주어진 현실에 만족하지 못하
기 때문에 사고(思考)가 빗나가고 잡념(雜念)과 망념(妄念)에 사로잡힌 포
로가 되어 헛된 불행을 치료하는 처방을 얻지 못하고 있는 것이 현대
인들의 모습이기 때문이다.

　위의 시는 간결하지만 이 시대 대중들에게 유익한 메시지를 함축하
고 있다. 그런데 특이한 것은 마지막 행의 "부모님께 감사하며"이다.

행을 거꾸로 읽어가면서 해석해보면, 환희의 기쁨을 챙기려면 먼저 너의 부모님께 감사해야 한다는 뜻으로 받아들여진다.

인생극장에 앉아 삶의 영화를 관람하고 있는 자체가, 생명의 뿌리요 원형인 부모가 있었기 때문이다. 오늘 우리가 살고 있는 이 땅에서 유전적 생명의 원형인 부모에게 감사하는 삶을 살고 있는 현대인들이 과연 얼마나 존재하고 있을 것인가. 세상에서 명성을 얻고 성공하게 된 것은 자신의 능력이고, 실패하여 불행해진 것은 무능하고 못 배우고 가난한 집안에서 태어난 부모 탓이라는 삐딱한 인식을 가지고 있는 삶이라면 행복과 환희가 있을 수 없다는 예리한 시인의 지적은 '정견(正見)'이다.

'부모에게 감사하라' 는 부모에 대한 감사와 단절된 사랑을 회복하라는 소중한 메시지, 역시 인생극장이라는 화두의 나무에서 표출된 푸른 잎 같은 싱싱한 진리임을 확신하게 된다. 부모에게 감사하는 삶은 가난한 현실에서도 환희를 체험하며 부요한 삶을 살아가는 비결임에 틀림이 없다. 인생극장에 걸터앉아 스스로 깨달은 진리를 시적 언어로 안치시키고 있는 화자의 자의식에 공감을 표하고 싶다.

> 여보게 친구
> 산기슭에 걸터앉은 구름 좀 보게
> 쉬고 있지 않은가
> 너는 뭐가 그리 바빠
> 먼저 가려 하는가
>
> 여보게 친구
> 아무리 바빠도 좀 쉬어 가게나
> 이제 고된 삶 놓고
> 살 만한 세상
> 왜 등지고 가려 하는가

먹구름도 쉬엄쉬엄 가지 않는가

여보게 친구
괴롭거든 실컷 울어보게나
그리고 실컷 웃어보게나
그리고 동심으로 돌아가
하나하나 떠올려 짚어보게나

그리고 흑백의 세상 다 두드려
마음껏 열어보게나
남은 세월 아깝지도 않은가

— 「친구야 — 인생극장 22」 전문

　사랑하는 친구에게 보내는 시적 메시지에서 삶과 죽음에 대하여, 그리고 삶을 살아가는 방편에 대하여 긍정적인 면과 부정적인 면을 함께 진술하고 있다. 그가 인생극장에서 깨달은 것은 한 편의 영화는 감동의 절정 '클라이맥스(climax)'에 이르면 꼭 끝이 난다는 것이다.

　이 시에서 소개하고 있는 먼 길을 떠날 준비를 하고 있는 친구 역시 힘든 인생길을 걷다가 이제 한숨 돌려 삶의 여유와 행복을 만끽하게 되었는데 원치 않는 질병의 고통을 앓고 있는 것 같이 보여진다. 삶에 대한 성찰이 깊은 화자가 운명의 목숨 줄을 자신의 마음대로 늘이고 줄일 수 없다는 것을 모를 리가 없다. 그런데도 친구의 발목을 잡고 천천히 가자, 쉬엄쉬엄 쉬어가자고 표현하고 있는 시법은 달관의 경지에 이른 역설로 보인다. 먹구름은 산 위에 걸터앉아 쉬어가고 싶으면 쉬어가지만, 만물의 영장인 인간은 그럴 수가 없다는 것을 역설적으로 강조하고 있는 것이다.

　마지막 연에서 "그리고 흑백의 세상 다 두드려/ 마음껏 열어 보게나

/ 남은 세월 아깝지도 않은가"라고 말하면서 한 번뿐인 삶의 소중함을 깨우치고 있다.

이 시의 핵심은 결론부분에 노출되어 있다. 게으르지 말고 깨어서 한번 마음껏 걸어보라는 것이다. 그 이유는 인생극장에서 영화를 감상하는 시간은 한정되어 있고 주어진 기회는 단 한 번뿐이라는 명쾌한 진리가 숨어 있다. 인간들의 우매한 모습을 깨우치기 위해 감추고, 드러내고, 낯설게 하여 서술하는 시법에 능숙한 화자의 작품들은 무의미한 것을 용납하지 않고 있다. 반드시 자기화하여 시인이 의도하는 화두나 진리를 은폐시키고, 독자들로 하여금 발견하여 인생길, 정신적 허기를 채우는 귀한 양식으로 삼도록 유도하고 있는 것이다.

시의 주제들은 무겁고 운율은 매끄럽지 않지만 모방으로 엇비슷 닮아버린 아류적(亞流的)인 작품들과는 차별화된다.

> 패랭이는 패랭이답게 싸리는 싸리답게
> 그 자신을 꽃피우고 있다
> 아름답고 향기롭고 조촐한 꽃을 피우고 있다
> 어떤 과시나 과소비로 전락시킨다면
> 그것은 꽃에 대한 모독이며 고문이다
>
> 무고한 꽃들을 괴롭히지 말 일이다
> 과시와 하세와 탐욕으로
> 여리고 사랑스러운 꽃들을 짓밟지 말 일이다
> 꽃에 물어보라, 그 꽃에
>
> ― 「패랭이꽃은 패랭이꽃답게 ― 인생극장 21」 중에서

이 작품에서 인생에 대한 멋스런 인식을 지니고 있는 시인의 실체를 만나게 된다. 세상에서 어떻게 살아야 행복하고 후회 없이 살다 갈 것

인가에 대한 해답이 제시되어 있다.

이 세상에 존재하는 대자연은 하늘이 인간에게 진리를 깨닫도록 허용하신 '자연계시'에 속한다. 수많은 종류의 꽃들이 존재하고 있고 크기, 모양, 향기가 제각각 다르다는 것은 인간의 삶, 외모, 환경, 현실, 물질적인 누림이 다르다는 것과 성질 면에서는 동일하다.

인간의 불행은 패랭이 꽃이면서 싸리를 부러워하거나 싸리 꽃이면서 패랭이를 동경하는 어리석음에 있다는 것을, 꽃을 주제로 한 '사물시'에다 관념을 형상화하여 깨우치고 있다.

문제는 무엇인가. 조촐하고 향기로운 자기만의 꽃을 피우고 가면 그것이 성공이라는 것이다. 그래서 그는 꽃에게 물어보라며 의미 깊은 화두로 외친다. 꽃은 침묵으로 바람에 흔들리지만, 인생길에 대한 진리를 향기로 말하고 있다.

인생에 대한 시인의 관조, 성찰의 진리가 참으로 깊다. 이 깊은 진리는 이 세상을 인생극장으로 보고 걸으면서 단단히 움켜쥐고 있는 불교적 깨달음, 화두에서 떼어낸 작은 부스러기들이지만 그 가치는 매우 값진 것이 아닐 수 없다.

4. 인생극장, 아직 상영 중

극장 앞에는 두 종류의 인파가 있다. 한 장의 티켓을 들고 영화가 끝나기를 기다리는 존재들이 있고, 상영관 안에서 영화를 관람하고 있는 사람들이 있다.

사랑하는 사람과 함께 한순간 몰입하여 쾌락을 즐기다가 우르르 쏟아져 나오고 새로운 멤버들이 몰려 들어가는 교체 현상을 안원찬은 하나의 '상징 계시'로 보고 깨달은 것 같다. 그 깊고 심오한 진리들을 다 설명하기 위해서는 많은 지면이 필요하여 생략하지만, 시의 위의(威儀)

를 높일 줄 아는 시인이 아닐 수 없다.

인생극장에서 관람하는 영화의 주제는 제각각 다르고 허용되어진 시간도 다르다. 이미 중반을 지나서 종영을 향해 가고 있는 사람도 있고, 오늘 밤 인생극장 앞에서 허무하게 쓰러져 다시는 돌아올 수 없는 먼 길을 떠나갈 존재들도 있다.

> 팔에 안겼던 핏덩이
> 내가 밑줄 친 황혼 사이로 오고 있다
>
> 귀 언저리부터 정수리까지
> 백발이 성성한
> 내 모습 뒤따라오고 있다
>
> 증손자 장가가는 날
> 집안 굿거리장단에 노래하고 춤추고 싶다
> 아직 숨길 쌩쌩하다
>
> 손자보고 아들이냐고 묻던 사람들
> 죄다 어디로 가고
> 나 혼자 먹자골목 헤치고 있다
>
> —「고령화 — 인생극장 8」 전문

이 작품은 인생극장, 관람객 교체에 대하여 진술하고 있지만 증손자를 안고 다니던 과거로 회귀한 내용의 전개가 특이하고, 불가(佛家)에 귀의하여 속세를 떠나지는 않았지만 유유자적 먹자골목을 헤치는 현실적 모습으로 마무리하는 시법 또한 독특하다.

직접체험이든 간접체험이든, 시적인 종자만 얻으면 감성으로 품고 뒹굴어 이미지로 형상화시켜 낸다고 하는 것은 시인으로서 시학의 절정에 이르고 있음을 유추할 수 있어 안도하게 된다.

4연에서의 독백적인 탄식을 보면 "손자 보고 아들이냐고 묻던 사람들/ 죄다 어디로 가고/ 나 혼자 먹자골목 헤치고 있다" 표현한다.

인생극장의 필름은 세상이 존재하는 날까지 계속해서 돌아가고 있어 연속상영이다. 그러나 중도에 육안으로 볼 수 없는 운명의 손에 끌려 나가 퇴장당하는 사람들이 많다는 것을 표현하는 시적인 기교가 '굿거리장단' 춤추는 속에서도 엄숙하고 무겁게 느껴진다. 인생은 모두 다 그 왔던 곳으로 회귀한다. 언젠가는 삶의 먹자골목을 헤치고 다니며 포식하던 화자 역시 업력(業力)을 짊어지고 돌아가게 될 것이다. 그때에 다른 사람들 역시 그의 존재가 어디로 갔는지, 자신처럼 되묻게 될지 모르는 것이 삶이고 인생인 것이다.

개인적인 종말이 다가오고 있어 필름의 미 개봉 부분이 점점 줄어들고 있음을 전하면서 삶의 경각심을 일깨우는 진솔한 메시지가 위의 작품 속에서 생생하게 들려오고 있다.

고작 일주일 살고자 목 축인 이슬방울로
온종일 신세타령 부르짖는 쓰름매미
여름 지나서도 한바탕 바동대 보았지만
이미 나뭇가지 끝에 가을이 들어와 앉았습니다

　며칠 못 살고 떠난다 해도 두려움이 없는 이유는 즐거운 마음으로 노래하면 7년 유배생활 잘 마치고 다시 돌아올 수 있다는 한 가닥 희망 때문에 이파리 사이로 둥글게 엎드려 출렁거리며 햇살 뿌리는 파란 하늘 쳐다보며 목구멍 뒤 깊은 동굴에서 나오는 원래의 소리 그대로 토해내며 하반신 전체 파르르 떨며 그 슬픔 잠재웁니다.

산다는 것은 걸어온 길을 지우는 것이라며
나뭇가지 흔들고야 새 떠났음을 아는 것이라며
누구에게나 일깨워주고 가려는 붉은 피로
강하게 맥박 치는 가창력으로 맴맴 노래합니다

— 「가을이 오면 떠나야 한다기에 — 인생극장 31」 전문

7년을 기다려 부활한 매미가 나뭇가지 머물 수 있는 기회는 정말 짧은 것이다. 짧은 삶을 마감하기까지 부르짖는 울음소리는 애처롭기 그지없지만, 매미라는 사물을 통해서 삶과 죽음에 대한 진리를 깨우치고 그 가던 길을 스스로 돌이킨 체험적 사건들은 수없이 들을 수 있다.

위의 작품에서 매미를 등장시킨 시인의 의도는 무엇일까. 생이 짧다는 것이다. 그리고 인생의 가을이 오면 떠나는 것은 매미뿐만이 아니라는 것을 묘사하고 있다. 화자는 이 작품을 쓰면서 매미와 자신의 존재를 동일시하였는지도 모른다. 왜냐하면 시인의 작품들 속에서 자타를 깨우치는 매미소리가 들려오고 있기 때문이다.

한 편의 시를 써서 목적을 달성하기 위해서는 내면 응시를 통해 자신을 먼저 깨우쳐야만 한다. 자신을 깨우치는 성찰의 고뇌 없이 문학적인 지식으로만 시를 써서 인생에 대한 해탈이나 구원의 길을 제시할 수는 없을 것이다.

인생극장, 아직 필름은 돌아가고 있지만, 삶의 발자국을 지워야 하는 가을이 오고 있음을 직감하고 있는 안원찬의 시적 메시지는 천국이든 극락이든 극명한 회귀의식(回歸意識)으로 경각심을 더하고 있다. 지혜로운 독자들은 깨닫게 될 것이다.

5. 마무리

안원찬 시의 특징은 시적 수준이 일정하게 유지되는 흐름을 보이고 있고 직접체험하여 깨달은 사건을 독자들에게 전달함에 있어서 그 상황을 목도하고 있는 듯한 생생한 느낌을 갖도록 자기만의 이미지를 만들어 내는 데 성공하고 있다.

인생극장 제1편에서 마지막 편까지 어느 작품에 접근해도 시의 감칠맛을 확보하고 있는 것은 오랜 신앙적 연조와 해탈을 염원하는 불교적 휴머니즘이 작품 속에 녹아 있기 때문이다.

화자가 시집 속에서 허심탄회하게 남기려는 핵심메시지는 무엇인가. 그것은 언젠가 찾아올 종말에 대한 준비이다. 인생극장에서 수많은 사건과 사람, 사물들을 보고 접하고 웃고 울며 깨달았으면, 그냥 헛되이 가서는 안 된다는 것이다.

짐 꾸리고 싶다

필기도구
수건
백팔염주
바리때
이 짐 챙기는데 56년이 걸렸다

방생되는 물고기처럼
마음에서 끓어오르는 쇳물 같은
뜨거운 갈망

— 「이젠 떠나고 싶다 — 인생극장 90」 전문

이 세상에 왔으니 필연적으로 가는 날이 있다. 빈손으로 왔으니 빈손으로 간다.

56년 화자의 준비물은 물질적인 것을 배제한다. 백팔염주, 바리때 등 무소유에 가깝다. 그러나 인생길에서 남긴 이력은 소멸되지 않고 윤회한다. 방생되는 물고기처럼 소명의식에 불타서 시를 쓰고 있는 시인의 목적이나 지향은 오직 하나뿐인 것 같다.

자신을 위한 모든 준비를 이미 끝내고 타인의 미래를 위해 문학적인 방편을 빌어 진리를 설법한다. 그래서 화자의 시는 무겁다. 그 목소리를 꾸미지 않았지만 위엄과 깊이가 있다. 깊이가 있는 만큼 담백한 매력이 있고, 진솔한 감동의 파장을 확대하고 있는 수작(秀作)들을 발견하게 된다.

첨예한 통찰 속에서 고뇌로 몸부림치며 시학의 지평을 더욱 확대해 나간다면 한국 시단에 각인되는 존재로 남을 수 있을 것 같다.

하나님과 인간사이, 중매(仲媒)적 매개 역할의 시학

우인순 시집 『천년을 살아도』

1. 중매자적 위치

오늘날 한국문단은 저질 문예지의 난립으로 인한 시인 양산이란 후유증을 앓고 있다. 수많은 작품집들이 시단에 쏟아지고 있지만, 질적 저하로 인한 문제는 매우 심각하다.

평자들의 시선 또한 시의 '문법'이나 주제가 선명한 목소리를 감지할 수 없는 가벼운 시들에 대하여서 부정적으로 머물고 있다. 그 이유는 시인 스스로가 정체성을 확보하지 못한 채 사유와 철학, 성찰과 관조, 아름다운 상상, 깊은 감동이 살아 숨쉬는 진리적 메시지를 함축하거나 확대하지 못하고 있기 때문이다.

우인순의 시들을 살펴보았다. 오랜 신앙적 연조에서 표출된 사랑의 메시지를 담아 구령애에 불타는 심정으로 이 시대를 살아가고 있는 현대인들을 향하여 애절한 언어를 토해내고 있는데 그 외침이 참으로 간절하다.

이천 년 전, 초림예수는 이 땅에 와서 "나는 곧 길(via)이요, 진리(veri-tas)요, 생명(vita)"이라고 외쳤다. 예수의 십자가가 골고다에 세워져 하나님과 인간 사이에서 회개와 구원을 촉구하는 중매자의 역할을 했다면, 우인순은 신앙과 사유가 함축된 진솔한 시편들로 우뚝 선 십자가를 대신하고 있는 듯한 신성함마저 느껴지고 있다.

행복은 높은 곳에 있지 아니합니다
내 마음 속에 함께 걸어가는 것입니다
마음먹기에 따라 행복할 수도
불행할 수도 있습니다

행복은 아주 귀한 것이 아니랍니다
우리들 주변에 수없이 많은 공기입자들처럼
아주 귀한 것이면서도 흔한 것입니다

행복은 퍼주어도 퍼주어도
마르지 않는 샘물과도 같습니다
나눌수록 더 행복해지는 것이랍니다

행복은 아주 작은 것에서 출발합니다
작은 종이 한 장 함께 들고 가는 데서부터
시작합니다

행복은 돈이 많고
학식이 높다고 있는 것은 아니랍니다
서로 사랑하고 나누는 곳에
행복이 살고 있습니다
사랑하며 살아갑시다

— 「사랑하며 살아갑시다」 전문

  행복은 인간들이 보편적으로 추구하고 염원하는 성질의 것이지만, 그것을 얻기 위한 방편은 다양하다. 시인은 정의하기를, 행복이란 물질적인 조건이나 환경에 좌우되는 것이 아니라 인연을 맺고 있는 사람들끼리 서로 사랑하며 나누며 살아가는 데 있다고 진술한다. 그리고 그 사랑은 옹달샘이 솟아나듯 위로부터 공급받아야 한다는 것을 표현하고 있는데 위의 시에서 주목하는 것은 자신이 서 있는 위치이다.

우인순이 서 있는 사회적인 위치나 신앙적 위치가 아름답고 낮은 곳이면서 섬기고 봉사하는 신성한 곳에 머물고 있음을 유추하게 된다. 기독교적인 관점으로 바라본다면 십자가 바로 아래 중매자적 위치일 것이고, 개인 인격적으로 바라본다면 겸손의 자리이다.

한 편 한 편 쓰인 시들이 시적 긴장이나 절제의 멋, 운율은 떨어지지만 기독교적인 사랑에 대한 숭엄한 인식이 잠재해 있어 아름답고 진솔하다. 사랑과 행복에 대한 가치관이 혼돈되는 이 시대에 유익한 작품들인 것 같아서 우인순의 시세계로 들어가 보고자 한다.

2. 진리적 깨달음

시인들마다 시의 특징을 지니고 있다면 화자는 사랑과 신앙을 혼합한 기독적인 시를 쓰고 있다. 종교적 신앙시를 창작한다는 것은 진리적 깨달음을 통한 내세에 대한 지향이 확실하기 때문이다.

시집의 표제 『천년을 살아도』는 유한한 공간인 이 땅에서 천년을 산다기보다는 내세에 대한 지향과 연결성을 내포하고 있는 것이며, 대조법으로 사랑 없이, 신앙 없이, 무신론이나 자기중심적으로 산다는 것은 무지와 교만에서 비롯된 어리석은 삶이라는 것을 역설하고 있는 것이다.

그렇다면 화자는 어떤 깨달음을 지니고 있는 것일까. 그 의식에 접근해보자.

> 잠시 소풍 나온 인생길
> 남아 있는 삶의 모든 시간을
> 사랑의 들판에서 꽃길을 달리며

너와 함께 머물고 싶다

험한 세상
피가 나도록 할퀴어도
맨발로 뛰어 모진 비바람 뚫고
사랑의 바다에 하얀 파도를 치며
너와 함께 이르고 싶다
그곳에서
너와 내가 만나
너의 어깨에 슬픔을 기대고
텅 빈 가슴 사랑으로 채우며
이름 없는 하얀 들꽃으로 피어날지라도
은은한 향기 바람에 날리우며
하늘 길 함께 가는 친구이고 싶다

— 「너를 향한 고백」 전문

시집의 표제는 『천년을 살아도』라고 붙여 놓았는데 이 작품에서 말
하기를 잠시 '소풍'을 나온 인생길이라고 말하고 있다. 고인이 되신
천상병 시인도 임시적인 삶을 묘사한 소풍에 대한 시를 즐겨 썼고, 시
인 이해인도 인생에 대하여 피력하기를 잠시 잠깐 소풍 나왔다가 집으
로 돌아가는 하루살이 인생이라고 단정했다.

그런데 인간들은 이런 진리는 듣고 익혀서 인식하고 있지만, 대부분
기존 지식에서 머물다 깨우치지 못하고 소멸시켜버린다. 진리나 지식
을 인정하고 깨달아 성찰하거나 개인적인 철학으로 삼아서 행동하며
살아가는 사람들은 극히 드물다고 할 것이다.

「너를 향한 고백」이란 작품에서 "잠시 소풍을 나왔으니 멋지게 살다
가 하늘 길 함께 가는 친구이고 싶다. 너와 나, 그렇게 살다 죽자"고 고

백하고 있다. 이런 아름다운 고백이 인연으로 묶어져서 이루어졌는지는 알 수가 없지만, 세상바다에는 풍랑이 치고, 인생의 배는 원치 않는 곳으로 흘러가면서 연단과 훈련을 거듭시키는 하나님의 섭리 안에서 순종하여 살아갈 수밖에 없는 것이 삶이고 인생이다.

하여튼 '잠시 소풍 나온 인생'이라는 그 깨달음이 수반되었기 때문에 우인순의 시세계는 미래적 내세관에 영향을 받게 되었고, 개인적인 시론도 정립된 것으로 판단된다.

> 마음 한 자락 비우고
> 살아가는 동안
> 슬픔도 기쁨도 같이하며
> 함께 가려 했는데
>
> 마음 한 자락 비우고
> 당신에게만은
> 어떤 계산도 대가도 필요 없는
> 고운 사랑만을 하고 싶었는데
>
> ― 「사랑을 잃어버린 당신에게」 중에서

행복을 향해 사랑을 싣고 가는 배가 풍랑을 만나 흔들리고 파손될 때 인간은 기도하게 되고 하나님 앞에 무릎을 꿇고 겸손하게 된다.

위의 시에서 사랑을 잃어버린 적이 있었다고 말하고 있다. 사랑의 대상이 누구였든지 간에 이별은 슬프다. 그 슬픔 속에 빠져서 절망하게 되고, 절망하는 고통 속에서 진리를 깨닫게 된다. 진리를 깨닫게 되면 사명을 발견하게 되고, 사명을 발견하게 되면 비로소 하나님을 만나 무릎을 꿇게 된다. 화자 역시 개인적인 사유, 소풍을 나온 친구를 잃어버린 것이 계기가 되어 삶의 변화가 일어났고, 신앙시를 쓰는 시인이 되었음을 유추할 수 있다.

우인순의 시세계가 타인에 대하여 포용적이면서 행간을 이어가며 부드러운 온기가 감지되는 것은, 어느 날 사랑의 대상이 한 사람에게서 다수로 확대되었기 때문이고, 절망에 빠지거나 고통 받고 있는 이웃들을 가슴속에 끌어안고 하나님께로 연결시키고자 하는 중매자의 위치에서 시인의 이름표를 달고 시학(詩學)을 펼치면서 고독하게 서 있게 된 것이다.

이번에 상재하는 백여 편의 시들은 깨달음이 수반되어 창작된 작품들로 총체적인 삶의 함축, 종교적 신앙의 미학이라고 말할 수 있을 것이다.

3. 깨달음의 구체적 행동
— 친구 삼기

하나님께로부터 삶과 인생에 대한 적절한 깨달음을 축복으로 얻은 시인은 행동으로 추구하는 소원성이 생겼다. 자신의 재능, 달란트를 활용하여 친구들을 삼고자 하는 것이고, 많은 친구들을 삼기 위한 열정을 품게 된다.

문학과 종교는 엄밀히 다르다. 문학과 종교가 다르다는 말은, 문학은 문학이지 종교 자체는 아니라는 뜻이다. 그러나 문학과 종교는 세속성과 초월성을 내포하고, 형이상과 형이하의 세계를 자유자재로 드나든다. 문학도 종교적 특징을 지니고 인간들의 메마른 정서에 파고들어 종교에 버금가는 파급효과를 유발시키고 있는 것이다.

내가 산다는 것은
늘 누군가에게 빚을 지고

사는 것입니다

한 번도
세상 어느 누구에게
손을 내민 적이 없는데

힘들고 어려운
캄캄한 절망의 터널에 있을 때마다
천 길 벼랑 끝에서
죽을힘을 다해 오르고 있을 때마다
내 손을 잡아주는
그런 분이 있었습니다

내가 산다는 것은
늘 빚을 갚겠다고 마음먹고
그 빚을 되갚으며 사는 것

그 누군가에게 내가 받은 사랑을
되돌려주며 사는 것입니다

하나님 내가 당신에게 받은 사랑
반절이라도 갚고 살게 하여 주십시오
사랑하며 살게 하여 주십시오
누굴 증오하며 산다는 것은 아픈 일입니다
내가 산다는 것은 어쩜
늘 당신에게 빚을 지고 사는 일인지도 모릅니다

그 빚 되갚으며 살게 하여 주십시오

— 「내가 산다는 것은」 전문

줄이지 못하고 긴 전문을 다 소개하였다. 그 이유는 먼저 화자의 깨달음이 아름답기 때문이고, 그 빚을 갚기 위해서 산다는 삶의 목적이나 방향이 이기적인 욕망이 판치는 세상에서 숭고한 빛을 발하고 있기 때문이다.

2연에서 말하기를 "인간에게는 손을 내밀지도 않았고 빚을 지지 않았다"고 진술하고 있다. 그런데 3연에서 "하나님께 빚을 졌다"고 고백한다. 어떤 빚을 졌는지는 모르지만 위로와 축복의 체험으로 유추된다. 어렵고 힘들 때, 기도할 때마다 하나님께서 그 연약한 손을 잡아주신 것이다.

이런 체험을 통하여 우인순은 삶의 목적이나 방향을 재정립하게 된다. 이 세상에 살면서 죽을 때까지 빚을 갚고 살다가 가고 싶다는 것이다. 인간 대 인간, 대인관계에서 빚은 거의 물질적인 것이다. 차용증에 적힌 금액을 갚으면 의무가 끝나는 것인데, 화자에게 은혜를 베풀어주신 분은 사람이 아닌 하나님이다. 하나님께 진 빚은 자신이 받은 사랑을 다른 사람에게 말로 전하거나 행동으로 이전하면서 사는 것이 빚을 갚는 방법이라는 인식이다. 연약한 여자로서의 삶이지만 향기로움이 넘쳐나고 진동한다.

특히 이 시를 읽는 독자들 또한 기독자나 비기독자나 불문하고 감동의 물결 속으로 끌고 들어갈 것 같은 예감을 갖게 한다. 시의 진정한 기능이나 생명력은 바로 이런 것이 아닐까 싶다. 시인의 독백으로 인하여 악하게 살고 있는 자가 감동을 받아 자신을 되돌아보고, 스스로 삐뚤어진 길을 돌이켜서 바른 길을 걷게 하는 것이라면, 굳이 언어를 비틀거나 낯설게 변장하지 않아도 무방할 것이며 그런 시를 좋은 작품이라고 평가해야 할 것이다.

온 생애를 두고
내가 만나야 할 행복의 모습은,
너무 화려하고 눈부시게 아름다워
보기만 해도 기가 죽는 친구보다는
수수한 옷차림의
부담 없이 편안한 친구입니다

온 생애를 두고
내가 만나야 할 행복의 모습은,
세상 부귀영화 다 누리면서도 인색하여
그의 곁에 서기만 하여도
슬퍼지는 친구보다는
허름한 옷차림의 모습이지만
고운 마음으로 가슴을 찡하게 울리는
나눔의 사랑이 깊은 친구입니다

온 생애를 두고
내가 만나야 할 행복의 모습은,
너무 똑똑하고 잘나서
그의 곁에 서기만 하면
바보처럼 초라하게 느껴지는 친구보다는
다소 모자란 듯 허허 웃어도
따뜻한 가슴으로 세상을 끌어안고 사는
마음 착한 속 친구를 만나는 행복입니다

— 「내가 만나야 할 행복의 모습은」 전문

　이 작품에서 주목하는 단어는 각 연의 첫 행에서 언급되는 "온 생애
를 두고"이다.
　시인은 온 생애를 두고 친구 삼기를 하면서 살고 있다. 다양한 모습

으로 다가서서 친구를 삼고 교제하고 싶다는 심정을 역설적으로 표현하고 있는 시적인 기교가 노련해 보인다.

자신이 만나고 싶은 행복한 친구가 이런저런 모습이기를 원하고 바라는 것이 아니라, 자신이 변화된 모습으로 다가서서 그의 친구가 되어주겠다는 것이다. 오늘같이 이기적인 세상에서 이토록 아름다운 신앙을 가지고 실행하면서 살아가고 있는 존재들이 과연 얼마나 있을 것인가 생각하게 된다.

친구는 크게 나누면 두 종류가 있을 것이다. 악한 친구와 선한 친구이다. 우리는 친구를 사귈 때, 손해를 주는 친구는 악하다고 사귀려 하지 않고 슬금슬금 피한다. 자신에게 유익을 주고 계산을 해봐서 득이 되어야지만 친구라고 부르고, 교제를 한다. 그런데 화자는 그런 계산적인 것까지도 초월하면서 악한 친구도 포용하여 끌어안으며 하나님의 사랑을 전할 것 같다. 그 아름다운 심정이 이 작품 속에 함축되어 향기를 발하고 있는데, 돈독한 신앙에서 표출된 진실이 아닐 수 없다.

4. 깨달음의 시적 지향
— 영원한 천국

화자의 시집 속 메시지는 기독자나 비기독자 공히 정서에 영향을 미친다. 왜냐하면 교회에서 듣는 설교처럼 직설적인 웅변으로 가슴을 파고들면 거부감이 생길 텐데, 구령애에 불타는 사랑을 전하면서 문학이라는 방편의 힘을 적절히 빌리고 있고, 운율이 춤추는 시편으로 진솔하게 전해지고 있어서 거부감을 자연스럽게 제거시키고 있기 때문이다.

화자의 시편들이 보이지 않는 영적인 힘에 투영되어서 그런지 시의 전개나 언어 전달에 있어서는 미숙한 것 같은데도 행간에서 감동의 파문을 확장시키고 있다.

왜 그런 것일까. 표제시를 살펴본다.

천년을 살아도
고운 웃음 하얗게 허허 웃으며
모자란 날 어여삐 보아주고
꽃피는 들길 소풍 가자 말할 사람
그대밖에 없습니다

천년을 살아도
창가에 드리우는 눈부신 햇살처럼
따스한 눈길로 날 바라보며
두 손 꼬옥 잡고 시장으로 달려
호박을 고르고 버섯을 사고
된장찌개 끓여 밥상을 마주하고
세상에서 가장 행복한 얼굴로 웃어줄 사람은
그대밖에 없습니다

천년을 살아도
열흘쯤 세수 안 한 얼굴로
잠을 자다 부시시 눈을 뜨고 웃어도
그저 날 어여삐 보아주고
한 시간만 외출하여도 궁금해 전화하는 그대
혹여 어찌될까 안절부절
여왕처럼 나를 위해주는 사람
그대밖에 없습니다

그런 연유로
천년을 살아도 나는
그대를 나의 주인으로
오직 그대만을 위해 요리를 하고
그대만을 사랑하며

세상에서 가장 행복한 웃음을
웃어드리겠습니다

— 「천년을 살아도」 전문

　우인순은 대조법에 익숙하다. '천년을 살아도'라는 말의 뜻은 이 세
상에서의 삶, 한순간의 소꿉장난, 그 자체를 논하고 있는 것은 아니다.
그리고 자신을 저토록 어여삐 여겨주고 사랑해주고 지켜주고 있는 분
은 자신의 생명을 아낌없이 던져주면서까지 대속해주신 하나님을 상
징하고 있는 것이다. 하나님께서는 일거수일투족 화자의 삶을 주관하
시고 감찰하시고 통제하신다. 인간들처럼 사랑과 빵 앞에서 변덕스러
운 존재는 없다.
　그런데 화자는 시의 본질에 대해서는 깊은 이해를 하고 있다. 남녀
간의 사랑이라는 평범한 주제를 가지고서 하나님의 깊고 넓은 사랑을
소개하기까지 변용시키는 기교나 조탁에 능숙하기 때문이다. 결론에
서 영원하신 신랑, 하나님을 소개하는 것을 보자.
　"그런 연유로/ 천년을 살아도 나는/ 그대를 나의 주인으로/ 오직 그
대만을 위해 요리를 하고/ 그대만을 사랑하며/ 세상에서 가장 행복한
웃음을 보이겠다" 말하고 있다. 이 세상에서나 저 세상에서 나의 사랑
의 대상, 나의 주인은 당신밖에 없다는 고백이며, 영원토록 천년을 살
고 싶은 사람들은 나의 친구가 되어서 나의 외침에 귀를 기울이라는
구도적인 메시지가 생생하게 살아 있다. 반대로 직설적인 표현 한번
살펴보자.

오직 하나님 당신 곁에 있을 수 있다면
당신 곁에서 평화를 누리며 살 수 있다면
내 삶의 캔버스 안에는

슬픈 그림은 안 그릴 것입니다

하나님 내가 당신의 문을 열고
당신 나라에 갈 수 있다면
당신의 형상을 닮아
기대도 소원도 희망도 믿음도
모두 당신 안에 두어서
내 삶은 눈부신 햇살이 내리는 봄날이겠지요

— 「오직 당신 곁에 있을 수 있다면」 중에서

은유로 쓰였든지 직유로 처리되었든지 간에 화자의 삶의 지향, 종착점은 천국이고 시를 읽는 독자들 역시 죽음이란 운명적 난제를 피해갈 수가 없다. 천국을 저토록 소망하고 갈망하는 사람들에게 고난과 고통이 뒤따르는 이해할 수 없는 모순이 존재한다. '하나님이 살아계시면 왜 그럴까, 저렇게도 당신을 사랑하고 당신을 위해서 헌신하는데……' 하고 불평도 하지만, 우인순은 이미 그분의 구원 계획이나 섭리에 대한 진실을 어느 정도 파악하여 현실을 초월하고 있는 것 같다. 이 세상에서 크고 작은 풍랑은 온전히 당신만을 독차지하도록, 한눈팔지 않게 하시는 축복이란 것을…….

화자와 연결된 인연의 손을 잡은 수많은 친구들이 천국의 영광에 동참하여 거룩한 성 예루살렘에 입국할 수 있기를 기대해보고 싶다.

5. 마무리

신앙 시는 기독교적 영감의 진리를 순수 서정의 이미지로 그려내는 언어의 표현이다.

우인순에게 있어서 사랑과 믿음이 혼합된 아름다운 시를 쓸 수 있도록 시인의 길로 인도하신 분은 하나님이시다. 화자는 이것을 깨닫고 있고, 투철한 사명감에 젖어서 창작에 임하고 있음이 작품 속에서 드러나고 있다.

신앙생활을 한다고 해서 모든 크리스천 시인들이 신앙시를 쓸 수 있는 것은 아니다. 그런데 애절하고 호소력 넘치는 신앙 고백적 시를 쓸 수 있다는 것은 무엇을 증명하고 있는가. 화자의 신앙심이 매우 깊다는 것과 그 가슴 속 깊은 곳에 희생적 온유함을 지니고 있다는 것이다.

> 너를 만나러 가는 길에
> 빈손으로 가고 싶다
>
> 세상 욕심
> 화려한 치장 없이
> 푸른 그리움의 들판을 지나
> 사랑 목걸이 하나 달고
> 네게로 가고 싶다
>
> 너를 만나는 길에
> 내가 세상 부귀 다 버리고
> 약속의 땅으로 달려가듯
> 내게로 올 때
> 세상 욕심 다 버리고
> 고운 사랑
>
> 가슴에 꽃피워
> 무지갯빛 행복
> 목에 걸고 오려므나
>
> ─「너를 만나러 가는 길에」 전문

우인순은 구령애에 불타는 자신의 삶 전부를 묶어서 영혼 구원사업에 통째로 바치며 살고 있다. 사랑 목걸이 하나 달고 너를 만나러 갈 때, 빈손으로 가고 싶다고 말하고 있다. '사랑 목걸이'란 시적인 표현에 내장되어 있는 진리가 깊다. 십자가 목걸이 하나 달고 간다는 것이다. 기독교에서 십자가는 사랑과 구원의 증표이자 상징이다.

그런데 빈손으로 가고 싶다고 말하고 있다. 자신이 소유하고 있는 삶과 물질, 재능 등을 다 허비하면서 아름다운 소풍을 지혜롭게 마치겠다는 뜻이다. 배낭 속에 짊어진 물질적인 소유들을 탁탁 털어 내어 놓고 필요로 하는 누군가에게 주겠다는 의미를 내포하고 있어 아무리 봐도 귀한 깨달음이 아닐 수 없다. 한국문단에 수녀 이해인처럼 하나님과 사람 사이, 화해와 구원의 길로 중매하는 위치에 서서 매개적 역할을 감당하게 될 또 다른 시인의 탄생을 예고하고 있는 것 같아서 참으로 기쁘다.

누구나 이 세상을 떠날 때, 빈손으로 간다. 사망선 아래 것들은 아무 것도 가져갈 수 없다. 그러나 남기고 가는 것도 있다. 삶의 이력과 업적이다. 우인순이 남기고 갈 깊고 아름다운 작품들이 후대에 길이 남아 신앙적 감동의 향기를 오래도록 발하였으면 한다. 시인에게 있어서 환경적인 요건은 시의 특징에 영향을 끼치고, 종교적 사명감에 불타게 한다는 긍정적인 사실을 다시 한 번 확인할 수 있었다.

일상에서 얻은 체험적 시편들, 성찰의 메시지

유승배 시집 『작은 행복』

1. 정체성 확립이 작품에 미친 영향

등단 이후, 두 번째 시집을 상재하는 유승배의 원고를 읽으면서 시인의 의식이나 가치관에 대한 투철한 소명의식과 우월적 자부심을 감지할 수 있었다. 시인으로서 고뇌·갈등하고 있는 현실에 대하여 자부심을 갖고 있다는 것은 관조의 시학, 그 뿌리를 더욱 깊이 내리게 되고 그 결과는 작품의 질로 이어져 승화되어 나타난다.

첫 시집을 상재한 이후, 감성의 샘이 메말라 스스로 도태되는 시인들을 만나게 된다. 그 원인을 분석해보면 복합적인 요소들을 발견하게 되지만, 근본적인 이유는 시인으로서 자각해야 할 소명의식의 망각이나 정체성 확립에 실패하였기 때문이다.

낭만적인 내적 가치만 부각되고 물질적 매력을 상실한 시인의 삶에 대하여 회의를 느끼거나 정체성이 흔들리면 시혼을 불태워 창작에 임한다는 것은 거의 불가능하다. 왜냐하면 내면의 감정이 혼탁해져 시적 발상이나 동기의 순수성을 상실해버리기 때문이다.

2008년 4월 1일
음식 값 올리다보니
냉면, 만둣국 한 그릇과

시집 한 권 값이 동일하게 되었다
한 끼의 배부름을 위한 것과
마음이 허전할 때 허기를 채우거나
싫증나도록 우려먹는
시집 값이 같다는 것은
참으로 모순이다

나는 억울한 심정으로 독백을 쏟아낸다
시집 값 칠천 원
종이 값이라고
나의 시는 그냥 공짜로 주는 것이라고……

— 「시의 값」 전문

　이 시에서 표출되고 있는 화자의 자의식은 멋스럽다. 배고플 때,
후루룩 먹어치우는 냉면 한 그릇과 시집 한 권의 값이 동일하다는 것
은 모순이라고 단정하고 있다. 물론 육의 양식인 만둣국과 영혼의 양
식인 시(詩)를 대조하여 처리하고 있기 때문이기도 하겠지만, 자신은
이 시대에 꼭 필요한 메시지를 함축하여 진리적 깨달음을 내포한 시
를 쓰고 있다는 항변으로 들려지기도 한다. 시집 값 칠천 원은 모순
을 뛰어넘어 억울한 일이라고 부르짖는다. 그것은 시의 값이 아닌 출
판비나 종이 값에 불과하며 나의 시는 그냥 던져주는 공짜라고 말하
고 있다.
　공짜라는 주장 속에는 나의 시는 귀하고 귀한 것이어서 물질적인 값
을 매길 수 없다는 시인의 인식이 깔려 있다고 보아야 할 것이다. 시인
으로서 정체성이 확립되면 이런 의식의 소유자로 굳게 서는 것은 당연
하다. 자신이 쓴 작품의 가치에 대하여 자부심을 갖고 있는 사람만이
혼신의 힘을 기울여 창작에 임하고 작품집을 묶어 시단에 내어놓는 것

이 아닐까 싶다.

시인으로서 정체성을 확립하고 있는 유승배의 시세계를 추적, 일별해보고자 한다.

2. 사건, 사물에 대한 탐색 및 포착

화자의 시는 일상에서 얻은 체험들을 이미지로 형상화하여 다양한 진리들을 내포한 작품들로 변환시키고 있다. 카메라 렌즈처럼 반짝이는 시인의 눈에 포착된 각종 사건이나 사물들을 그냥 흘려보내지 않는다.

유승배는 하루 24시간 자신의 일터인 '사리원'이란 생활공간에 갇혀 있다. 멀리 여행을 떠나거나 계절 따라 산과 들을 찾아 자유롭게 행보하지 못하는 형편이다. 그래서 해가 바뀌면 그의 기도는 일상을 벗어나기를 원하는 여자의 자유를 지향한다.

> 금년에는
> 자신을 위하여 커피를 마시고
> 나를 위하여 물안개 피어오르는
> 강가를 거닐고 싶었는데
>
> 작은 별들이 물 속에 투신하고
> 별들을 입에 문 물고기
> 힘차게 뛰어오르는
> 그 모습을 볼 수가 없었네
>
> 가야지, 떠나야지
> 어디론가 떠나야지
> 가슴 속에서 수없이 원을 그리다

물거품 되어 꺼져버린 자유여

― 「여자의 자유」 중에서

위의 시 3연에서 "가야지 떠나야지/ 어디론가 떠나야지" 외치고 있는 현실을 보면 삶의 감옥에 갇혀 벗어나지 못하는 피곤과 고단함이 감지된다. 환경을 초월하여 자유하지 못하는 시인은 후대에 길이 남을 수 있는 절창의 시를 쓸 수가 없다고 말들 한다. 그것은 시의 소재를 찾아내는 기회가 위축되거나 상실되었기 때문으로 이해되지만, 멀쩡히 직장에 다니다가 어느 날 사표를 던지고 시의 종자나 발상을 찾아 전국을 헤매는 어리석은 존재들도 있다.

평자의 생각은 다르다. 관조의 눈을 뜨고 사건과 사물을 바라본다면 처한 현실 속에서 시의 종자를 획득하여 감성으로 꽃피우는 일은 그리 어렵지 않을 것이다. 시적인 발상은 현실에서 획득되기 때문이다.

오늘도 할머니는 포장 그릇을 들고
병든 남편 곁을 향해 종종걸음 치신다
일평생 사랑의 식탁 차리느라
정성과 기도의 땀 흘리고 흘리셨는데
이제 마지막이 될지도 모를 순종의 수발
기쁨으로 들고 계신 것이다
병원 밥 멀리하고
곧 끊어질지 모르는 생명 줄
질긴 면 가닥으로 이어가시는 할아버지
시원한 사리원 냉면 한 그릇에 새 힘이 솟는다니
참으로 신기할 뿐이다

핏기 마른 손 젓가락 잡고
얼음 둥둥 떠다니는 그릇 속에

잣, 호두, 해바라기 호박씨 건지듯
삶의 그릇에 담긴
아련한 추억 건져 음미하고 계신 것일까
그래서 새 힘이 솟는 것일까
그 모습 바라보는 내 마음
가슴 벅차도록 기쁘고 행복하다
사리원 냉면 한 그릇
꺼져가는 불꽃을 되살리는 기름이 되고 있다는 것만으로
피곤을 감춘 환한 웃음으로 손님을 맞을 수 있다

— 「어떤 손님」 전문

2연으로 되어 있지만 조금은 긴 듯한 전문을 소개한다. 이 시의 시적상황은 병든 남편을 위해 그릇을 들고 화자가 경영하는 가게에 찾아오는 어떤 손님(할머니)을 소개하면서 아름다운 순종, 사랑에 대하여 진술하고 있다.

냉면은 시원한 맛으로 즐기는 음식이다. 사리원 냉면을 그릇에 담은 할머니는 병실에서 기다리고 있는 할아버지를 향해 종종걸음 치게 될 것이다. 유승배는 그 뒷모습을 상상했다. 시인이 할머니를 소재로 삼아 시를 쓴 이유는 몇 가지로 해석된다. 물론 사리원 냉면을 사랑해주시는 고마움도 내포되어 있지만, 시의 중심은 아름다운 순종과 사랑의 탐색에 있다. 병실에서 가게까지 거리가 얼마나 되는지는 모르지만, 아내는 남편을 위해 그릇을 들고 뙤약볕 속에서 어김없이 나타난다. 그 그릇은 바로 순종을 묘사하고 있고, 그릇에 담긴 냉면 한 그릇은 냉면이 아니라 긴 세월 내조하며 살아온 불변의 사랑인 것이다.

부부간에 사랑이 이기적으로 변질되어 온갖 잡음이 일어나는 시대에 한 편의 시로 전하는 시인의 메시지는 무엇인가? 사랑은 생명 줄 끊어지는 마지막 순간까지 그의 곁을 지키며 수발드는 것이 아내의 본분이라는 깨우침을 부각시키고 있는 것이다.

할머니가 화자 앞에 나타난 상황은 하나의 사건이다. 유승배는 이 기회를 놓치지 않고 감성으로 기억해 두었다가 가게 문을 닫은 고요한 시간에 한 편의 시로 탄생시킨 것이다. 시의 소재는 애써 찾아다니지 않아도 이렇게 자신의 목전에 자연스럽게 다가와서 시인의 눈에 포착되기를 때로는 기다려주기도 하는 것이다.

꽃샘추위
봄 햇살 배시시 웃던
소중한 자식들 몽땅 잃어버렸다

춘설에 꽁꽁 얼어붙은 화초들
원망스런 눈빛 속에서
내 어머니 생각이 난다

찬 바람 불어 별빛도 추위에 떨던 보릿고개
풍요로운 가슴에 품어 고이 길러주신 고마움
오늘따라 새롭게 느껴져 눈시울이 뜨겁다

방심한 탓에 어미 노릇을 못했다
섧게 울며 신음하는 화초들
작은 교훈 하나 발길 앞에 던져주고 있다

— 「방심」 전문

추운 겨울 동안 잘 키운 화초들을 순간의 방심으로 잃고 미안한 심정으로 대화하고 있는 모습이 연상된다.

1연에서 '소중한 자식들'이라고 언술하고 있는 것을 보면 애지중지 키웠음을 유추할 수 있지만 화초들을 의인화시켜 시의 맛을 더하는 노련미가 감지된다. 2연에서는 화초와는 전혀 상관없을 것 같은 어머니에 대한 과거적 묘사를 하고 있다. 어머니는 보릿고개 속에서 자신을 사랑으로 키워주셨는데 화초를 키우는 어미로서 방심한 자신과 연결시켜 멋진 시를 탄생시킨다. 그리고 사물인 화초 앞에서 "미안하다, 용서해라" 하면서 값진 교훈을 얻었다고 말하고 있다. 그 교훈은 무엇인가. 방심하면 한순간에 소중한 것들을 잃을 수 있다는 깨우침이다. 이 시를 읽는 독자들은 방심에 대한 시인의 경고를 겸허하게 받아들여 삼가 조심하거나 흐트러진 주변을 말끔하게 정리할 것 같다.

사물과 대화할 수 있는 시인의 감성, 어머니와 자신과 화초를 등장시켜 이미지를 치열하게 구성한 노련함을 보면서 시적 완숙미에 접어들고 있음을 유추할 수 있다. 유승배 시인은 자유롭지 못한 현실공간에 갇혀 있지만, 하루에도 수없이 일어나는 사건이나 사물들과의 교감, 직간접체험을 통해서 은밀한 진리들을 적출하여 독보적인 시세계를 구축해나가고 있어 시단에서 실족하거나 도태할 위험성을 줄이고 있다고 할 것이다.

일일이 소개하지 못하지만 「개성공단에서」, 「금덩이를 잃고」, 「금붕어 이사하던 날」, 「목련 나무」, 「실종」, 「분수의 망각」 등 다양한 시편들에서 경험을 바탕으로 한 진리적 메시지를 함축하여 독자들과 공유하려는 성찰의 몸부림이 감지된다.

3. 자타로 뻗어가는 대중적 메시지

1) 시적 특징

유승배 시의 특징은 좁은 현실공간에 갇혀 있는 듯하면서도 상상력의 빼어남, 끝없는 지평의 확대를 계속하고 있다 할 것이다.

시의 주제가 명료하여 난해성을 탈피하면서 자신의 생생한 목소리를 독자들에게 전해주고 있다는 것은 바람처럼 자유하는 풍요로운 감성을 지니고 있다는 증거로 받아들여진다. 그렇기 때문에 화자의 시집에서 아무 시나 펼쳐 읽어도 그가 무엇을 말하고 싶어 하는지 이해하게 되고, 함축된 메시지가 명징하게 재생되고 있음을 발견하게 된다.

> 커피향이 좋아
> 한 잔의 커피 남김없이 마시고 나니
> 얼룩진 빈 잔만 남았습니다
>
> 사랑도 들이키고 나면
> 언제나 남는 것은
> 빈 잔 속 말라붙은 외로움인가 봅니다
>
> 애처롭고 허전하여
> 한 잔 커피를 채웠습니다
> 이번에는 마시지 않고 그냥 두었습니다
>
> —「한 잔의 커피」 전문

간결하고 편안하게 읽혀지는 위의 시가 전하는 메시지는 그 의미가 매우 깊다. 한 잔 커피를 마시면서도 함축하고 있는 진리를 이만큼 담아낼 수 있다는 것은 쉽지가 않다.

그렇다면 위의 시에서 주목해야 할 핵심은 무엇인가. 비움과 채워짐이다. 비움과 채워짐을 통하여 사랑에 대한 지혜로운 방편을 어필하고 있는데 과욕을 부리지 말자는 것이다. 커피 한 잔을 남김없이 마시고 나면 얼룩진 빈 잔만 남듯이, 사랑의 탐욕도 지나치면 외로움과 고독으로 얼룩져 후회하게 된다는 것을 빈 잔과 채워진 잔을 대조시켜서 표현하고 있는 좋은 작품이다.

결론에서는 빈 잔이 애처롭고 허전하여 한 잔 커피를 채워놓고 마시지 않고 그냥 두었다고 말하고 있다. 그냥 두었다는 시적인 묘사, 함축의 메시지에서 독자들은 어떤 깨달음이 올 때까지 반복하여 음미하게 될 것이다.

여성 특유의 부드러움, 보편적인 주제로 독자들의 묵시적 동의를 유도하면서 시세계를 펼쳐나가고 있는 것이 유승배 시학의 특징이라고 말할 수 있다. 물론 객관적인 의미에서 화자의 시가 모두 다 좋은 시라고 말하기는 어렵지만 인생 항해의 풍랑에 시달릴 때, 사랑의 갈등으로 목마를 때 깊이 묵상하면서 접근한다면 갈증을 해소할 수 있는 긍정적 효과를 체험할 수 있을 것 같다.

다음 시를 읽어보자.

작은 정원에 웅덩이 만들고
금붕어 몇 마리 옮겨 놓았다
좁은 어항 속에서 헤엄칠 때보다
넓은 곳이 더 좋아 신이 나 보인다

금붕어도 사람을 닮아
넓은 평수를 찾아서
투기꼬리 흔들며
탐욕의 춤을 추는 것일까

오염된 강물 속에서 배를 뒤집고
둥둥 떠다니는 것보다
작은 어항 속에서
헤엄치는 삶이 더 의미 있는 것

넓은 공간
여유로운 삶이
곧 행복의 전부일 수는 없다고
금붕어에게 속삭여 본다

— 「금붕어 이사하던 날」 전문

이 시를 읽으면서 알 수 있는 점은 유승배의 일상 체험은 시상과 결합되어 다양하게 표출되고 있다는 사실이다. 일상과 시상이 감성의 끈으로 묶여 있기 때문에 어떤 깨달음에 대한 포착이나 계기만 주어지면 이미지로 형상화시키는 능숙한 솜씨와 창작의 열정을 감지할 수 있다.

어항과 연못의 차이를 주거 공간 아파트의 평수로 보았고, 금붕어를 의인화시켜서 현대인들로 비유하고 있다. 좀 더 넓은 공간으로 아파트 평수를 늘려 나가기 위해 허리띠를 졸라매고, 자신의 삶 전체를 들어바치며 살다 가는 것이 어리석은 인간들의 삶, 그 실체이다.

그런데 3연에서 의미 깊은 메시지를 던진다. "오염된 강물 속에서 배를 뒤집고/ 둥둥 떠다니는 것보다/ 작은 어항 속에서/ 헤엄치는 삶이 더 의미 있는 것"이라는 것이다. 화자의 이런 주장에 동의를 하든 이의를 제기하든 그것은 시를 읽는 독자들의 몫이겠지만, 오염된 강물에서 배를 뒤집고 있다는 것은 죽음의 묘사이다. 사실 현대인들은 물질적인 빈곤 때문에 목말라하지는 않는다. 풍요로운 강물 속에서 허연 배를 뒤집고 떠다니는 것은 사랑에 대한 빈곤이나 지독한 갈등, 정신적인 죽음을 상징하고 있는 것이다.

4연에서는 금붕어에게 속삭이는 독백으로 끝을 맺고 있다. 넓은 공간, 여유로운 삶이 전부일 수 없다는 메시지이다. 이것은 아파트 평수로만 행복지수를 측량하려는 무지에 대한 깨우침이다. 어항처럼 좁은 공간에서 힘들게 살아도 사랑하는 이와 헤엄치고 있다면, 그곳이 행복의 공간이니 고난의 현실도 기쁨으로 수용하라는 것이다.

이 시는 독자들에게 작은 위로와 행복의 진정한 의미, 강물과 어항의 가치에 대하여 심각하게 고민할 수 있도록 기회를 부여하고 있다.

2) 메시지의 자타(自他) 효과

화자의 일상은 단조로움으로 반복된다. 며칠씩 가게 문을 닫고 먼 길을 떠나 시의 소재를 발굴할 수 있을 만큼 자유롭지 않지만, 주변에 보이는 사물이나 체험적 사건들을 소재로 삼은 작품들은 깊은 깨달음을 던져준다.

현대시에서는 시인의 직관이나 사유에 부딪히는 깨달음을 중요하게 다룬다. 왜냐하면 깨달음이 내포되지 않은 시는 시인의 정서를 담아내는 메시지가 허술하거나 가벼울 수밖에 없기 때문이다.

저녁 열 시
외부 간판 불을 끄고
휘청거리며 삼층 계단을 오를 때
감사의 기도를 드리게 된다
매 주일마다
성전을 찾아 은총을 구하지 못하여도
나의 기도는 일상에서 허공을 가른다

여자의 길 걸어오면서
작아지고 작아지고 또 작아진 나의 기도
바람 불고 풍파 몰아친 탓도 있겠지만
행복은 작은 바구니에 담겨 있는
신선한 과일 같은 것임을
나는 우둔하여 뒤늦게 깨달았다

하루의 일과를 마치고
한 편 시를 쓸 수 있는 여유로움
행복은 이것으로 족한 것 같다
주먹만 한 참외 하나 껍질을 벗긴다
피곤에 지친 입 안에 넣으니 달다
바로 이 맛,
누구나 찾고 있는 행복은
큰 것보다 작은 것에 있다

— 「작은 행복」 전문

시집 표제 시에서 주목하고 싶은 진솔한 메시지는 작은 행복의 중요성이다. 화자의 인식이 독특하고 시적 묘사가 깊은 것은 현대인들의 보편적 정서에 마찰되는 의문들에 대하여 역설적으로 언급하기를 즐겨하고 소재로 취택하고 있다는 점이다. 절망 속에서 소망을 찾아내고 부정적 의식을 긍정적으로 변환시키며 올바른 진리를 투영시키는 데 능숙하다는 것은 신이 주신 시적 재능으로, 부러움이 아닐 수 없다.

음식점을 경영하고 있는 시인의 하루는 이른 새벽부터 저녁 9시까지 휴식 없는 시간을 보내며 찾아드는 손님들을 접대하고 있는 것 같다. 3연에서 보면 피곤에 지친 발걸음으로 삼층 계단을 올라도 그냥 잠들지 못하고 고요함 속에서 한 편의 시를 쓴다고 말한다.

이 시의 중심 메시지는 땀 흘려 일할 수 있고 시를 쓸 수 있는 여유로움은 건강이 뒷받침되기 때문인데, 그것만으로 행복할 수 있지 않느냐는 대중적인 반문의 시도로 보인다.

2연의 고백에서 여자의 길을 걸어오면서 나의 기도는 작아지고, 작아지고, 작아졌다고 말한다. 헛된 소원성이 작아지고 물질적 탐욕이 작아진 것은 바람 불고 풍파가 몰아친 탓이라고 표현한 것을 보면 좌절이나 실패 등의 쓰라린 경험들이 있었음을 유추할 수가 있다. 낮에는 열심히 일하고, 밤이면 한 편의 시를 쓸 수 있는 지금의 현실이 참으로 행복하다는 고백인데, 이런 고백은 진정한 행복이 무엇인가에 대하여 다시 한 번 정립할 수 있는 기회를 제공하고 있다고 할 것이다.

처한 현실에 만족하며 산다는 것은 욕망의 덩어리를 눈 굴리듯 하며 살아가는 현실에 있어서 행복의 길로 가기 위한 인식의 전환을 요구하고 있는 것이다. 유승배의 시에서 함축된 진리적 메시지의 특징은 자타(自他)를 깨우쳐 행복을 공유하는 데 있다. 시적 출발은 자신이 자신을 향하여 작품을 쓰는 것 같지만 결론에 가면 불특정 다수의 사람들에게 성찰의 메시지를 대량으로 발송하고 있는 방편을 취하는 공통점을 발견할 수 있어 신뢰를 갖게 된다.

살아 있는 시는 자아에서 대아로 뻗어가며 폭 넓은 메시지를 전하는 것이 옳다. 이런 시법을 체질화시킨 노련미는 결론에서 참외 하나로 감동을 극대화시킨다.

3연에서 등장하는 시의 소재, 참외 하나가 자신의 주먹만 하다고 말하고 있다. 크기가 작다는 것을 강조한다. 그런데 그것을 입에 넣으니 달다고 말한다. 작은 행복의 의미를 설명하기 위하여 참외를 등장시켰지만 작은 행복의 중요성에 대하여 적절히 이해시킨 것이다.

표제 시는 잔잔한 감동으로 독자들의 가슴에서 거창한 탐욕을 추구하려는 불순물들을 제거시키는 데 어느 정도 성공하고 있다.

4. 마무리

유승배는 자신이 바라보는 사물이나 체험적 사건들에 시인의 정서를 의탁하면서 깊은 진리를 적출해내고 있지만, 이는 보편화된 시법이다. 오래전부터 시의 본령을 올곧게 지킨 시인들은 시적 모티프에 부합되는 성찰의 메시지를 담아내려고 몸부림쳤다. 그 몸부림이 몸부림으로 끝나는 무명한 존재들이 대부분이지만 뜻을 이루어 크게 성공하는 시인들도 있었다.

화자에게 관심을 가지게 되는 이유는 작품마다 짧지만 신선한 깨달음과 메시지를 함축하고 있다는 점이다. 그리고 작품의 질이 전체적으로 균등한 수준에 올라 있다는 점이다. 이는 자아 시학의 정립이나 사물을 정지시키고 내포된 진리를 캐내어 소화시키고 있는 관조적 깊이에 있다고 할 것이다.

뜨거운 국물 같은 시를 써서 절망으로 얼어붙은 가슴들을 녹여줄 수 있는 시인이 되고 싶다는 그의 소원은 이미 이루어져가고 있는지도 모르겠다. 유승배의 시는 요란하지는 않지만, 이미 끓기 시작했다. 진리적으로 뜨거운 메시지를 함축하고 있고, 자기만의 목소리가 살아 있다. 현대인들의 삶에 밀착되어 행복을 찾아가는 이정표의 역할을 하기 위해 서서히 그 모습을 드러내고 있다.

현세에서 내세로 연결되는 축복의 시학

이영재 시집 『축복』

1. 거부할 수 없는 운명적 현실, 죽음

이영재의 시를 읽고 있노라면 내면에 부딪혀오는 감동의 파고(波高)를 측량하기 어렵다. 소낙비가 퍼붓다 햇빛이 나고, 구름이 끼고 홀연히 바람이 세차게 불어치면서 변화무쌍하다. 화자의 시세계가 세월의 벽을 뛰어넘어 초월성을 보이고 있다는 의미도 되겠지만, 연령과 사고(思考)에 대하여 철저한 양면의 모습을 보이고 있는 시인이다.

인간은 자발적인 의지로 태어나거나 정해진 운명을 이탈하거나 거부할 수 없다. 이 세상에 첫울음 우는 순간부터 죽음으로 가는 노정을 따라 싫든 좋든 걷고 있기 때문이다. '인간은 생각하는 갈대(A thinking reed)'라고 했다. 인생 길 위에서 무거운 짐을 지고, 나는 어디로, 무엇을 위해서 먹고 마시고 길을 걷고 있는가 하는 의문에 대한 진리적 탐색을 하다보면 해는 서산에 지고 길 위에 엎드려져 신음하다 한 줌 흙으로 돌아간다.

이영재의 시학, 사유의 출발점은 영원히 생존할 수 없다는 운명적 현실에 대한 담담한 수용에서 찾아야 할 것 같다. 이 세상에서 영원히 살 수 없다는 깨달음이 확고하기 때문에 삶의 방향을 약삭빠르게 바꾸거나 일순간 육신의 쾌락을 추구하지 않는다. 자신에게 주어진 사명을 묵묵히 감당하면서 죽음 이후, 내세에 소망을 두고 살아가는 독특한 인생 행보를 보이고 있다.

　　　뜨거운 열대의 땅
　　　가시 옷 걸치고
　　　하늘 향해 쭉 뻗은
　　　사아구로 선인장

　　　이백 년의 삶
　　　모래바람에 흐느끼다
　　　흰개미, 전갈의
　　　쉼터로 드러눕듯

　　　질기고 질긴
　　　생명력을 가져도
　　　이 땅에서
　　　영원히 존재할 수 없는 것

　　　나그네 인생길
　　　흙으로 돌아갈 때
　　　나의 가진 모든 것
　　　뭇 생명들에게 나눠주고 싶다

　　　— 「사아구로 선인장처럼」 전문

　화자는 위의 시에서 사아구로 선인장을 소재로 표현하기를 메마른
사막에서 이백 년을 버티었어도 결국 드러눕고 말듯이 인간의 삶은 선
인장보다 더 못한 것이라는 충격적인 메시지를 던져준다.

　3연의 구절에서 시의 의미를 파악하게 되는데, 질기고 질긴 생명력
을 가졌다 해도 이 땅에서는 영원히 존재할 수는 없다는 인식의 단정
이다. 그리고 4연에서는 물질적, 정신적 소유에 대한 지혜로운 처리법

을 제시하기를, 죽음을 피할 수 없는 현실 위에 놓여 있기 때문에 할 수만 있다면 자신의 모든 것을 타인에게 나누어주는 삶을 살다 가겠다는 무소유의 인생관까지 피력하고 있다.

> 오실 때와
> 가실 때
> 저토록 아름다울 수 있는
> 인생길을 걸으라고
> 허공을 가르는 하늘 소리를 듣는다
>
> 이 세상 떠나는 날
> 해질 녘
> 붉은 노을처럼
> 아름답기 위하여
> 몸짓 하나에도 마음 쓸 일이다
>
> ―「오실 때와 가실 때」 중에서

단순하고 평범해 보이는 시이지만 함축된 진리는 깊다. 인생은 올 때가 있으면 반드시 갈 때가 있다는 것인데 이 시는 올 때보다 가는 날에 대하여 삶의 중심을 두고 살아야 한다는 것을 강조하고 있다.

"붉은 노을처럼/ 아름답기 위하여/ 몸짓 하나에도 마음 쓸 일이다" 이 시에서 포착되는 시인의 의식은 무엇인가. 그것은 현세와 내세를 따로 구분하여 각각 분리시키지 않고 하나로 묶어 연결시켜 보고 있다는 점이다. 이런 종교적, 철학적 인식의 바탕 위에서 시들이 씌어졌기 때문에 내세에 대한 진리적 함축이 내포되어 있고 간결함 속에서도 중량감이 감지되는 시적 구성을 보이고 있다.

본질적인 인간의 욕망, 영과 육이 추구하는 현세와 내세의 축복은 어떤 불가분의 관계를 맺고 있는 것인가. 스스로 체득하고 간파한 진리를 대중들과 공유하기 위한 방편으로 종교적 대행 기능을 지닌 문학에 접근, 기독교적 관념이 확고한 시를 쓰고 있다.

이영재 시의 원천은 기독교적이다. 타락한 인간은 반드시 죽음을 피할 수 없다는 성경에 기초하고 있다. 종교적 색채가 짙은 데서 오는 거부감 때문에 대중들을 작품 속에서 포용하지 못하는 단점도 있겠지만, 기독인들에게는 신선한 감동으로 음미할 수 있는 시집이 될 것 같다.

2. 감성의 순수성

이영재는 시골 교회 목회자의 아내이다. 목회자의 아내로 내조의 길을 걷고 있다는 것은 기독교적 진리에 대하여 깊은 깨달음을 소유하고 있는 동시에 소명적 가치관에 대한 자아 정체성 확립이 견고하다는 것이다.

허무주의가 인생의 가치관을 상실하고 목표를 잃어버리는 데서 엄습하는 것이라면, 화자의 삶은 물질적인 욕망의 현실을 초월하면서 환희에 젖어 행복한 삶을 영위하고 있는 어떤 베일에 가려져 있다. 은밀한 감성의 세계를 파고들어 일별해보고자 한다.

> 해님 얼굴 닮고 싶어
> 꽃들은 얼굴이 동그랗대요
>
> 해님 만나러 가고 싶어
> 꽃들은 하늘 보고 자란대요
>
> 주님 얼굴 닮고 싶은
> 내 맘과 똑같아요

주님만큼 자라고 싶은
내 맘과 똑같아요

— 「똑같아요」 전문

　이 작품에서 시인의 상상력은 해와 꽃, 자연과 주님을 연결시켜서 지천명의 인생길을 걷고 있는 중년의 여인이 쓴 것이라고 믿기 어려울 만큼 동심에 젖은 순수한 표현을 하고 있다.

　이 시를 읽으면서 느끼는 것은 시인들이 즐겨 우려먹어 상투적 느낌으로 다가오는 식상한 시어들이 철저히 배제되어 있다는 점이다. 창작의 독립성, 순수성을 인정해주고 싶은 시인이 아닐 수 없다. 몇 번을 읽어보아도 동시(童詩)에 가까운 시풍으로 자연 속에 피어 있는 한 송이 꽃처럼 향기를 발산하고 있는 맛깔스런 시가 아닐 수 없다.

아가야
네 앞에 놓인 음식
누구의 손길 타고
여기까지 온 것인지
먼저 알아볼 일이다

그래야
지으신 이에게
진정한 감사드리고
수고에 알맞은 인사
진심으로 할 수 있지 않겠니

아가야
네 앞에 놓인 음식
주인이 따로 있어

잠시 자리 비운 게 아닌가
먼저 알아볼 일이다

뜨거운 스프 식을 동안
숲속 산책 나간 곰돌이네 가족
집으로 돌아와서
스프 그릇 비워진 것 알면
큰소리로 화내지 않겠니

아가야
네 앞에 놓인 음식
입에 군침 돌아도
혹 해로운 독 있나
먼저 알아볼 일이다

에덴동산 중앙에 있던
금단의 열매도
하와 눈으로 보기에
보암직도 하고
먹음직도 한 것이었단다

— 「먼저 알아볼 일이다」 전문

평자의 입가에 잔잔한 미소를 선물하면서 화자의 정신적 연령과 육체적 연령의 혼돈을 유발시키고 있는 시이다.

1연에서 5연까지는 어린 주일학교 아이들에게 식사 전 기도의 중요성을 가르치고 있는 내용으로 되어 있는데, 주제는 평범하지만 시인의 감각은 특이하다. 화자의 상상력을 촉발하는 시적 소재인 '숲속으로 산책 나갔다 돌아오는 곰돌이네 가족' 등은 순수하다 못해 천진난만하다. 마지막 6연에서는 에덴동산 창세기의 타락 사건으로 돌아가 장년들에게까지 깊은 생각에 잠기도록 유도하고 있다.

어린아이들은 식사기도를 가끔 잊기도 한다. 그리고 맛있는 음식 앞에서 잠시 기도를 잃어버리는 것은 보암직도 하고 먹음직도 한 선악과를 따먹는 행위와 같다는 교훈적 발상은 이영재의 심적 상태, 삼가 조심하는 신앙생활의 신중함을 보여주고 있어 놀랍지 않을 수 없다.

음식을 취하기전 먼저 알아볼 일이라고 했는데, 무엇을 알아보자는 것인가. 감사 기도하는 것과 이 음식이 여기에까지 도착할 수 있도록 땀 흘리는 농부에게 햇빛과 비를 주시고 바람을 불게 하신 하나님이 존재적 실체와 사랑에 대한 강조이다.

「똑같아요」, 「먼저 알아볼 일이다」 등에서 감지되는 시적 특징은 일반적인 시법과 달리 화자의 상상력이 매우 특이하다는 것이다. 신앙으로 고착된 정신세계가 오염되지 않아 순수의 자아공간에서 정지되어 있음을 유추하게 한다. 군더더기, 분절에 대한 압축은 깔끔하게 이루어져 있지 않지만 시적 의미는 참으로 순수하고 진솔하다. 이런 부분들은 이영재 시의 특징으로 판단해도 무방할 것 같다.

속이 텅 빈
샴푸 통 하나
욕실 바닥을
힘없이 구른다

일으켜 세워주고
벽에 기대주어도
비틀비틀
춤을 추며 넘어진다

건드리기만 해도
나동그라지는 모습

가는 바람에도
콜록거리는
내 마음 같다

흔들림도 쓰러짐도
내면의 문제인 것을
끝없이 채워야 한다는 것
너에게서 배운다

―「빈 샴푸 통」 전문

　이 작품은 지금까지 화자의 시와 모습을 달리한다. 소재는 평범한
것에서 찾아냈지만, 함축하고 있는 진리는 깊다. 속이 빈 샴푸 통이 쓰
러지고 또 쓰러지는 것은 일상적인 경험으로 누구나 한 번쯤 체험할
수 있었던 사건이다. 이런 현상을 보고서 이미지로 형상화시킨다는 것
은 쉽지 않을 것인데, 빈 샴푸 통에 진리적 깨달음을 가득 채워서 담아
낸다.
　샴푸 통을 의인화시켜 사람으로 묘사한 것이다. 인간도 진리적 채움
이 단절되면 쓰러져서 일어설 수 없는 낙오자, 실패자가 된다는 것이
다. 사물을 바라보는 관찰력이 깊고 시적 교감이 예민하다.
　위에서 언급한 두 편의 시를 대조해보면, 이영재의 정신세계는 극
과 극으로 양분되어 있다. 어린아이 같은 순수성의 극치와 진리를 깨
우치고, 획득하는 차원 높은 성찰의 경지, 그 양면성이라고 해야 할
것이다.

3. 축복관에 대한 인식 및 시적 영향

　이영재의 작품 전반에 관류하고 있는 일관된 시적 고백은 행복에 젖어서 신께 드리는 감사이다. 창조주에게 감사하는 신앙적 행위는 축복에 대한 뚜렷한 인식에서 출발한다고 볼 때, 화자의 시에서는 절망이나 슬픔, 불만, 불평등, 허무적 색채들은 찾아볼 수가 없고 자기만의 명징한 시적 주제가 설정되어 있다. 범사에 감사하고 현실 속에서 자족하면서 농촌 목회자의 아내로서 주어진 책무인 성도들을 돌보는 일에 전심전력하고 있음을 유추할 수 있다.

　　　받지 못한 것이 아닙니다
　　　조금 늦게 받은 것뿐입니다

　　　오지 않은 것이 아닙니다
　　　다른 얼굴로 찾아온 것뿐입니다

　　　오늘의 궁핍
　　　축복을 제대로 알아보는
　　　마음 눈 준비하는 때입니다

　　　저만치 서 있는 복
　　　당겨 안는 비결
　　　오직 믿음의 줄뿐입니다

　　　몸은 여기에 살면서
　　　마음은 미래의 집에 사는 것
　　　그것이 축복의 비결입니다

　　　―「축복」 전문

상재하는 시집의 표제 시에서 축복관에 대한 시인의 확고한 철학을 다시 한 번 감지하게 된다. 1연, 2연에서 보면 모든 사람들은 다 이미 '축복'을 받았다고 단정한다.

눈에 보이는 물질적인 것만을 축복이라고 인식하고 있는 현대인들의 삐뚤어진 사고가 잘못되었다는 뜻으로, 복은 다른 얼굴로 찾아온다고 표현한다. 3연에서는 '궁핍도 복'이라고 말한다. 진리가 점점 더 깊어진다. 단지 우리가 복을 바라보는 시각이 잘못되어서 복을 복으로 인정하고 있지 않을 뿐이라는 질책이 함축되어 있다.

행간을 읽어가며 음미하면 할수록 눈에 보이는 것과 보이지 않는 복, 물질적인 것과 영적인 복의 사이에서 갈등하고 고뇌하는 것은 자신에게 책임이 있고 오류의 원인이 자기에게 있음을 지적하고 있다. 황금과 재물은 삶을 살아가는 기본적 욕구충족의 수단으로 필요한 것이지 그것이 목적자체가 될 수 없다는 뜻인 동시에 진정한 복은 하늘에서 주시는 영적인 복, 구원의 복이라는 단정이다.

화자의 내면의식에 깔려 있는 기독교적인 축복관은 영생의 복이다. 돈으로 살 수 없는 고귀한 것이며 현세에서 내세에 이르기까지 효과와 효력을 유지하고 상실하지 않는 진짜 복이라는 것이다. 물론 비기독교인은 화자의 주장에 동의하지 않고 거부하겠지만, 문제는 기독 신자들 사이에서도 구원과 영생에 대한 복보다 현실에 대한 복, 물질적인 것을 추구하는 기복신앙에 관심을 집중시키는 사람들이 많다는 점이다.

"몸은 여기에 살면서/ 마음은 미래의 집에 사는 것/ 그것이 축복의 비결입니다" 이런 신앙과 믿음이 있다면 화자의 삶에서 감사와 기쁨, 행복이 넘쳐나는 이유를 충분히 이해할 수 있을 것이다. 그리고 그 신앙과 믿음은 한 편의 시 속에서 진리를 함축하면서 독자들에게 보이지 않는 새 힘을 공급하며 인생 성공의 길로 걷는 기회를 제공하고 싶어한다.

이 세상에
수많은 인생들 중에서
구원을 얻은 것은
주님의 은혜입니다

넓은 길을 버리고
좁은 길을 걸을 때
십자가 지고 가는
고통의 길인 줄 알았는데

여호와 이레
거할 것
먹을 것
염려할 것 없으니

앞길을 인도하시는
주님의 은총은
아무리 생각해도
덤으로 누리는 축복입니다

—「덤으로 누리는 복」 전문

멋진 인생관과 축복관이 엿보인다. 이 세상에서 부딪히는 현실적 상황 먹을 것, 입을 것 등 의식주에 관한 문제는 덤으로 누리는 복이라고 인식한다. '임시적인 축복'이라는 뜻이다. 임시적인 복이란 것은 이 세상에 살 때에만 필요한 것이지 죽음 이후에는 효력이 없는 것이다.

위의 시가 축복관에 대한 혼돈, 곧 다가올 죽음의 문제나 내세를 망각한 채, 쾌락과 향락에 취해서 비틀거리고 있는 동시대인들을 향해 진리적 비수 같은 메시지로 날카롭게 파고든다.

이 세상에서 누리는 복은 아무리 많아도 덤으로 받는 하잘 것 없는 것이고, 있어도 그만이고 없어도 그만인, 그런 성질의 것이니 집착하거나 유혹을 받아 속지 않아야 한다는 것이다. 덤이 무엇인가. 그냥 얹어주는 것이다. 귀중한 상품은 이미 수중에 확보하고 있기 때문에 덤때문에 집착하는 사람은 없다. 이 시에서 일관되게 주장하고 있는 메시지의 흐름은 현세보다 내세, 세상보다 천국에 대한 지향이다.

진리적 의식이 깨어 현실을 직시하고 있는 화자의 메시지가 한 권의 시집으로 시단에 나올 때, 왜곡된 삶을 수정하는 독자들이 더러 있으리라 믿어진다. 왜냐하면 이영재의 시는 무거운 짐을 지고 방황하고 있는 영혼들에게 미련 없이 벗어 던지고, 영생으로 가는 이정표를 찾는 진정한 노력을 하도록 설득하고 있기 때문이다.

4. 마무리

이영재의 작품이 신앙시만 있는 것은 아니다. 그러나 시집 전체에서 묻어 나오는 향기는 기독적인 것임을 부정하고 싶지 않다. 그러나 시의 중심을 잡아주고 화두를 함축하는 노련미, 감각과 직관 또한 뛰어나고 현세에서 내세로 자연스럽게 연결시켜나가는 시적기교로 발산되고 있다.

화자의 삶에 있어서 행복지수는 거의 100에 가깝다. 짜디짠 바닷물을 마신 듯 갈증에 시달리며 만족 없이 살아가고 있는 무의미한 삶과 비교해볼 때 부러움의 대상이다. 화자가 이렇게까지 행복에 젖을 수 있는 비결은 물욕, 사욕을 초월하고 있기 때문이다. 그래서 그런지 그의 작품에서는 순수 서정 외에 다른 불순물들은 찾아보기가 어렵다.

> 삶의 닻 내리는 곳마다
> 주변을 정원으로 만들기

서두르지 않는 흡입력이
내게 있다

아침과 저녁
마음 놓고 돌아볼 수 있는
나만의 정원 가꾸는데
꼬박 삼 년이 걸렸다

건너 마을 외딴 집
흰 독말풀 피는 뜰
천방 산 무릎 아래
물봉선 피는 골짝
세 개 면(面)에 발 뻗은 호수까지

계절이 입혀주는 옷 그대로
심음도 거둠도 없이
수용과 길들이기
나의 정원 가꾸다
주변을 정원으로 거느리고 사는 기쁨
이화원 서태후도 부럽지 않다

— 「서태후도 부럽지 않다」 전문

　화자는 농촌 목회자의 아내로 여기저기 임지를 옮겨 다니며 고생하였음을 짐작케 한다. 그러나 마음은 부자고 행복하다. 왜냐하면 시골 넓은 마을, 산, 골짜기, 자연을 벗 삼아 다니면서 시를 쓰고 사물과 대화하며, 세금을 내지 않아도 되는 화려한 정원을 자신의 이름으로 등기는 되어 있지 않지만 소유하고 있다고 큰소리치고 있기 때문이다. 대한민국 땅, 대자연은 몽땅 이영재의 소유인 것 같다. 부귀영화의 상징적 존재, 중국 황실의 서태후도 부럽지 않다는 시인의 익살스런 고백에서 우리는 행복에 대한 개념을 바꾸어볼 필요가 있을 것 같다.

이영재의 시는 기교면에서는 설익고 시어 취택에 있어서도 평이하다. 그러나 이 시를 읽는 독자들은 눈이 번쩍 뜨여 불만, 불평의 늪에서 헤어 나올 수 있는 힘과 지혜를 제공받을 수 있을 것 같고, 영적 배고픔을 호소하는 이들에게 한 덩이 진리의 떡으로 허기를 채워주기에 충분하다고 판단된다.

본질적 사랑의 지향, 그 소원성

이정인 시집 『이브의 고백』

1. 시인의 눈

이정인의 시집 원고를 읽었다. 처한 현실 속에서 사유를 성찰하고 있는 그의 눈길이 머무는 곳에는 어김없이 '사랑'이란 거대한 주제가 놓여 있다.

시인은 자신이 보고 느낀 것에 대하여 성찰의 목소리로 독자들에게 다가선다. 현대시는 보이는 것들에 대하여 말하고자 하는 경향이 강하게 나타나고 있고, 사물과의 교감을 통해 깨달은 것을 소재로 시들이 탄생되고 있다. 시인의 눈길이 머무는 곳에 사랑이 포착된다는 것은, 그의 가슴 속에 아름다운 사랑을 향한 본질적 욕구가 잠재되어 있다는 증거이다. 길을 걷다가 혹은 전철을 타고 목적지를 향해 가다가 사랑을 속삭이는 다정한 연인들이 눈에 띄거나, 전철 안에서 장애인 부부가 구걸을 하는 독특한 장면을 만나면 화자의 시선은 그 사건에 집중된다.

왜 이정인은 사랑에 대하여 이토록 집착하고 있는 것일까. 그 이유는 다양하게 추측해 볼 수 있겠지만, 얻지 못한 것에 대한 막연한 동경일 수도 있고, 자신이 가진 것에 대하여 더 아름답게 치장하고 싶은 소원성에 불타는 욕망일 수도 있고, 타인들보다 인생에 대한 깨달음이 깊기 때문일 수도 있다. 왜냐하면 사랑은 사람의 인격과 삶을 구성하

는 기본적인 요소가 되고, 남녀간 주체(主體)와 대상(對象)의 위치에서
주고받는 수수작용이 없이는 숨쉬며 살아갈 수 없는 고독한 존재, 그
가 바로 인간이기 때문이다.

이정인의 시에서는 사랑을 관찰한 작품들이 주류를 이루고 있는데,
함축된 진리들이 깊고 다양하며 생면부지의 독자들과도 쉽게 공감대
를 형성할 수 있도록 씌어 있다.

2. 본질적 사랑의 지향

현대인들의 사랑은 파손되어진 채 고해의 바다를 아슬아슬하게 항
해하고 있는 난파선과 같다. 이는 선박의 구성이나 재료가 불변의 나
무, 진실의 페인트를 덧칠한 단단한 것이 아니라 깨어지기 쉽고 부서
지기 쉬운 황금덩어리로 만들어졌기 때문이다.

외관은 멀쩡한 것 같은데 내부의 문을 열고 들어가 보면 부식되어
깨어지고, 흉한 금이 가 있다. 그래서 어느 심리학자는 결혼 이후, 사
랑의 감정이 유지되는 기간을 짧게는 6개월, 길어도 36개월밖에 되지
않는다고 주장하고 있고, 부부간 이혼사건이 수치와 부끄러움으로 인
식되던 것에서 탈피하고 있는 자유분방한 시대에 우리는 살고 있다.

    그가 주신 것 가운데
    더 사랑스러운 것이 있었다

    그것은 이브에게
    죄를 가르쳤고
    또한
    사랑하지 않는 죄를
    더하였다

만유로도
채울 수 없는 이 공허함은
내가 온전히 그를
사랑하지
못했기 때문이다

— 「이브의 고백」 전문

연어들처럼
세월을 거슬러 오를 수만 있다면
최초의 아담과 이브의 동산
에덴으로 가고 싶다

풀잎 하나의 희생으로도
감쌀 수 있는
태초의
가장 가난한 죄인이고 싶다

— 「해바라기의 독백」 중에서

　위의 두 시에서 나타나는 이정인의 의식은 본질적인 사랑을 지향하고 있다. 이는 기독교적인 관점에서 바라본 것으로 에덴동산의 사건, 타락하기 전 원초적 사랑으로 회귀하고 싶은 욕망이 감지된다.

　「이브의 고백」 2연의 표현대로 하나님은 이브에게 죄가 무엇인지 가르쳤다. 그 죄란 무엇인가. "선악과를 따먹지 말라, 네가 그것을 먹는 날에는 정녕 죽으리라"는 지엄한 명령이었다. 아담과 이브가 그 말씀에 순종하였더라면, 원죄나 사랑으로 인한 고통과 죽음의 문제로 인류는 고민하지 않았을 것이다.

　화자가 인식하고 있는 사랑의 깨달음은 본질적인 것에서 이탈되었기 때문에 에덴동산으로 되돌아가야 한다는 것인데, 복귀란 결코 쉽지 않은 난제가 아닐 수 없다. 그러나 그는 본질적인 사랑을 위해 발버둥치고 있음을 「이브의 고백」 마지막 연에서 말하고 있다. "만유로도/ 채울 수 없는 이 공허함은/ 내가 온전히 그를/ 사랑하지 못했기 때문이다"

이 시에서 평자는 '온전히 사랑하지 못했다' 는 진솔한 고백에 관심을 가져본다. 가슴 속에 공허함이 자리 잡은 원인은 사랑의 실패에 있고, 그 책임은 남편이 아닌 자신에게 있다는 인식이 아름답게만 느껴진다.

화자의 고백대로 공허함에서 비롯되는 허무주의란 무엇인가. 한마디로 말해서 사랑의 대상이 존재하지 않는 것이다. 설령 사랑의 대상이 존재하고 있다고 해도 그를 온전히 사랑하지 못한 것이다. 현대인들의 사랑관은 본질에서 이탈되어 있고 변질되어 있다. 하나님이 주신 인연을 법대로 사랑하지 못한 죄, 그것이 인류의 공통된 죄인데 그 죄에 대한 책임을 아내는 남편에게, 남편은 아내에게 전가시키고 있기 때문에 갈등과 불행의 불꽃을 점점 키우고 있는 것이다.

이정인의 시에 내포된 핵심 메시지는 무엇인가. 사랑하지 못한 죄, 그것은 바로 내 책임이라는 자아 반성적인 인식이다. 에덴동산에서 아담과 이브 역시 선악과를 따먹은 타락의 책임을 서로에게 전가시키다가 추방되고 말았다. 아담과 이브의 후손들인 우리 역시 불행의 원인, 사랑이 식어버린 책임을 서로에게 전가시키고 있다. 『창세기』에 기록된 비극적인 현상들은 수천 년이 지난 지금도 그 후손들에 의해서 반복·재연되고 있는 것이다.

「해바라기의 독백」에서 에덴으로 돌아가고 싶다는 시인의 목소리는 본질적인 사랑의 회복을 위한 깊은 메시지를 함축한다. 사랑다운 사랑, 행복한 가정을 건설하기 위해서 온전히 사랑하지 못한 것은 나의 책임이라는 고백 위에 회개가 수반되고 있다. 이 아름다운 고백 위에서 독자들은 문제의 해결점, 그 실마리를 어렴풋이나마 찾아낼 수 있을 것이다.

3. 아름다운 사랑에 대한 소원성

삶을 살아가는 사람들마다 각자가 길을 걷고 있는 방편도 다르고, 목적도 다르고, 소원도 다르다. 어떤 사람은 물질적인 부를 축적하기 위하여 황금만을 쫓다가 죽고, 또 어떤 사람은 명예, 유효기간이 설정된 왕관 하나를 얻기 위하여 소중한 삶과 인생을 송두리째 바친다.

이정인은 그런 물질적인 것에 대하여는 관심과 애정을 보이지 않는다. 야망적 꿈을 불태우는 남성이 아니기 때문인지는 모르겠으나 아름답고 진실한 사랑에 대하여만은 간절한 소원성을 품고 있는 것 같다.

열 시
분당선 지하철 안

목선까지 뻣뻣하게 세운
이방 여인의 도도한 자태가 아름답다

물안개를 피우고 있는 듯한
두 눈엔
은빛 물살이 출렁이고

분홍빛 입술은
귓불에 걸린 듯하다

간간히

그녀의 뺨에 **뽀뽀**를 하는
그 남자가 있어
여자가 더 행복해 보인지도 모른다

마주 잡은 손끝으로
살며시 흐르는 전류는

답답한 지하철 안에
핑크빛 해당화처럼 곱게 피어
내 영혼까지도 기쁘게 한다

―「아름다운 여인」 전문

　이 작품에서 시적 화자로 등장하는 이방 여인이 보이고, 그 여인을
사랑하는 남자가 뭇 사람들의 시선을 의식하지 않고 뺨에 키스를 하는
장면, 건너편 좌석에서 그것을 지켜보며 부러움에 젖은 이정인의 모습
이 생생하게 묘사되어 있다.

　그런데 대다수의 사람들은 이런 시적상황을 만나면 눈살을 찌푸리
거나 외면하기 쉬운데, 시인은 아름답게 보고 있다. 공공장소에서 애
정 표현에 대하여서도 매우 관대하다. 그리고 마주잡은 손끝으로 흐르
는 육안으로 볼 수 없는 전류까지도 감지하고 있다. 대단한 관찰, 투시
력이 아닐 수 없다.

　문화권이 다른 이방(외국인) 여인이기 때문에 전철 안에서 애정표현
을 시도할 수 있는 것만은 아니다. 이제 전철 안에서 70대 노부부 혹
은 늦게 재혼한 분들도 타인의 시선을 무시한 채 상대에게 몰입하여
신체적 접촉에 과감한 것을 보면서 급변의 세상 현실을 피부로 느끼
게 된다.

　이정인은 시의 결미에서 "핑크빛 해당화처럼 곱게 피어/ 내 영혼까

지도 기쁘게 한다"라고 말하고 있다. 해당화라는 시어를 취택한 것은 적절해 보인다. 해당화는 붉은빛으로 피고 향기가 진한 꽃이기 때문이다. 사랑에 대한 시인의 객관적 인식에 대하여 감지할 수 있는 것은 무엇인가. 아름답고 진실하게 사랑하는 사람들은 누구든지 간에 부러움의 대상이라는 것이다. 이런 의식은 마음속, 상상의 공간에 잠재되어 있는 소원성으로 이해해야 할 것이다.

    귓바퀴 위
    양쪽 머리가 거꾸로 선 듯
    전율한다!

    그녀의 입술은
    불타는 가슴을 뿜어대는
    나팔에 불과하다

    그녀의 목청은
    용암을 분출하는
    살아 있는 화산이다

    머리부터 발끝까지
    꼼짝할 수 없는 세포들의
    경련
    나는 한순간
    고압선에 감전된 듯
    충격에서 깨어날 수가 없었다

    어느 여인의
    불같은 사랑의 고백

    오월의 장미꽃보다 붉었다

목마른 내 영혼에 퍼붓는
한줄기 벅찬, 단비였다

— 「어느 여인에게서 듣는 사랑의 고백」 전문

이 작품은 누군가와 대화를 나누다 허위적인 수다인지 진실인지, 알수 없는 사랑의 고백을 듣고 놀란 토끼 눈으로 변해버린 시적상황이다. 사랑의 고백을 듣고, 고압선에 감전된 것 같은 충격을 받았다는 것은 상대의 과장성도 여과 없이 수용하는 순수함 때문이 아닐까 싶다. 이 시의 결미에서도 어느 여인의 고백은 "목마른 내 영혼에 퍼붓는/한 줄기 벅찬 단비였다"라고 말하고 있다.

자신이 직접 지하철 안에서 목도할 때나 어떤 대상을 통하여 경험적인 고백을 들을 때나 사랑에 대한 반응은 한결같다. 사랑은 아름답고 소중하다는 집착과 믿음이다. 이 집착과 믿음이 영혼의 울림이 되고 소원성이 되어 인생관으로 굳어지고, 단 한 번의 기회가 부여된 자신의 삶에서도 적응하려 몸부림치고 있는 이유 역시, 사랑이란 명제를 삶의 우선순위에 설정하고 있기 때문이다.

팔순을 바라보는 나이에도
그녀는 소녀다
봉숭아 꽃잎 여물어가면
백반을 사러 약국을 찾는

빗자루 같은 맨드라미
마당 가득히 붉은 빛을 채우면
이 집 저 집 화분을 나르는
그녀는 꽃집 아가씨다

가을 잎새처럼

그녀를 두고 떠나버린 소년을
보고 싶으냐는 물음에는
주책이라며 외면하는 그녀는
아직도 손톱 끝에
봉숭아꽃을 매달고
수줍음 많은 그 소년을
그리워하고 있는지도 모른다

내 아버지의 첫사랑
그녀는……

— 「그녀의 향기」 전문

이 작품에서 이정인의 사랑관에 대한 인식은 여실히 드러나고 있다.

이 시는 두 가지를 말하고 있는데 첫째, 사랑에 대한 감정은 연령을 초월한다는 것과 둘째, 사랑의 대상에 대한 불변성의 문제이다. 시적 화자인 어머니는 남편을 먼저 잃고서도 재혼하거나 사랑의 대상을 바꾸지 않고, 일편단심 순결을 지키며 고독하게 살아왔다는 것을 강조한다. 외롭게 살아오면서도 그 사랑은 과거에 대한 추억 속에서 시공을 초월하여 아름답게 꽃피웠고, 고인(故人)에 대한 그리움은 팔순이 넘은 나이에도 그 가슴 속에서 동안의 소년으로 각인되어 동거하고 있다는 것이다.

그렇다면 여기에서 대두되는 의문점은 무엇인가. 어머니는 사랑하는 남편을 잃고 외롭고 고독하게 살아왔는데도 왜 이정인은 행복한 여인으로 묘사를 하고 있는가 하는 것이다. 사랑하는 이를 잃고 아픔과 고통, 그리움으로 삭인 슬픈 사랑이라도 사랑은 그 자체가 아름답다는 인식 때문이다. 그렇지만 화자는 현실에 만족하지는 않는 것 같다. 왜냐하면 그가 꿈꾸는 사랑은 그 옛날 에덴동산에서 인간이 타락하기 전하나님께서 계획하신 본질적이고 원초적인 사랑의 세계이고 지상낙원이기 때문이다.

4. 사랑의 양면성
— 비례와 반비례

이정인의 시적 출발이나 동기는 사랑의 대상인 남편이나 가정에 있는 것 같다.

사랑이란 영원한 테마는 무수한 시들이 탄생되는 산실이 되었지만, 사랑의 본질적인 면을 깊이 있게 파고들지 못하여 단지 아름답게만 쓰이거나 상업적 효과를 노리는 언어의 유희, 독백 수준에서 벗어나지 못하고 있는 현실이다. 훌훌 옷을 벗어던지고 강물 속으로 뛰어들지 못한 채 강가에서 발목만 담그고 시를 쓰고 있는 시인들이 많기 때문이다. 그런데 화자의 시는 차원을 달리한다. 어떠한 이유에서든지 고뇌와 탐색의 과정이 수반되었음을 증명하고 있는 것이다.

> 사랑이 깊으면
> 얼마나 외로워지는지
> 혹, 네가 알까
>
> 외로움이
> 내 마음에 숲을 이루면
>
> 너의 따스한 위로 한 마디가
> 내겐 얼마나 큰 힘이 되는지
> 혹, 너는 알까
>
> ―「비례와 반비례」 전문

이 시에서 다루고 있는 주제는 에로스(eros)이다. 에로스는 남녀간의 뜨거운 사랑으로 양면성을 지닌다.

시인은 사랑이 깊으면 깊을수록 외로워진다고 말하고 있다. 역설적이지만 올바른 깨달음이다. 사랑하는 사람을 향해서 열정을 품고 있어도 그 사랑을 받아들이는 대상의 마음 그릇이 편협하고 좁을 때, 괜스레 슬퍼지고 외로워진다. 사랑은 혼자 하는 것이 아니라 상대가 있어 주고받아야 하기 때문이다.

화자는 "외로움이/ 내 마음에 숲을 이루면// 너의 따스한 위로 한 마디가/ 큰 힘이 된다"고 말하고 있다. 시적 표현, 언어의 세련성이 돋보인다. 1연에서 메시지는 상호비례이다. 사랑의 관심에 대하여 말하고 있는 것이다. "사랑이 깊으면/ 얼마나 외로워지는지/ 혹, 네가 알까" 알아주었으면 참으로 행복하겠다는 함축을 담고 있다.

시인의 표현대로 사랑이 충만하면 관심이 많고, 사랑이 빈약하면 관심이 적다. 행복하기도 하고 슬퍼지기도 하는 양면성을 다 지니고 있는 것이 사랑이다. 한 사람의 가슴 속에서 불꽃이 타올라도 한 사람의 가슴 속에서 싸늘한 무관심의 바람이 불고 있으면, 그 사랑은 외로워지고 세월이 흐르다보면 어느 날, 갈등의 숲을 이루게 된다. 역설적 깨달음이 여기에까지 이르고 있다는 것은 한 사람을 사랑하는 일에 최선을 다한 경험에서 체득된 것임을 유추하게 한다.

이정인의 사랑을 받는 대상은 이 세상에서 가장 행복한 존재가 아닐까 싶다. 폭포처럼 쏟아지는 사랑을 받고 있어도 깨닫지 못하는 안타까움은 인간의 힘으로는 어찌할 수 없는 슬픔이기도 하다.

5. 결론

인생은 단 한 번밖에 삶의 기회가 주어지지 않는다. 한 번 잘못 살았다고 해서 또 한 번의 기회를 달라고 창조주를 향해서 요구할 수는 없다. 단지 살아 숨쉬는 동안에 아름답게 사랑하고 상호존중하며 서로의 결핍을 채워주면서 행복해지기 위하여 기도할 수 있다.

이것이 이정인의 깨달음이다. 이 깨달음이 있었기에 사랑을 목숨처럼 여기는 계기가 되었고, 사랑을 주제로 개성 있는 시를 쓰는 서정 시인으로 자리매김하고 있다.

마지막으로 이브의 고백에 귀를 기울여보자.

> 내 심장이
> 다 소멸해버리도록
> 사랑해, 사랑해, 사랑해라고
> 말하고 싶은 날
>
> 그리고 또 누군가
> 싫증이 나도록
> 사랑해, 사랑해, 사랑해라고
> 말해줬음 좋을 것 같은 날
>
> 나는 가끔씩
> 사랑한다는 말에
> 미치도록 취하고
> 그것들에게 침몰 당하고 싶은
>
> 그런 날이 있다
>
> ―「그런 날이 있습니다 1」 전문

에덴동산에서 잃어버린 본질적인 사랑, 아가페를 지향하는 삶은 늘 목이 마르고 외롭고 고통스럽다. 그 이유는 성취하기가 쉽지 않기 때문이다. 타락한 인간의 계산적이고 이기주의적인 자아(自我)나 탐욕에서 탈피하지 않고서는 흉내 낼 수 없는 거룩한 사랑이기 때문에 늘 동경의 대상이 된다.

에로스적인 사랑 역시 양면성을 지니고 있어 행복과 불행, 슬픔과 기쁨의 비를 번갈아 내려 인생길이 축축하게 젖기도 하고 쾌청한 푸른 하늘을 바라보며 행복을 노래하기도 한다. "사랑해, 사랑해, 사랑해" 말하고 싶고 듣고 싶다는 화자의 고백은 우리 모두의 간절한 소원인지도 모른다.

이정인의 제2시집 『이브의 고백』은 깨달음에서 깨달음으로 쓰인 진솔한 영감(靈感)의 응축이며 사랑의 노래이다. 호흡이 단절되는 마지막 순간까지 인간은 사랑이란 아름다운 고뇌 앞에서 벌거벗고 목마른 자가 되어 인생길을 걸어갈 수밖에 없을 것이다. 본질적인 사랑에 대한 지향, 그리고 소원성은 이정인의 시 곳곳에서 아름답고 간절하게 나타나고 있다.

관조의 눈을 뜨고 자아(自我) 찾기

정범식 시집 『주정뱅이』

1. 서론

정범식 시인이 첫 시집 『주정뱅이』를 상재한다.

확정된 표제에서 감지되듯 오랜 세월 동안 사유의 축소 혹은 확대를 통하여 언어를 조탁하고 연마한 응축(凝縮)된 정서가 빛을 발하고 있다.

주정뱅이 하면, 술에 취하여 어두컴컴한 골목길, 고성방가 혹은 노상방뇨도 마다하지 않는 추한 모습이 연상된다. 서론에서 언급해두고 싶은 점은 화자의 인생 발걸음은 탐욕에 취해 있거나 길을 잃고 방황하거나 비틀거리지 않는다는 사실이다. 관조의 눈을 밝히 뜨고 성찰의 길, 그 정도(正道)를 당당하게 걷고 있는 고뇌, 번민이 깊은 시인이라고 말하고 싶다. 그 이유는 화자의 시편들 속에는 누구나 발견하고, 깨닫고 싶어 몸부림치는 '진리적 화두'를 내포하고 있기 때문이다. 첫 시집이지만 깊은 진리를 함축하고 있다.

인생길을 걷고 있는 시정신의 뿌리를 어디에서 찾아야 할 것인가, 생각해 보았다. 갑자기 휘몰아치는 환난과 풍파에서 얻어진 체험인지 모르지만, '인생이란 구름처럼 떠돌다 허무하게 사라져가는 나그네'라는 철학적인 사유를 확립하고 있다. 현실에 얽매이지 않고 바람처럼 자유하면서 진리의 술에 고상하게 취하는 주정뱅이 인생 행보가 오늘날까지 끝없이 이어졌음을 유추할 수 있다.

길이 나그네에게 말한다
어딜 가십니까?
글쎄요! 어딜 가는지
나도 모른다 하더이다
길이 나그네에게 말한다
무얼 하러 가시오?
이 나이에 무얼 하겠소
그저 길이 있길래
길 따라 갈 뿐이라고 하더이다
길이 나그네에게 말한다
그럼 어디까지 가시오?
낸들 아오! 아마도
심장 요동이 멈추는 그곳까지라고 하더이다

— 「길이 나그네에게 말한다」 중에서

　인간에게 있어서 사유의 출발은 자신이다. 화자는 자신을 시적인 대상, 나그네로 묘사하고 있고 날마다 밟고 다녀도 침묵하고 있는 길의 입을 상상으로 열어서 원하는 시적 이미지를 구성하고 있는데 시의 위의(威儀)를 높이고 언어를 조종하는 솜씨 또한 시어의 중복에도 불구하고 물 흐르듯 흐르고 있어 숙련도가 매우 높다.

　시인은 위의 작품 속에서 길의 질문을 받는다. 인생에 대한 무지를 부각시키면서 어디로 가는지, 무얼 하러 가는지도 모른 채, 그저 길이 있으니 길을 따라 걷고 있을 뿐이라고 말하고 있어 함축된 진리가 깊다. '나는 누구인가', '나는 어떻게 살고 있으며 어디로 가고 있느냐' 하는 것이다.

　사실 인생 지향의 종착점을 투시하며 걷고 있는 사람들은 극소수에 불과하다. 길(목숨)이 아직 끊어지지 않고 있기 때문에 먹고 마시고, 황금 탑을 쌓으며 무작정 걷고 있는 사람들이 대다수일 것이다. 이 시에서 길이 던져주고 있는 질문은 살아 숨쉬고 있는 모든 인류들에게 공통적으로 해당된다고 할 것이다. 어디로, 무엇 때문에, 어디까지, 가느냐고 묻는다면 우리는 어떤 답을 할 수 있을 것인가. 심각해지지 않을 수 없다. 길을 걷고 있는 나그네 인생들에게 한 편의 시로 주의를 환기시키며 관심을 집중시키고 있다.

"그럼 어디까지 가시오?/ 낸들 아오! 아마도/ 심장 요동이 멈추는 그곳까지라고 하더이다" 부정에서 긍정, 무지에서 진리를 역설하고 있는 능청스러운 시적 화자의 모습에서 적절한 속도로 보폭을 유지한 채, 정도(正道), 정행(正行)하고 있는 겸손이 감지되고 있다.

서론이 길어졌지만, 정범식 시인의 주정뱅이 시학에서 상당히 깊은 철학과 관조가 느껴지고 있다. 나그네 인생길을 걸으면서 자아확인을 통하여 깨달은 성찰의 진리를 시적 언어로 묘사하고 있는 작품 속으로 들어가 보고자 한다.

2. 본론

1) 삶의 개념에 대하여

인간은 유일성(oneness)의 생명을 신으로부터 부여받아 이 세상에 태어났다. 단 한 번의 삶을 살다 가는 존재이기에 예행연습이 허용되지 않는다. 모든 인생의 삶은 본 행사에 직접 참예하고 있는 것이다. 삶이란 한 번 잘못 살았다고 해서 새로운 기회가 허용되지 않기 때문에 바로 사는 것에 대한 화두보다 더 중요한 것은 존재하지 않는다.

시인이 시를 창작하는 궁극적인 목표와 지향은 어디에 있는가. 누가 강요하지 않아도 자발적으로 문단에 데뷔하여 삶과 인생을 모티프로 삼아 수없이 반복 노래하고 편도가 붓고 상하기까지 피를 토하는 이유는 무엇인가. 그 대답은 간단명료하다. 삶이 단 한 번뿐이기 때문이다.

> 낙엽이 낙엽 보고
> 낙엽처럼 살라 한다
> 파란 잎새도 낙엽 되고
> 노랗고 빨간 잎새도 낙엽 되니
> 그저!
> 낙엽처럼 살라 한다
> 정처 없이 살다가
> 서리 맞으면
> 바스라이 져 가는 게 우리네 인생이니
> 아무쪼록!
> 낙엽처럼 살라 한다
> 바람 불면 부는 대로
> 폭풍우 오면 오는 대로
> 마냥 허허 하며
> 오로지!
> 낙엽처럼 살라 한다

— 「낙엽처럼 살라 한다」 전문

이 작품에서 삶에 대한 주정뱅이 기본 시학을 정립하기를 낙엽처럼 살다 가는 것이 지혜로운 삶의 방편이라고 말하고 있다.

이 작품을 읽으면서 평자의 주목은 시적 이미지의 노련한 묘사에 머물게 된다. 화자는 시의 구성에 있어서 사물, 이미지로 표현해야 하는 시법의 기본을 제대로 이해하고 있음을 알 수가 있다.

"사람이 사람 보고 사람처럼 살라 한다" 이렇게 묘사하지 않고, 사람을 낙엽으로 변환, 의인화시켜서 "낙엽이 낙엽 보고/ 낙엽처럼 살라 한다"고 말하고 있다. "파란 잎새도 낙엽 되고/ 노랗고 빨간 잎새도 낙엽 되나" 하는 이 부분에서 숨어 있는 은유적인 메시지는 무엇인가. 제각각 다른 환경에서 쾌락을 즐기며 부를 만끽하는 붉은 낙엽 혹은 고통에 신음하는 파란 낙엽처럼 살기도 한다는 빈부귀천의 현실을 부각시킨다. 관조의 눈을 뜨고 사물을 직시하고 있는 놀라운 직관이 아닐 수 없다.

곧이어 주어진 현실을 서러워하거나 슬퍼하지 말라며 위로하고 있다. 어느 날 갑자기 서리(죽음의 임박 혹은 현실)가 내리면 파랗고 노랗고 빨간 낙엽들 모두가 동일한 모습으로 변한다는 것이다. 겨울 산행 길에서 벌거벗은 나뭇가지에 매달린 낙엽의 색깔을 보았는가. 어떤 빛깔인가. 마지막 잎새마저 추락한 후, 남아 있는 것은 앙상한 나뭇가지 외에 아무 것도 없다. 이런 현상들은 계절을 통하여 인간의 시력을 밝게 하는 자연계시인 동시에 깨달음의 화두인 것이다.

"바람 불면 바람 부는 대로/ 폭풍우 오면 폭풍우 오는 대로/ 허허 하며/ 낙엽처럼 살라 한다" 낙엽처럼 살라는 말의 진정한 뜻은 무엇일까? 현실과 환경의 나뭇가지에서 억지로 이탈하려고 몸부림치지 말라는 교훈적인 진리를 함축하고 있는 것이다.

또한 낙엽 인생에게 주어진 사명은 무엇인가. 다른 낙엽들은 빨갛고 노란 물이 들었는데 나만 왜 시퍼런 잎으로 존재하고 있는가 하는 원망과 욕심을 버리고, 바람 불고 폭풍우 치는 현실에서 서리가 내리는 날까지 허허, 삶을 반추하면서 여유롭게 흔들리는 것이 중요하다는 점을 깨우치고 있다. 주정뱅이 시인이 깨달은 진리가 매우 깊다. 허허 하며 흔들리지 못하고 억지로 나뭇가지(현실)를 떠나면 바스라져 말라죽을 수밖에 없다는 것을 시의 핵심결론으로 말하고 있는 것이다. 그렇다면 오늘 이 세상을 살고 있는 '나'라는 존재, 또 '너'라는 존재는 무엇인가? 낙엽이다. 지구라고 하는 거대한 산, 대한민국이라는 느티나무에 매달려 바람에 흔들리는 애처로운 낙엽이다. 화자의 말대로 서리

내리는 날까지 우리는 낙엽처럼 물들다(내적 성숙) 그렇게 갈 뿐이다.

2) 삶의 목적에 대하여

삶의 목적이 무엇인가. 어떤 존재가 되어 살다 가고 싶은가.

이 거대한 주제 앞에서 인간들의 대답은 거의 동일하다. 권력, 명예욕, 물욕에 불타서 정치가, 사업가, 혹은 물질적으로 큰 부자가 되어서 호화롭게 살다 가고 싶다며 아침 햇살에 사라지는 안개 같은 포부를 밝힌다. 그래서 철학자 스피노자(1632~1677)는 말하기를 "인간이 제일 좋아하고 얻고 싶어하는 최종적인 것들은 재물과 명예, 쾌락"이라고 말한 바 있다. 삶의 목적을 불변한 것에 두지 않고 가변적인 것에 두고 살고 있는 헛된 의식, 정신세계를 비판한 것이다.

그런데 이상하다. 참으로 이상한 일이다. 바람에 흔들리는 낙엽처럼 살다 가는 것이 인생임을 깨닫고 있는 화자는 삶의 목적이 진정한 주정뱅이가 되는 것이라고 독백하고 있다.

주정뱅이는 진실하지
슬픈 일이면
깡 쇠주 한 병에 땅을 치면서
진실로 슬퍼하고
기쁜 일이면
깡 쇠주 두 병에 온 동네 떠나갈 듯
진실로 기뻐하며
힘겨운 일이면
고주망태 되어 울면서
진실로 힘겨워하지
주정뱅이는 거짓 모르고
거짓으로 말하는 이는

주정뱅이 진실 모르며
진실하지 못한 이는
주정뱅이 참됨을 알 수 없거니와
참됨이 없이는
주정뱅이 될 수도 없을 거외다
우리는 언제나
주정뱅이인 양 살아보려 하지만
성인군자 아닌 이상 그것은
한낱 꿈일 뿐이요
신의 영역을 침범한 범죄자일 뿐이지
주정뱅이만 주정뱅이 될 수 있으려니
살아생전 꿈일는지 모르겠지만
행여, 이내 인생
언제나 주정뱅이로 살아 볼거나

—「주정뱅이는 진실하다」 전문

진실한 주정뱅이가 되고 싶은 간절한 심적 소망이 시집의 표제로 설정되어 꽃이 핀 이유를 이 작품을 읽으면서 이해하게 되었다.

주정뱅이가 되고 싶은 진정한 이유는 내면적, 영혼의 진실에 있다.

진실의 반대는 거짓이다. 거짓은 어디로부터 발로되는 것인가. 욕망의 통제가 되지 않는 마음에서이다. 인간이 욕망에 사로잡혀 노예가 되고 탐욕의 사슬에 묶이면, 진실이란 술을 아무리 마셔도 취하거나 주정뱅이가 되지 않는 것이며 설사 진실의 술잔에 부어 마셨다 해도 토하거나 배설해내는 인격에서 거짓의 역겨운 악취가 진동한다.

단 한 번의 인생길, 성공적인 삶에 있어서 욕망 관리(desire management)처럼 중요한 문제는 없을 것이다. 이 시의 창작 동기는 술에 취한 자들이 삶의 무게를 내려놓고 뱉어내는 대화의 장면을 목격했거나 혹은 자신이 직접 마음의 창을 활짝 열고 머리에서 발끝까지 내면을 발가

벗겨본 경험에서 씌어졌겠지만, 주정뱅이라는 단어가 한 편의 시에서 9회 거듭 반복되고 있음에도 언어의 마찰, 대립, 충돌을 최소화시키고 있다는 데서 성공한 좋은 작품이라고 평하지 않을 수 없다.

그렇다면 화자는 왜 이토록 주정뱅이가 되고 싶은 것일까. 그것은 삐뚤어진 의식과 탐욕의 연결고리를 완전히 차단해버리고 싶은 휴머니즘, 종교적인 진실 추구에 있다고 보인다.

불교에서는 백팔번뇌(百八煩惱)를 말한다. 그러나 은밀히 말해서 자기를 중심한 인간의 고뇌는 끝이 없다. 의식이 있어 살아 숨쉬고 있는 동안에는 고뇌의 파도가 잠시도 멈추지 않고 몰려오기 때문에 한순간이나마 진실의 술에 취한 무색무취의 인간이 되는 상태, 그것이 해탈이며 도를 깨우쳐 부처가 되는 대각대오(大覺大悟)의 경지가 아닐까 싶다.

정범식이 지향하는 주정뱅이는 도의 경지에 이른 절정 상태의 은유이며 묘사로 보인다. 그렇다면 왜 하필 주정뱅이를 시의 소재로 등장시켰을까? 그것은 술에 취한 주정뱅이의 특징에서 이해가 된다. 주정뱅이는 염려도 없고 근심도 없다. 단지 손에 쥐고 있는 먹다 남은 소주 한 병이면 만족할 수 있다. 시인의 안목, 성찰의 혜안이 여기에까지 이르고 있다는 것은 참으로 놀랍다. 도를 깨우친 위대한 성인들이 후학들에게 정도(正道)를 가르치듯 독특한 주정뱅이 시인으로서 그 역할이 기대된다.

3) 미래적인 죽음에 대한 관조

정범식의 인생관은 참으로 특이하다. 평설을 쓰는 인연으로 만났지만, 그의 정서에 감염되어 기억 속에서 오랫동안 남을 것 같다.

관조란 사물을 깊이 있게 바로 보는 것을 지칭하는 것이라면 응시의 절정, 그 종착점은 어디일까. 그것은 아마 죽음에 대한 문제일 것이다.

죽음에 대한 올바른 관을 확립하고 있는 사람은 삶의 방편이나 가치관에 있어 판단을 달리한다. 자신의 미래적 지향이나 삶의 종말에 대한 난제를 꿰뚫어볼 수 있는 통관(通觀)의 시력을 소유하고 있다면 과연 삶은 어떻게 변화될 것인가. 이 문제에 대한 답을 화자의 작품 속에 관류하고 있는 시 의식에서 찾아본다.

> 주정뱅이 세상에 나올 때
> 벌거벗은 채로 밝은 빛 보더니
> 낡은 배냇저고리 한 벌
> 겨우 얻어 입고서는
> 허접한 진실(眞實) 하나로
> 생전을 고뇌하다가
> 흐르는 세월에 밀려
> 현승 떠나려 할 때는
> 누런 삼베옷에 버선 한 켤레 겨우 얻고서는
> 노잣돈이랍시고 동전 셋 닢 입에 물고 가니
> 주정뱅이 생(生)이란 게
> 참으로 별거 없더구나
> 허무한 게 삶이라더니
> 그게 다 우리네 모두
> 망각하면서 살다가 사라져가는
> 피할 수 없는 진실인 것을……
>
> ──「주정뱅이 입적하던 날」 전문

살아생전 유서를 미리 써서 품속에 넣고 다니는 사람들이 있다는 이야기를 들은 적이 있다. 그런데 화자는 문학의 방편을 빌어 미래의 죽음을 상상의 의식으로 앞당겨 본다.

물론 한 편의 시 속에서 형성된 창작의 행위이기는 하지만, 범상치 않다. 시인의 창작은 평소의 철학이나 의식, 체험의 축척에서 표출되는 결과물이라고 볼 때, 화자의 관조는 깊을 대로 깊어져 세속을 떠나 삭발, 출가하지만 않았을 뿐, 사복을 걸치고 수행하는 스님처럼 독특한 인생 행보를 보이고 있는 것이다.

위의 시 「주정뱅이 입적하던 날」의 시적 묘사는 대조법으로 이루어졌다. 이 세상에 벌거벗고 올 때 얻어 입은 배냇저고리와 이 세상을 떠날 때 걸치게 되는 누런 삼베옷을 대조시켜, 이것이 삶의 전부요 결과라면 인생은 허무한 것이며, 무엇을 위해서 발버둥치며 울고 웃을 것인가를 다시 한 번 심각하게 고민해야 한다는 심오한 화두가 숨어 있다.

정범식은 최종적으로 삼베옷을 아직 입지 않았지만, 하루에도 몇 번씩 양복 위에 삼베옷을 추상적으로 덧입고 동전 몇 닢, 스스로 입에 재갈 물어 삶의 길을 흐트러짐 없이 걷고 있음을 유추할 수 있다. 이 작품 속에서 "망각하면서 살다가 사라져가는/ 피할 수 없는 진실인 것을……" 감동적인 결론으로 끝을 맺고 있다.

주정뱅이 시집 원고 속에는 '진실'이란 단어가 수없이 언급되어 있다. 자신의 실체를 발견하고, 인간이 갖고 있는 본질적인 비극을 깨닫고, 진실한 삶을 살고 싶은 고뇌가 포착된다. 그 고뇌는 항상 내적인 투쟁으로 발전하기 때문에 화자의 마음속은 늘 포성 없는 전쟁터일 것이다. 가짜 자기, 참자기가 첨예하게 대립하여 죽이고 살리는 전투를 끝없이 벌이고 있는 것이다. 이 심적 전쟁의 결과에 따라서 진실한 삶을 추구하는 자기가 승리자로 우뚝 서게 되면 이때부터 진실이 거짓을 지배하고 통제하게 된다.

삶과 죽음에 대한 진실, 인생의 성공과 실패에 대한 진실, 사랑과 이별의 대한 진실, 원수 맺고 풀고 하는 것에 대한 진실, 그 모든 진실들을 깨닫는 대로 심연에서 솟구쳐 올라오는 주정뱅이의 타령 같은 언어와 혼합하여 고귀한 작품들로 탄생시키고 있다. 이것이 정범식의 시의 실체이다. 시인은 살아생전 죽음에 이르는 입적 연습, 가공의 장례식을 수없이 거행한 것 같다. 자신의 죽음에 대하여 예행연습을 거행할 때마다 삶의 관조는 점점 깊어지고 탐욕의 눈은 어두워지며 진리를 깨우치는 혜안은 밝아져 영혼을 성찰하는 거짓자기와의 전쟁을 승리로 이끈 것 같다. 참자기가 진리를 올바로 깨닫고 나면 요지부동의 결심과 함께 힘이 생겨서 실천으로 화답하게 되고, 실행에 옮기는 영역이 넓을수록 진실한 인간으로 변모한다.

3. 결론

끝없이 이어질 것 같은 화자의 작품, 평설을 마치면서 주정뱅이 구도(求道)의 시학이라고 결론을 내리고 싶다.

이 세상에 수많은 사람들이 살아가고 있지만 '소크라테스' 철학의 모토가 된 '자신을 바로 아는 일'에 대하여 전심전력하고 있는 사람들은 별로 없다. 모두 다 헛된 것의 포로가 되어 탐욕의 바다, 황금의 섬으로 향하는 배에 올라 창백한 표정으로 허무의 멀미를 하고 있을 뿐이다.

> 산다는 것이 힘에 겨워
> 영혼이 경포대로 가자 할 때
> 주정뱅이는
> 가장 독한 술 마시러 산으로 간다
> 사랑하는 사람이 별이 되고
> 존경하는 이가 긴 여정을 하려 할 때도
> 주정뱅이는 언제나
> 가장 독한 술 마시러 산으로 간다
>
> ─「산으로 간 주정뱅이」 중에서

그냥 마무리하기가 아쉬워 한 편의 시를 더 소개하고자 한다.

이 작품에서 "술 마시러 산으로 간다"가 함축하고 있는 의미는 무엇인가. 절제와 경건의 추구이며 거룩한 발악이다.

"영혼이 경포대로 가자 할 때/ 주정뱅이는/ 가장 독한 술 마시러 산으로 간다" 이 작품에서 영혼이 경포대로 가자 한다는 표현은 쾌락의 강력한 유혹으로 비쳐진다. 육체가 아닌 영혼이 자신을 경포대로 이끈다고 표현한 것은 그 유혹의 강도, 심각성을 의미하고 있는 것으로 인간의 약한 의지로 대항하고 극복하기 힘든 상황을 뜻한다.

그때, 시인은 산으로 올라가서 독한 술을 마신다고 고백하고 있다. 어느 산에 화자만 아는 독한 술이 숨겨져 있는가? 여기에서 가장 독한 술은 진리적 큰 깨달음을 상징한다. 그렇다면 산에는 과연 어떤 맛을 지닌 술이 존재하고 있는가 생각해 보지 않을 수 없다. 양지 바른 곳, 인간의 육신이 썩어가는 최후의 종착지(무덤)와 그 영혼을 천도하는 사찰들이 깊은 골짜기에 자리 잡고 은은한 종소리 들려주고 있어 산으로 가면 부처의 가피력(加被力)을 힘입어 세상의 유혹을 극복할 수 있다는 메시지를 내포하고 있다.

한국문단에 관조의 눈을 뜬 시인이 배출되어 불교적 휴머니즘 시학을 확대시키고 있어 참으로 기쁘다. 희미한 불빛, 인생의 전봇대 밑에서 진리의 독한 술에 취해 왝왝거리며 토해내는 화자의 배설물(시)에서 왠지 그윽한 향기가 느껴진다.

독자들에게 일일이 소개하지 못했지만, 「눈[雪]」, 「겨울비」, 「새벽설경」, 「설악산에 불이 붙고」, 「보조개」, 「하루살이」, 「당신의 앞날에」 등의 시편들은 참으로 좋았다.

계곡에 흐르는 맑은 물처럼 살다 간 어느 고승의 삶을 흉내 내며 닮으려 몸부림치는 고독한 시인을 만나기도 짧은 생에서 쉬운 일은 아닐 것 같다.

4

길을 묻는 고뇌의 즐거움

일상에서 진주를 캐는 눈을 뜨다

김내식, 김귀녀 부부시집 『자연으로 가는 길섶』

1. 들어가면서

한국문단에 다양한 시집들이 출간되어 있지만, 생사고락을 함께하는 부부가 공동으로 상재하는 시집은 흔치 않다. 21세기 물질이 삶을 지배하고 인간의 정신세계를 유린하고 있는 현실에서 굳이 배고픈 길을 함께 걸으며 인기 없는 문학에 소중한 인생을 투자할 이유는 없을 것이다. 부부 의사, 변호사, 교사 등 특정집단이 물질적인 부를 축적하는 동경의 대상이 되고 있는 현실에서 바닥을 드러내는 삶의 잔고를 투자, 영혼의 외침과 진실에 순응하면서 한 권의 시집을 묶어내려는 몸부림이 아름답다. 물론 지천명의 인생길을 지나 뒤늦게 문단에 데뷔한 조급함이나 삶을 허비해버린 후회에서 오는 혼신의 열정일 수도 있겠지만, 현대시는 대중들의 이목을 끌지 못한 채 관심권에서 멀리 벗어나 소외되어 있다.

극심한 부동산 투기나 부의 대물림으로 만든 호화스런 배를 타고 돌아올 수 없는 죽음의 섬을 향해 가며 파티를 벌이고 있는 현대인들에게 무엇인가 먼저 깨달은 자로서 외치고 싶은 메시지는 애절할 수 있다. 그러나 귀를 막고 쾌락의 노 젓기에 열중하고 있는 그들이 과연 들을 것인지, 듣고 돌이킬 것인지, 그 효과는 의문스럽기만 하다.

포스트모더니즘(postmodernism)시대, 문학예술은 더 이상 잠자는 영혼을 흔들어 깨우거나 자신을 돌아보아 존재의 의미를 되찾게 하는 가교적인 역할을 감당하지 못하고 있다. 엄밀히 말해서 디지털시대의 현대문학은 과학문명의 위력에 짓눌러 겨우 숨을 쉬고 있을 뿐, 중환자처럼 깊은 의식불명에 빠져 언제 깨어날 수 있을지 예측하기가 어렵다 할 것이다.

인간의 정신까지 황폐해져가는 시대에 부부가 공동으로 외치고 싶은 성찰의 메시지가 무엇인지, 인생을 관조한 통찰력과 무한한 상상력을 표출하고 있는 시세계로 들어가 보고자 한다.

2. 시인의 눈

시는 인생이라는 악보에 감성의 곡을 부쳐 부르는 영혼의 노래 혹은 영혼의 자서전이라고 말하지만, 예민한 감성과 풍부한 상상력으로 시적 종자를 포착하는 예리한 눈빛이 없다면 좋은 시를 쓸 수가 없다.

시인들의 한결같은 소망이 있다면, 삶에 지친 인생들이 자신의 작품을 애송하면서 힘을 얻고 절망의 자리를 박차고 일어나 인생길을 힘차게 걸어가 주기를 바라고 있다. 그리고 시를 쓴 시인을 오래도록 기억해주기를 바라는 것인지도 모른다.

김내식의 작품을 살펴보면 간결하고 평이하게 읽혀질 수 있는 보편적인 언어를 취택하고 있지만, 시의 위의를 높이기 위하여 내면의 자아를 붙들고 고뇌한 사유의 흔적들이 작품 속에서 감지되고 있다.

요즈음 인터넷에 떠돌고 있는 시들을 읽어보면 이상하게도 주제가 닮아 있고 서로 엇비슷하다는 느낌을 지울 수 없다. 시어나 문학적인 정보를 공유하기 좋은 공간인 탓도 있겠지만, 표절이나 모방이 무분별하게 행해지고 있어 심각한 문제가 아닐 수 없다. 그래서 사이버 공간에서 작품 발표를 기피하는 작가들도 있지만, 김내식의 작품들은 일단 이런 시시비비에서 벗어나 독창성을 확보하고 있고, 함축하고 있는 메시지 또한 깊다.

한 편의 시를 감상해보자.

새벽별처럼 영롱한 한 편의 시
마음 하늘에 띄우기 위해
볼펜과 백지를 머리맡에 두고
구석진 골방에 드러눕는다
밤하늘이 어두우면 별들이 보이기에
마음속을 까맣게 지워버리고
영롱한 시어들을 떠올린다
어두움 속에서 빛을 내는 생각들을
꿈결에 보석으로 갈고 다듬어
어렵사리 완성하여 불 켜는 순간
허무하게 빛을 잃고 사라진다
뜬 눈을 다시 감으며
머리 속에 깊이 숨은 별
밤새 찾아다닌다

— 「눈을 감고 쓰는 詩」 전문

사람마다 영의 눈과 육의 눈이 존재한다. 화자는 육의 눈은 감고, 영의 눈을 뜨고 시를 쓴다고 말하고 있다. 독특한 표현이고 깨달음이다. 이런 진술은 자신의 체험을 근거로 하고 있다. 시적언어의 창조적 기능은 인간의 의식 속에서 비집고 나오는 한 줄기 바람처럼 스치는 발상을 포착하여 진리를 함축한 이미지로 형상화시키는 것이다.

잠자리에 들기 전, 눈을 감고 드러누워 한 편의 초고 시를 완성했다 싶어서 노트에 옮기기 위해 형광등을 켜니까 불빛이 반짝이는 찰나에 허무하게 사라져 버렸다고 고백하고 있다. 물론 이 말은 생생한 자기 체험을 진술하고 있는 것이다. 시를 쓸 때는 현실 세상을 향해 눈을 감은 후 화두를 붙들고 무아지경에 이를 때, 광범위한 사유가 함축된 선명한 시상이 떠오르게 된다. 김내식은 이런 현상에 대하여 "뜬 눈을 다시 감으며/ 머리 속에 깊이 숨은 별/ 밤새 찾아다닌다"고 표현하고 있다.

눈을 감고 시를 쓴다는 것은 무엇을 말하는가. 세상 욕심, 명예, 물질, 쾌락 등에 대하여서 눈을 감는다는 말이니 마음을 비운다는 표현도 될 것이고, 온갖 세상 소음에 노출된 귀를 닫고 복잡한 현실을 초월하면서 욕망의 공간을 벗어나는 것만큼 순수한 감성의 세계로 복귀한다는 의미일 것이다. 한 편의 시를 쓰기 위해서는 종교적 기도행위에 버금가는 진실한 고뇌가 뒤따라야한다는 것을 화자는 인식하고 있는 것 같다.

지금은 고인(故人)이 되셨지만 부산 서부교회를 시무하시던 백영희 목사님은 깊은 성경연구와 설교 준비를 위해서 신문 구독이나 TV 시청도 하지 않고 오직 성경만 보신다고 말씀하신 기억이 난다. 그래서인지 그분의 설교는 일반 교회에서 접하는 설교와는 차원이 다른 심오함을 느낄 수 있었고 살아생전 위대한 성자라는 칭호와 함께 기독인들의 존경을 받았다.

김내식 역시 눈을 감으니 시가 쓰여진다고 독백하고 있고, 현실에서 내세 혹은 영혼의 세계까지 예감하는 눈뜬장님으로 살고 싶어 한다.

깊은 산속 옹달샘에서 솟아나는 맑은 물을 길어오기 위해서는 허욕의 눈을 감고 시를 써야한다는 시법의 원리를 깨닫고 있다는 것은, 그가 예사롭지 않는 존재임을 증명하고 있는 것이다. 시인은 때로 현실을 초월하며 세상의 눈을 감고, 오염되지 않은 순수의 세계에서 시적 종자를 찾아야한다는 그의 주장은 옳다. 철학적 의미가 깊은 자아 깨달음이기에 동조하고 싶다.

명시 한 편은 우연히 쓰이는 것이 아니다. 육의 눈은 철저히 감고 영의 눈은 밝히 뜨고 사회적 현실 문제와 인간의 내면에 대하여 깊이 있게 성찰할 수 있을 때 탄생되는 것이다.

약혼식 날 끼워주었던
백년가약의 다이아 반지
아파트의 평수를 늘리느라
처분하고부터는
패물 없이 살아간다

그 잘난 반지 하나로
집을 비울 땐
화분 속에 집어넣거나
쌀뒤주에도 감추면서
항상 불안하였다

가스 밸브만 확인하고
대문을 나서면
푸른 하늘을 자유롭게 바라보며
한 발 한 발 대지에
입맞춤한다

과거의 굴레를 벗기 위해
각종 기념패도 없애고 나니
지붕에 비만 안 새고
양식만 떨어지지 않으면
더없는 행복이다

—「자연으로 가는 길섶」 전문

이 작품에서 화자는 인간이 자연으로 회귀하는 비결은 날마다 찾아오는 욕망에 점령당하지 않도록 탐욕을 버리고, 비우고, 대항하는 데 있다고 진술하고 있다.

이 작품에서 김내식은 그 옛날, 광야에서 벌거벗어 고독하게 외치는 선지자의 모습과도 같이 초라하면서도 위대해 보인다. 왜냐하면 모든 인간들이 끌어 모으는 것에 주력하고 있는 데 반하여 화자는 내면의 욕심을 정화시키며 버리는 것에 집중하고 있기 때문이다.

무소유의 허허로운 모습으로 버리기 위해 발버둥치는 삶, 먼지 묻은 마음을 털고 닦아 때 묻지 않은 원초적 심상을 갖추고 자연으로 회귀하려는 시인의 의식이 위의 작품뿐만이 아니라 시집 전체에 관류하고 있음을 확인할 수 있다.

마지막 4연에서 "과거의 굴레를 벗기 위해/ 각종 기념패도 없애고 나니/ 지붕에 비만 안 새고/ 양식만 떨어지지 않으면/ 더없는 행복이다" 이 작품에서 "과거의 굴레를 벗기 위해"라는 말의 뜻은 시인의 길을 걷기 전과 후 혹은 깨닫기 전과 후를 의미하고 있다. 꽃향기 나고, 풀냄새 진동하는 자연을 닮은 시인이 되기 위해서 그는 버려야 할 것은 되도록 다 버리고 세상 빈 들에서 욕심 없이 뒹굴며 자연을 벗 삼아 시를 쓰고 있다. 그리고 인생길을 걸어오면서 최고의 행복을 이제야 찾았다고 표현하고 있다.

행복을 찾게 된 비결은 1연에서 진술한 대로 패물(물욕) 없이 살아가기 때문이다. 여기에서 패물은 단순한 예물들이 아니라 총체적 탐욕의 상징으로 묘사되고 있다. 화자의 주장대로 탐욕을 버리면 행복해지고, 안개 속에 가려 있는 세상을 관조하는 시력이 밝아진다. 그러나 이 문제는 쉽지 않고 결단 또한 어렵다. 결단은 가능해도 실행하기가 힘들다. 그러나 확고한 깨달음, 인생관에 대한 성찰이나 미래적 영혼의 세계에 대한 지향이 수반된다면 가능할 것이다.

김내식은 예리하게 깨어 있는 시인이다. 진정한 자유인, 욕망과 욕심을 스스로 통제하는 구도자적인 삶, 자아 모순의 탈피를 위해 근원적 탐구의식으로 몸부림치고 있는 순수한 시인이다. 이 한 권의 시집 속에서 독자들은 자연을 닮아가는 내면적 삶을 철저하게 해부한 심오한 철학이 함축되어 있는 감동적인 작품들을 만날 수 있을 것 같다.

3. 시인의 소리

어느 시인의 작품이든지 간에 한 편의 시는 명 악기처럼 정교하고, 심오한 언어의 소리를 내야 한다. 때로는 고요하고 감미롭게 병든 인간의 가슴 속을 파고들어, 메타적인 세계를 지향하면서 영적 치료의 역할을 해야 한다. 때로는 소리 내어 대성통곡하며 함께 울어야 한다. 소리가 없고 침묵하고 있는 작품은 시가 아니며 시의 기능을 상실하고 죽어버린 것이다.

대다수 시인들은 사회적 이슈나 공통된 주제의 이미지 형상화를 통해서 인간들과 공유할 수 있는 진리를 함축하여 외치고 싶어 한다. 온 세상이 다 알아들을 수 있는 선구자적 목소리로 불안에 떨고, 허무에 울고 있는 사람들을 끌어안아 진리적 이정표를 세우려는 소원성에 불타고 있기 때문에 한 권의 시집 속 언어들은 무한한 생명력을 내포하고 있다고 할 것이다. 그러므로 한 편의 시가 삐뚤어 진 인생길을 탈피하여 정도(正導)를 걷는 동기를 부여하기도 한다.

화자가 애타게 외치고 있는 성찰의 메시지, 진솔한 목소리에 귀를 기울여보자.

　　　　이 세상에 부귀영화
　　　　화려하게 꽃피워도

한순간에 떨어지는
잎새 같은 것

삭풍에 몸을 떨며
침묵으로 외치는
너의 모습이
애처롭고 아름답다

삶의 시작도
허무의 점 찍고 가는 종말도
잎새 하나 없는
빈손으로 가는 것이라고

벗은 몸으로 외치는
진리의 전도자
말 못하는 만물이
무지한 인간을 깨우치고 있다

— 「나목」 전문

　위에서 인용한 시 「나목」은 시인 자신을 상징하고 있는 동시에 모든 인생들을 상징하고 있다. 겨울 산행 길에서 벌거벗은 나목을 만나 발걸음 멈추고 바라보니 평범한 나무가 아니라 무지한 인간들을 깨우치는 전도자로 보였다고 표현하고 있다. 삭풍에 떨고 있는 나목을 의인화시켜서 인간, 전도자로 묘사하고 있다는 점에서 첫 시집을 상재하는 신인답지 않은 노련함이 돋보인다.
　시인의 눈으로 사물을 깊이 관찰하는 능력은 시의 본질을 이해하거나 시적 실천에 있어서 참으로 중요하다. 대자연이 만들어놓은 경이로운 순환 속에 들어가 내재한 진리를 적출해 나올 수 있느냐 없느냐에 따라서 관념이미지를 형상화시켜 진리를 내포한 절창의 작품을 탄생시킬 수 있기 때문이다.

겨울 산, 나목 앞에 선 시인의 관찰은 깊이 있게 파고들어 문자의 향연을 넘어서고 있다. 벌거벗은 산속 나목에 관심을 가지는 사람이 거의 없듯이, 아무도 듣지 않고 귀를 기울여 알아주지 않아도 나는 시를 쓸 것이며 큰 목소리로 진리를 외치고 싶다는 정신적 의지와 사명감을 작품 속에서 표출시키고 있다.

김내식의 시는 대부분에 있어서 매끄럽고 언어의 흐름이 강물처럼 자연스럽게 흘러가고 있어서 호흡이 걸리거나 막히는 부분이 별로 없다는 것과 시의 주제(theme), 시를 쓴 동기나 의도하는 목적이 확고하게 설정되어 있어 기대를 갖게 된다.

"벗은 몸으로 외치는/ 진리의 전도자/ 말 못하는 만물이/ 무지한 인간을 깨우치고 있다" 시의 결미 부분에서 벌거벗은 나목을 구도자로 인식하고 자연이 외치고 있는 선지자적인 목소리를 듣고 있다는 것은 대단한 직관과 투시력이 아닐 수 없다. 겨울 산에 오른 시인의 관찰력이 여기에까지 미친다는 것은 삶과 연륜, 철학적 소신과 연결시켜 판단해야 할 것이다. 화자는 세상을 바람 부는 대로 무의미하게 살아오지 않았고, 뚜렷한 소신과 명확한 인생관을 지니고 있다. 그러므로 이 작품 「나목」은 구도자적 메시지를 전하면서 자신의 존재적 본질과 현 위치에 대한 사명적 심정을 대변하고 있는 자아비평의 작품인 것이다. 사물이나 사건을 심층 깊이 있게 바라보고 있는 김내식의 시안(詩眼)에 포착되어 쓰일 미래적 시편들에 대하여 기대를 갖고 싶다.

4. 또 하나의 소리

부부 공동 시집이니만큼 또 하나의 소리, 김귀녀의 시세계를 들어가

보지 않을 수 없다. 여성 특유의 곱고 아름다운 작품들이 많이 있지만, 그중에서 감동을 주는 한 편의 시를 소개하고자 한다.

폭풍우 몰아치고
진눈깨비 쏟아지는 새벽
한 치 앞 볼 수 없는
궂은 날에도
어머니의 정성은 한결같았다

십자가 종각 위에
길게 늘어진 밧줄
발꿈치 들고 힘껏 매달려
신령한 춤을 춘다

새벽하늘 가르며
잠든 이를 깨우는
우렁찬 소리
땡 가랑 땡 땡 땡 가랑 땡
하늘 문 열린다

사라진 무쇠 종
어머니의 얼굴에서
녹아 내렸는지
예배당 앞마당
종탑의 흔적만 남아 있다

— 「어머니의 새벽종」 전문

4연 19행으로 이루어진 이 한 편의 시 속에 시인은 자신을 낳아준 어머니의 인생과 숭고한 사랑을 함축시켜버렸다. 그리고는 신앙적인 거룩한 옷을 입혀서 이 시를 감상하는 사람들에게 무언의 감동을 주면서 독특한 목소리를 내고 있는데, 첫 연에서부터 마지막 연까지 어머니의 희생적 봉사에 대하여 진술하고 있다.

시골교회 눈부신 태양이 떠오르기 전, 새벽마다 종을 치는 어머니의 희생적 모습을 "신령한 춤을 춘다"고 표현한 시적 묘사가 참으로 아름답고 절묘하다. 교회의 새벽종이 울릴 때 잠든 영혼들을 깨우는 천국문이 열리는 것으로 한 차원 더 깊이 있게 묘사하였으며, 시대의 변화에 따라 차임벨이 울려 퍼지면서 사라진 무쇠 종과 함께 어머니의 인생도 녹아버렸다고 말하고 있다.

무쇠 종이 어머니의 얼굴에서 녹아버렸다는 상상력의 바탕은, 젊음이 있어 종 줄을 움켜쥐고 신령한 춤을 추던 곱고 고운 어머니가 주름이 잡힌 늙고 병든 모습으로 변했다는 표현인 동시에 개인의 종말적 현상에 대하여 독자들을 깨우치고 있다.

"사라진 무쇠 종/ 어머니의 얼굴에서 녹아내렸는지/ 예배당 앞마당/ 종탑의 흔적만 남아 있다" 여기에서 시인이 외치고 싶은 진리는 무엇인가. 언젠가는 종은 사라지고 결국 종탑만 남게 된다는 심오한 메시지이다. 종이 사라진 종탑이 아무리 화려한들 무슨 소용이 있을 것인가. 종이 사라지듯 삶의 종 줄이 끊어져 죽음을 맞이하는 인생에게 돈과 명예, 금싸라기 땅이 아무리 많은들 무엇에 쓰겠는가 하는 심각한 질문을 던지고 있는 것이다. 인간의 종말, 그 허무를 예비하도록 깨우치고 있는 의미 깊은 작품이 아닐 수 없다.

김귀녀는 '시를 어떻게 써야하는가' 하는 시법에 대한 이해를 숙지하고 있고, 현실세계와 영적세계를 평화스럽게 연결시켜 놓는 시적기교를 보이면서 암묵적 충격의 메시지를 전달하고 있다.

시의 중심 주제는 어머니와 무쇠 종이었는데, 무쇠 종이 어머니의 얼굴에서 녹아내렸다고 표현함으로써 어머니와 무쇠 종을 하나로 묶는 데 성공했고, 그 녹아내린 무쇠 종은 애착을 가질 수 없는 때가 되면 반드시 사라지는 인생과 동일한 것이라고 표현함으로써 독자들에게 진리적 공감을 불러일으키며 시인이 의도하는 성공을 거두고 있는 것이다.

김귀녀 시의 특징은 첫째는 아름답다는 것, 둘째는 간결하다는 것, 셋째는 내용이 깊다는 것, 넷째는 마지막 결론 부분의 처리에서 감동을 극대화시키고 있다는 것이다. 시의 전체적인 얼개 또한 탄탄한 구성을 보이고 있다.

5. 나가면서

평자는 서론에서 현시대의 문학예술은 더 이상 잠자는 자들의 영혼을 깨우지 못한다고 절망적으로 진술하였지만, 깊은 쾌락의 잠에 빠져들지 않고 깨어서 진리를 찾는 갈급한 영혼들에게는 효과를 미친다고 희망적으로 수정하고 싶은 심정이다.

시인이 시를 쓰고 돈 안 되는 배고픈 문학을 하면서 팔리지 않는 시집을 묶으며 펜을 꺾지 못하는 이유가 있다면, 깨어서 길을 찾고 있는 소수의 존재들 때문이라고 할 것이다.

부부가 함께 문학을 하는 사람은 얼마나 행복할 것인가. 시의 소재를 찾아 삶을 동행하면서, 산을 오르면서, 잠을 자면서, 사물과의 교감을 형상화하여 예술로 승화시키려는 거룩한 몸부림을 치고 있다. 애틋한 사랑, 철학적 정신세계를 총체적으로 보여주고 있는 한 권의 부부 공동 시집이 상재된다는 것은 문학적 삶에 대한 새로운 출발점에 있다고 보아도 무방할 것이며 오십 년 만에 공개하는 인생에 대한 총체적인 대차대조표라고 말할 수 있을 것이다.

시인이 창작하고 있는 작품과 삶 그리고 인생은 절대 분리시킬 수 없는 상관성을 지니게 된다. 위대한 작품은 깨달은 인생에서 나오고, 적절한 가치관을 내포한 의미 깊은 삶이 곧 작품으로 변환되어 고뇌·갈등의 괴리감을 서서히 좁혀나가다가, 어느 한순간 생의 종지부를 찍고 먼 길을 떠나게 되는 것이다. 평자는 그 행위를 일상에서 진주를 캐는 낭만적 고뇌이며 가치 있는 삶이라고 말하고 싶다.

부부시인, 그 숭고한 사명감을 감당할 수 있기를 바라면서 다음 시집 또한 기대한다.

고독한 부처의 설법, 초월의 시학

김종환 시집 『은밀한 즐거움』

　한국문협 시분과 회원들의 숫자에 가속이 붙었다. 고속도로를 달리는 자동차처럼 4000고지를 향하여 질주하고 있다. 총 10개 분과로 조직된 한국문협에서 1개 (시)분과 시인들의 숫자, 4000의 의미는 타 장르 수필, 소설, 아동문학, 평론 등 9개 분과 회원들과 대등한 숫자이니 참으로 놀라운 일이다. 이런 현상은 인터넷이라는 디지털 바람이 세차게 불어치면서 형성된 결과이기도 하다.

　2000년대 들어서 인터넷을 모태로 한 문학잡지는 수없이 창간되었다. 문학적 자질과 기본적인 학력 검증조차 거치지 않은 채, 몇몇 존재들의 빗나간 탐욕과 맞물려 시인이란 이름, 그 고귀함이 길바닥에 뒹굴게 되었고, 명칭만 그럴듯한 정체불명의 문학상 또한 남발되고 있어 어떤 방식으로든 제재(制裁)를 가하고 시급히 해결을 모색해야 할 한국 문단 전체의 근심거리가 아닐 수 없다.

　문학잡지와 시인은 넘쳐나는데 시다운 시가 드물고 시인다운 시인을 만나기 어렵다는 아우성이 하늘을 찌르고 있고, 일찍이 가난을 밥그릇 삼아 인생 낭만과 자부심 하나로 한국문단을 지켜온 원로시인들의 눈에서는 눈물이 글썽이고, 내뿜는 담배연기조차 깊이 파인 주름살 위에서 근심의 춤을 추고 있다.

　컴퓨터 앞에서 현실의 삶에 지치고 메말라버린 감성을 억지로 쥐어짜면서 상상으로 쓰인 시편들이 깊은 인생의 진리를 함축하고 시적 운율이 살아 숨쉬는 감동을 노래하지 못하고 있다는 것은 어쩌면 당연한 결과인지도 모른다. 일찍이 '명시'라고 이름 붙여져 독자들의 사랑을 받은 시들은 시인의 삶, 철학, 종교적 신념이 총체적으로 함축되어 있었다. 서정성이 시의 골격을 이루고 시혼에 연결된 파이프를 통해 영감(inspiration)의 붉은 피를 흘려보내는 갈등과 고뇌, 의식의 단계를 거쳐 탄생한 심오한 작품들이었으며 응축되어진 힘, 기(氣)가 독자들의 감성을 파고들어 교감을 이루는 특징을 지니고 있었다.

시단에 쏟아져 나오는 시집들은 많은 데 비해서 논자들은 침묵하고 있다. 그 이유는 평을 쓰고 싶은 충동을 유발하는 시집이 눈에 띄지 않기 때문이다. 그러다 보니 문단에서 비평다운 비평은 사라지고 객관성, 공정성, 예술혼을 상실한 상업성 비평만이 그 명맥을 유지해 오고 있는 현실이다. 유럽이나 미국 등지에서 '문학의 죽음'을 이야기한 것이 1960년대부터인데 이제 한국문학의 상황도 절망의 어둠 속 그 밤이 점점 깊어가고 있는 것 같아 씁쓸하다.

이런 때에 독특한 색깔을 지닌 시집 한 권을 읽었다.

경북 대구에서 태어나 중앙대학교에서 국문학을 전공하고, 경북대학교에서 석사·문학박사 학위를 취득한 김종환의 시는 깊은 명상과 좌선, 현실인식을 뛰어넘는 성찰이 없이는 결코 뿜어낼 수 없는 진리 냄새, 휴머니즘 향기가 진동하고 있어 덜컹덜컹 요란스럽게 달리는 전철 안에서 읽어도 가슴속을 파고드는 감동의 파문이 해학적인 직관의 날카로움과 혼합을 일으키고 있었다. 어느 작품에서는 잔잔한 호수처럼 평온함이 깃들고, 어느 작품에서는 폭풍이 몰아치는 바닷가에 서서 성난 파도를 바라보고 있는 듯한 착각을 불러일으키고, 케케묵은 체기가 뚫리는 듯한 쾌감과 함께 평자의 호기심을 유발시킨다.

김종환의 세 번째 시집 『은밀한 즐거움』을 중심으로 해서 그의 시세계를 일별해보고자 한다.

1. 현대시의 문제점

독자들에게 철저히 외면 받고 배척을 당하고 있는 현대시에 있어서 그 문제점이 있다면 무엇이겠는가? 기하급수적으로 늘어난 시인들의 함량 미달격인 소모성 작품들이 부가가치를 창출해내지 못하고 있기 때문이겠는가, 아니면 21세기 과학이 추구하고 지향하고 있는 유토피아적 허구에 밀려 갈 길을 잃고 신음하고 있는 문학 그 자체가 중병이 들어 있는 것인가.

평자는 과거에 문인지망생이었고 특히 시를 사랑했었다는 사람들에게서 시와 멀어진 이유를 물어본 적이 있다. 개인적인 설문조사의 성질을 띠고 있었기에 기회가 있을 때마다 세밀한 조사를 시도했는데 그들의 대답은 각자 표현하는 방편은 달랐지만 한마디로 요약하면 "읽을 시가 없다"는 것이었다.

읽을 시가 없다는 것을 더 정확히 말하면 자신의 삶에 파급효과를 일으키거나 의표를 찌르는 직관이 작동된 참신한 발상, 사물과 세상을 깊이 있게 본 함축 혹은 담백한 무색무취의 순수성을 느낄 수 없다는 것이다. 시인의 시정신에 용해되어 자신의 삶과 인생을 반성하거나 되돌아볼 수 있어야 행복의 성을 쌓는 에너지로 이용될 것인데, 이 시대의 시인들은 삶과 의식의 패러다임이 급속하게 바뀌어가는 현실을 올바로 인식하지 못하여 시대에 뒤떨어진 작품을 쓰고 있다는 것이다. 몇 번을 반복해서 읽어도 공감이 되지 않고, 그 뜻을 이해할 수 없는 골치 아픈 것이 시라면 관심이 줄어들고 소홀해질 수밖에 없지 않느냐는 질책성 목소리를 들을 수 있었다.

그렇다. 시는 일상생활에 있어서 꼭 필요한 의식주도 아니고 없어서 불편을 초래하는 일회용 상품도 아니다. 시가 갖는 진정한 역할은 오랜 전통을 지켜온 서정시이든지 1980년대 이후 급속히 유행했던 해체

시 혹은 근래 인기를 얻고 있는 스토리 시, 자유시, 디카시, 산문시든 지 간에 그 구분이 중요한 것은 아닐 것이다. 문제는 시인들의 작품 속에서 내재되어 있는 지향의 종착점과 초월의 세계일 것이다.

인간은 영과 육으로 형성되어 있다. 육적인 삶과 쾌락을 추구하는 데 있어서 허기를 채울 것은 시나 문학이 아닌 밀가루 빵(물질)이다. 그러나 영적인 것은 밀가루 빵으로 해결할 수 없다. 종교적인 미래지향적 사상이나 형이상학적인 문학작품을 통해서 정신적 갈증을 해결하고 굶주림을 충족시켜야 할 것이다.

본질적으로 시가 추구하고 도달하는 세계는 눈에 보이는 현상 너머에 존재하고 있는 초월의 세계요, 그 세계를 발견하고 자기 것으로 소유하는 과정에 있어서 보조적인 역할을 담당하고 있기 때문에 진리를 내포한 시를 창작할 때만이 독자들의 뜨거운 사랑을 받을 수 있다.

이렇게 생각해 볼 때. 시인들이 시집으로 묶어 내거나 발표하고 있는 시들이 그런 역할을 감당하고 있느냐, 그렇지 않느냐 하는 심각한 문제 앞에 놓이게 된다. 한 편의 시를 읽고서 종교적인 설교나 설법을 듣는 듯한 운율의 망치가 정수리를 내리치고, 캄캄하던 삶의 길이 탁 트이면서 환하게 나타나는 그런 의식적인 깨달음이 작품 속에서 존재한다면 시를 읽지 말라고 해도 인간들은 시집을 손에 들고 다니면서 성경이나 불경을 읽듯이 할 것은 분명하다. 시는 진리를 내포하고 있는 함축의 언어이고, 시어 하나가 깨달음의 길로 인도하는 언어의 이정표인 것이다.

평자가 현대시의 문제점을 지적하고 싶었던 것은 현대시가 너무 가볍고 일반적인 감수성에 의존, 남발되고 있는 동시에 현실과 동떨어진 괴리감이 상존하고 있다는 것이다. 남녀간의 저속한 사랑을 노래해도 그 속에 관류하고 있는 사상이나 진리는 확연히 살아 있어 분출되어야 하는데 언어의 기교, 유희의 벽을 넘지 못한 채 시혼이 죽어 있어 길거리 쇼윈도에 침묵으로 서 있는 마네킹과 다를 바가 없다. 아무리 외모가 아름다운들 생명 없는 마네킹을 바라보면서 기쁨을 얻을 수 있을 것인가.

그런데 김종환의 시는 일반적으로 쓰인 시인들의 작품과는 다른 종교적 원천, 시적 진실, 영감적인 예지가 적절히 채색되어 있음을 발견하게 된다.

시 한 편을 감상해보자.

지천명이 될 때까지
나는,
나를 믿지 못하며 살았다
아니,
나를 속이며 살아왔다

얼마나 더 살면
나를 믿으며 살까
몇 살이 되면
나를 속이지 않고 살 수 있을까

― 「참회」 전문

이 작품을 읽으며 생각해 보자. 마치 故 천상병 시인의 시를 읽는 듯한 솔직담백함과 진지함이 돋보이는 작품이다.

이 시를 읽으면서 독자들은 바삐 걸어오느라 뒤돌아보지 못한 삶에 대하여 한 번쯤 사색하고 점검하는 기회를 부여받게 될 것이다. 그 이유는 화자 자신이 죄인이 되어 고해성사를 하고 있기 때문이다. 그러면서 삶의 본질을 관찰한 철학을 내포하고 있어 누군가 이 작품에 삶의 낚싯대를 길게 던진다면 무엇인가 굵직한 대어가 걸릴 것 같은 예감이 작동한다. 그 이유는 인간이 느끼는 보편적인 정서, 감정의 교류는 서로 엇비슷하기 때문이다.

시인과 독자가 하나의 주제를 놓고 호흡을 같이하고 사색을 통해서 공감하는 시가 좋은 시일 것이다. 이러한 시는 21세기 독자들의 공통적인 고민과 갈등이 달라붙어 곰팡이가 허옇게 핀 습한 곳, 가려운 곳을 시원하게 긁어주는 역할을 할 수 있을 것이라고 믿어진다.

독자들이 원하고 있는 것이 문학적인 빵과 물고기라면 엇비슷하게나마 이미지화시킨 빵과 물고기를 던져줄 수 있어야 하겠고, 사물을 응시하는 시적 능력을 키워 정제된 진리로 깊이 묘사하는 시인들이 되어야 할 것이다.

화자의 시 「참회(懺悔)」는 간결함 속에 진지함이 내포되어 독자들의 시선을 고정시키는 데 일단 성공하고 있는 좋은 작품이다. 현대시는 시적 주제가 명확하고 지향하고 있는 교훈이나 진리가 깊이 함축되어 있어야 한다. 그 이유는 세상이 점점 악해지고 있는 반면, 인간의 감정은 벌겋게 녹슬어가고 있어서 신선한 감동을 이끌어내는 진지한 화두가 아니면 썩은 감정들은 미동의 반응도 하지 않기 때문이다.

2. 인생 설법

화자의 시편들에서 풍기는 냄새는 불교적인 휴머니즘 갈등이며 자아성찰의 시각으로 진리를 찾아 헤매는 구도적인 탐색의 발자국들이 선명하다. 이 시대에 매우 유익한 시집이라는 생각이 든다.

그는 부처와 불교가 좋아서 바람이 난 아내와 인생길을 함께 걸어왔다. 깊은 산속 고찰을 찾아 틈만 나면 보따리를 싸서 달아나는 아내를 쫓아 자의에 의해서 혹은 인연의 끈에 묶여 억지로 끌려 다닌 흔적도 보이지만, 되도록이면 향락(享樂)을 초월, 고행(苦行)에 전념하면서 삶을 반추한다. 무소유의 불교적 가르침을 실천하기 위한 몸부림으로 삭발, 승복을 입지 않은 스님처럼 살아왔다. 시의 위의를 높인 품격 있는 시편들 속에는 나름대로 터득한 인생의 진리를 전하고 있는 고독한 부처로서 그 모습이 감지된다.

시인의 인생 설법을 들어보자.

> 나이 50대를 넘으니
> 60대 이하의 이야기도 들으니 알겠네
>
> 바른 말인지
> 속이는 말인지
> 바른 말을 하면서 속이는 말인지
> 속이는 이야기를 하면서 바른 말을 하는 것인지
>
> 이제는 이야기를 들으니 말을 알겠고
> 말을 들으니 이야기를 알겠네
>
> 나이 50대 중반을 넘으니
> 그런 분이 이야기하는 뜻을
> 저런 놈이 이런 이야기하는 뜻을
> 거짓말을 듣고도 참말을 알겠고
> 참말을 듣고는 거짓말임을 알겠네
>
> 나이 50대 중반을 넘으니
> 개소리를 듣고도
> 개와 사람을 구분하겠네
>
> ―「50대 중반을 넘으니」 전문

화자가 이 작품에서 전하고 싶은 핵심 메시지는 무엇인가. 인생의 연조와 깨달음의 상호관계, 그 중요성이다. 내포된 시적 은유는 개와 사람의 목소리, 진리와 비 진리, 참과 거짓을 구분할 수 있는 깨달음의 나무 밑에 앉아 가부좌를 틀고 눈물을 흘릴 때는 이미 지천명의 고갯길을 넘어서 인생의 산 정상에 가까이 머물고 있다는 안타까움에 대하여 누구나 공감할 수 있는 의미의 진술을 하고 있는 것이다.

평자의 생각에도 심오한 철학이 담긴 시를 쓰기 위해서는 체험적인 삶의 연륜이 있어야 한다. 사물을 새로운 시각으로 바라보거나 깊이 직시할 수 있어야 가능하다는 확신을 가지고 있다. 개소리와 사람소리를 어느 정도 구분해낼 수 있을 때는 육신의 눈이 어두워지는 때가 되고, 육신의 눈이 어두워질수록 심안 혹은 영의 눈은 점점 밝아지는 것이 인생이고, 삶이기 때문이다. 50대 중반을 넘어서 개와 사람의 목소리를 구분할 수 있는 능력을 확보하게 되었지만, 문제는 무엇인가. 쥐꼬리만한 삶의 잔고가 아니겠는가. 그 안타까움에 대하여 이 시에서 화두로 툭툭 던져주고 있는 것이다.

인간이 진리를 깨닫는 방편은 두 가지이다. 첫째는 자력으로 깨닫는 것과 둘째는 타력으로 깨닫는 것이다. 자력으로 깨닫는 과정은 고통과 환란의 바람, 죽음의 순간에까지 이르는 체험이 요구되지만, 타력에 의해서 설법을 듣거나 한 편의 시를 통해서 진리에 접하게 되는 복권 1등 당첨 같은 행운을 얻을 때도 있다.

시인들이 창작하는 시편들은 바로 그런 행운을 전달해주는 기능과 역할을 감당할 수 있도록 철학적 사유를 내포한 진리를 외침에 있어서 유유자적하여야 할 것이다.

또 한 편의 시를 보자.

　　　화장을 하는 것을 보니 부활도 영생도 없는가 보다
　　　화장을 시켜달라고 하니 가져 갈 것도 없는가 보다

가진 사람도
없는 사람도
화장으로 끝이 나는 것을 보니

화장을 생각하며
나도 생전에 화장시킬 것이 생각난다

욕심(慾心)
장수(長壽)
과거(過去)
그리고 요상한 이 마음

— 「화장(火葬)을 생각하며」 전문

이 작품에서 화자가 말하고 싶은 핵심 주제는 무엇인가. 피할 수 없는 죽음의 문제인데, 마치 설법을 전하고 있는 고승의 모습이나 석가를 보는 듯하다.

29세에 출가하며 6년간의 고행 끝에 대각성도(大覺成道) 부처가 된 석가는 80세가 되어 생애 마지막 설법을 하였는데, 그것이 그 유명한 "생자필멸(生者必滅) 회자정리(會者定離)"이다. 다시 말해서 "살아 있는 자는 반드시 죽는다, 또 인연으로 묶여져 만난 사람도 반드시 헤어져야 한다"는 것이다.

화장이든 매장이든 죽음은 인간이 피할 수 없는 절대적인 운명이다. 화자는 이 작품에서 화장을 하는 최후의 그날이 오기 전에 할 일을 제시하고 있는데 스스로 자신을 해부, 태워야 할 것, 버려야 할 것, 미리 처리를 잘 해서 복 있는 죽음을 맞자는 메시지를 함축하고 있음을 알 수 있다.

마지막 연에서 보면 장수하는 마음도 화장시키겠다고 했는데, 이 시 한 편에 담겨 있는 철학적·진리적 관찰은 깊다고 아니할 수 없다. 오래 살고 싶은 마음, 장수(長壽)의 욕망을 화장시킨다는 것은 그것조차도 허무한 욕심인 것을 깨닫고 있는 데서 쓰인 작품임을 짐작할 수 있다. 사실 인간은 아무리 오래 살고 싶어도 정해진 운명의 순간을 1분도 더 늘리거나 줄일 수 없는 무능력한 존재이다. 화자의 깨달음이 일반적인 불자의 경지를 초월한 깊은 불심에서 비롯된 직관임을 알 수 있다.

3. 종교적 설법

화자의 시집 『은밀한 즐거움』은 요약하면 진리를 깨닫기 위해 출가한 고승이나 선지식들이 수행하는 제자나 후학들에게 던져주는 화두의 성격을 내포하고 있다.

수많은 시집들을 읽었지만, 근래에 보기 드문 불교적인 깨달음과 성찰의 진리를 담고 있는 가치 있는 시집이라고 평하고 싶다. 혹 평자의 이런 단정이 위험을 내포하고 있을지 모른다. 그러나 시집을 통독할수록 내재된 진리가 무겁고 깊어서 몇 번이고 반복해서 되씹는 새김질을 요구하고 있으며 직유, 은유, 사물의 실체를 의인화시키는 시법에도 능숙하여 흡족하고, 솔직담백한 질타성 표현이나 자아 회개적 진술이 더더욱 좋다. 이 세상에 흩어져 허무의 성 쌓기에 혈안이 되어 있는 중생들을 품에 안고, 4차원의 세계를 동경하는 고독한 인간 부처의 몸부림, 구도적인 시정신은 가히 매력적이라 아니할 수 없다.

바쁘게 사시느라
명예를 즐기시느라

권력을 휘두르시느라
재력을 자랑하시느라
가시는 것조차 모르는 당신은
지금 어디쯤 가고 있나요
어디쯤에서 끝나기를 바라시나요

— 「어디쯤 가고 있나요」 전문

　김동환의 시는 삶의 방편에 대한 예리한 통찰을 보여준다. 자신이 탐구한 철학적 사유에 문학적인 방편, 운율이 붙은 시로 표현하고 있다.

　만약에 화자가 출가한 스님이라면 모여든 중생들을 앞에 놓고 고리타분한 긴 설법을 하지는 않았을 것 같다. 시 낭송을 하듯 이 시 한 편 읊어주고 "오늘은 끝이요, 돌아들 가시오" 했을 것 같은 생각이 든다. 왜냐하면 이 시 한 편의 내용들을 비켜갈 수 있는 존재들이 없기 때문이다. 어떤 난해한 시어가 동원된 것도 아니고 이리저리 비틀거나 언어를 조종하지도 않았다. 그런데도 이 시는 생동감 있게 살아서 불성(Buddhahood)을 지닌 사람들에게 고뇌할 수 있는 화두의 역할을 하고 있다.

　한 편의 시가 갖고 있는 능력, 그 미치는 효과는 끝이 없다. 자신도 모르게 한 편의 시를 읽으면서 감동에 젖고, 감동에 젖어 눈물을 흘리고, 눈물을 흘리며 삶의 방향을 스스로 수정, 전환하게 된다. 김종환은 시가 갖고 있는 능력을 종교적인 힘만큼 위대한 것으로 인식하고 있는 것 같고, 평범한 시인들이 쓰기 힘든 종교적 차원의 시를 창작하고 있다는 데서 자력주의로 성불에 이르는 불자의 고행 길을 기쁨의 휘파람 불며, 소주잔을 기울이면서 유유자적 걷고 있음을 유추하게 한다.

옛날의 수도승들은
깡마른 몸으로
깡아리 같은 고집으로 스스로를 즐겼는데

지금의 수도승들은
비만한 몸으로
비곗덩어리 같은 자만으로 스스로를 즐기는데

앞으로 수도승들은
어떤 몸으로
어떻게 스스로 즐겨야 할까

— 「수도승(修道僧)」 전문

　화자의 시적 교훈은 출가한 스님들에게까지 미치고 있다. 과거를 반추, 현재를 깨우치고 현재를 깨우쳐 미래를 바로 세우기를 시도하는 작품의 형태를 보면서 그의 신앙은 이미 두려움이나 종교적인 신분, 그 한계를 초월하고 있음을 알 수가 있다.

　신분적인 자만을 허옇게 달라붙은 '비곗덩어리'로 표현하고 있다. 이 비곗덩어리 속에는 호의호식하고 있어 잿밥에만 관심 있는 구도의 모순들을 지적하고 있다. 이 시를 읽는 스님들은 무엇을 느끼고 어떻게 받아들여 소화시키려고 할까.

　불교는 각(覺) 즉, 깨달음의 종교이다. '석가모니(Sakyamuni, 釋迦牟尼)'란 말의 뜻 역시 석가 족에서 태어난 '성자', '완성자'라는 뜻이니 그 완성은 깨달음의 과정을 필연적으로 수반하고 있는 것이다.

　화자의 시 「수도승(修道僧)」은 과거와 현재를 대조시켜 출가한 분들에게 던져주는 고독한 인간 부처의 경고적인 메시지인 동시에 석가모니 부처의 대변자 격인 자아성찰이 내포된 메시지라고 할 것이다. 이렇듯 출가한 수도승들에게까지 과감한 화두를 던지고 있다는 것은 무엇을 말하는가. 화자의 시편들이 종교나 사회, 계층을 초월해서 누구의 폐부이든지 간에 찔러 들어갈 수 있는 힘 있는 작품이라는 것을 예견할 수 있고, 의문형 종결 의미의 시구를 동원, 작품의 구성에서 그 효과를 극대화시킨 노련미까지 돋보이고 있음을 알 수가 있다. 이것은 비유나 은유의 사용을 되도록 절제하고 직유를 동원한 독특한 표현이라고 할 것이다.

또 한 편의 시를 보자.

스님! 불 들어갑니다
이 추운 겨울에
스님! 불 들어갑니다
스님답게 하루를 보냈으니
오늘 밤은 따뜻하게 주무세요

스님! 불 들어갑니다
스님! 불 들어갑니다
스님! 불 들어갑니다
한평생 스님답게 사셨으니
스님! 영혼은 태우지 마시고
윤회하시기 바랍니다

— 「불 들어갑니다」 전문

이 시의 기본 모티프는 이 세상에 와서 주어진 본분을 잘하고 떠나는 어느 스님의 일생을 묘사하고 있는 작품이다.

"스님답게 하루를 보냈으니" 그리고 "한평생 스님답게 사셨으니" 하는 부분들에 평자의 시선이 머문다. 하루를 스님답게 살아야 평생을 스님답게 살 수 있다는 것이고, 뜨거운 불이 들어오는 마지막 순간에 행동하고 쌓아놓은 업을 통해서 윤회하게 된다는 불교적인 진리를 포괄적으로 함축·은폐하고 있는 좋은 작품이 아닐 수 없다.

전생(前生)에 쌓은 업이 금생(今生)과 내생(來生)의 존재를 좌우하고 결정짓는다는 인과업보(因果業報), 전생윤회(轉生輪廻) 사상이 한 스님의 다비장면을 통하여 적절하게 묘사되었다. 스님으로 금생에는 복되게 윤회하였으나, 내생의 수레바퀴는 어느 쪽으로 굴러갈지 모른다는 경각심을 일깨우고 있어 시적 효과를 극대화시키고 있는 이 작품은 나태한 불자들이나 방향을 상실하고 무의식으로 표류하며 되는대로 살고 있는 불자들에게 전하고 싶은 진솔한 경고의 메시지인 것이다. 또한 "불들어갑니다" 하는 개인적 종말을 그리는 이미지가 5회 반복되어 '불'의 의미, 그 심각성을 부각시켜 강조하고 있다.

문학과 종교가 결합되어 운율로 되살아난 화자의 시편들은 읽어도 남는 것이 없어 허전하고 목마름을 호소하는 현대인들에게 복된 갈등과 고민을 선물하고 있다. 복된 갈등과 고민을 선물할 수 있는 시인이야말로 진정한 시인의 사명을 다하고 있다는 단정에 누가 이의를 제기할 수 있을 것인가.

4. 고독한 부처

평자는 화자를 고독한 부처로 보았다. 왜냐하면 불교는 부처의 가르침인 동시에 누구나 부처가 될 수 있다는 가르침의 종교이기 때문이다. 총 6부로 나누어져 있는 70여 편의 시편들 속에서 시인의 고독은 '관문시장 돼지국밥' 속에 둥둥 떠다니면서 구도의 즐거움과 심적 갈등의 쾌락을 쓰디쓴 소주 한 병으로 달래고 있기 때문이다.

그렇다면 화자는 행복한 존재가 아닌가. 타인보다 더 많은 진리를 깨닫고 있고, 불심이 깊어 부처를 짝사랑해서 거룩한 바람이 난 아내와 동고동락하면서 지천명의 고갯길을 걸어가고 있으니 말이다.

　그래도 평자는 시인의 심연에서 출렁이는 고독의 물결을 감지한다. 인간은 깊은 진리를 탐구하지 않거나 깊이 파고들지 않고, 적당하게 현실과 타협하며 살면 오히려 행복하다. 그러나 진리의 세계는 알면 알수록 목이 말라 견딜 수 없다. 삶의 연륜이 거듭될수록 만족이 없는 이유가 바로 여기에 있다. 김종환의 시편들은 이런 목마르고 고독한 상황에서 탄생된 탈세속화를 염원하는 좋은 작품들이다.

　　　아내의 바람은 50년 가까이 되었기에
　　　중독이다
　　　남편인 나까지도 무시하는 엄청난 중독이다

　　　나에게 한 번만이라도 절을 하고
　　　황금으로 도금되지 않은
　　　나의 사진을 보고 절을 하고
　　　내가 한 말과 하는 말을 실천했다면
　　　내 바람이 아내에게 향했을 텐데
　　　중독된 아내는 이것을 모르나 보다

　　　아내의 그 희한한 바람에
　　　나는 어슬픈 인간이 된다
　　　질투를 못하는 인간이 된다

　　　— 「아내의 바람 4」 전문

　화자의 아내는 산속 깊은 곳에 위치한 사찰, 대웅전 부처를 찾아서 소원을 빌고 절을 하고 있다. 연작시 「아내의 바람」 1에서 5까지를 읽어보면 이상한 현상이 아닐 수 없다. 화자가 표현하고 있는 대로 집안에 '남편'이란 도의 경지에 이른 살아 있는 부처가 있고, 그 부처와 결

혼해서 부처를 끌어안고 잠이 들고, 부처에게 끼니마다 밥을 지어 공
양하면서 왜 황금으로 도금한 말 못하는 법당의 부처를 더 사랑해서
바람이 났는가 하는 것이다.

금빛 옷이 아닌 낡은 옷을 입고 고뇌의 표정이 시시때때로 바뀌는
모습이 너무 가까이 있어 혜안을 가린 까닭에 남편 부처의 존재, 그 귀
중함을 잊고 살아가는 것이 아닐까 싶다. 귀한 진리를 손에 들고도 귀
중함을 모르는 무지의 모순이 화자의 아내 거룩한 바람기에서 느껴진
다. 그러나 인간 부처의 고독은 자신의 내면에다 스스로 투영하고 있
는 인상을 주고 있어서 애처롭다. 살아 숨쉬는 마지막 순간까지 삶을
영위할수록 더 깊어질지 모르는 그의 고독은 올바른 의식 정념(正念,
right mindedness)이 되어 시인의 길을 걷는 데 있어서 시의 명료성을 확
보하고 지향점을 뚜렷이 하는 바탕을 이루고 있다.

오랜만에 좋은 시집 속에 담겨 있는 시들을 만났고, 고독한 시인을
보았다. 한도 끝도 없이 평이 이어질 것 같아서 이쯤에서 아쉬운 마무
리를 해야겠다. 1995년 첫 시집 『천당에 갔더니 아무도 없었네』, 2001
년 두 번째 시집 『참소주를 마시면』에 이어서 세 번째 시집을 상재한
김종환은 한 편의 시로써 착잡한 심정을 대변하고 있다.

>   정말 쓰고 싶은 시는
>   마음속에 담아 두고 있다
>
>   엎어져도 쏟아지지 않도록
>   거꾸로 매달려도 흘러내리지 않도록
>   마음속에 담아 두고 있다
>
>   정말 쓰고 싶은 시는
>   진짜로 꼭 쓰고 싶은 시는
>   없다

진짜라면 가짜라고 생각하고
가짜라면 진짜라고 생각하는
이 시대에
진짜로 쓰고 싶은 시는 없다
정말로
진짜로 없다

그래서
통곡하고 싶다

—「더 쓰고 싶은 시」 전문

고독한 부처답고, 시인다운 냄새가 난다. 인간들마다 개성이 다른 것처럼 개인적인 사유가 집약된 화자의 작품은 그 나름의 독특한 호흡과 톤, 시법을 보여주고 있다.

더 쓰고 싶은 시가 없다는 이유를 그는 시대적인 현실에 돌렸다. 그러나 진짜가 가짜가 되고 가짜가 진짜가 되는 혼돈의 시대에 살고 있기 때문에 나는 시를 쓸 수밖에 없다는 고백으로 들려진다. '없다, 없다' 는 강한 부정을 통해서 긍정을 환기시키고 있는 것이다.

화자의 시집 『은밀한 즐거움』의 평을 쓰면서 평자 역시 '은밀한 즐거움' 을 느낄 수 있었다. 엎어져도 쏟아지지 않고, 거꾸로 매달려도 흘러내리지 않는 치열한 시정신 속에 잉태된 작품들이 모습을 드러내는 또 다른 해산의 날을 기대해본다.

꽃, 사랑, 갈등, 욕망에 대하여

마정인 시집 『반달사랑』

1. 갈등과 욕망

마정인의 시를 읽으면 먹구름 덮어 비가 내릴 것 같은 날, 삭신에 침투하는 원인모를 통증처럼 가슴이 뻐근해지고, 눈물이 핑 돌아 따끈한 커피 한 잔이 그리워지는 갈증을 느끼게 된다. 그 이유는 화자의 심적 상태가 지독한 갈증으로 메말라 있어 해소의 방편을 찾아 헤매는 구도자의 충혈된 눈빛으로 삶의 길을 걷고 있기 때문이다.

삶은 인간에게 있어서 고통 없는 길을 찾아 헤매게 하고, 다원적 욕망의 충족을 위해 발버둥치게 하지만, 갈등과 결핍의 문제는 인생길에서 필수적으로 넘어야 할 심각한 장벽이고 난관이다. 인간답게 자존(自尊)을 지켜가며 살려 할 때, 결핍(缺乏)의식과 부족(不足)의식은 빈 공간을 채우고자 하는 욕망에 타오른다. 이 욕망이 어디로, 무엇을 지향하느냐에 따라 삶의 성공과 실패가 결정되기 때문에 지혜롭게 다스리고 통제할 줄 아는 자아성찰의 힘, 능력 배양은 참으로 중요하다.

마정인의 심적 갈등, 그 상태를 해부해보자.

> 나의 시는 많이 아프다
> 소갈 병처럼 목이 마르고
> 걸핏하면 끄윽 소화도 안 된다

그보다 더 큰일은 좀처럼 치료가 요원한
기억 편집증마저 끙끙 앓고 있다는 것이다
가두어놓은 기억 속에서는
검은 피가 혈관마다 꽈리를 틀고 앉아
두개골의 시어를 인질로 잡고 있다

어쩌다 세상 밖에 튀어나온 녀석은
긴긴 밤을 뒤척이며
허튼짓하다 들통 난 서방 같이
꺼칠하고도 남루한
곱지도 미워할 수도 없는
쉬 버리지 못한 애물단지 같다

— 「나의 시」 중에서

이 작품에서 자신의 고통이 시에게로 스며들어 이전되었음을 고백
하고 있다.

시인의 처한 고단한 현실이 작품 속에서 선명하게 드러날 수밖에 없
는 것은 사물이나 사건의 관찰을 통하여 시적발상과 전환이 이루어져
야 한 편의 시가 완성되기 때문이다. 부정적이고 절망적인 사고(思考)를
지니고 꽃을 바라보면 꽃이 흘리는 눈물만 보게 되지만, 긍정적이고
소망적인 사고를 가지고 꽃을 바라보면 역경을 딛고 행복을 노래하는
순수의 미소를 발견하게 된다.

긍정과 부정의 조화, 소망과 절망의 차이는 엄청난 편차로 나타나서
작품에 미치는 효과나 그 시의 메시지를 공유하는 독자들의 정서에 미
치는 영향 또한 극과 극으로 나타나게 된다.

마정인의 시가 아프다, 목이 마르다, 걸핏하면 소화가 안 된다고, 호
소하는 것은 작품에 대한 불만족과 현실의 갈등이 복합적으로 작용하

고 있음이 감지된다.

그러나 다행스럽게도 시인의 갈등은 방향을 제대로 잡아 뻗어나가고 있는 것 같다. 시를 쓰는 시인에게 있어서 영육 간에 갈등은 독이 아닌 약이다. 목이 말라 물을 찾는다는 것은 처한 현실상황에 대한 심각성을 인식하기 때문이고, 갈증을 해소하기 위해 발버둥치다 보면 사물을 바라보는 깊이, 인생 근본문제에 대하여 관조하는 시력이 밝아지기 때문에 절창의 작품을 탄생시킬 수 있는 것이다. 육체적 고통이나 정신적 갈증을 겪지 않고 위대한 시인이 되기는 불가능하다 할 것이다.

화자의 시에서 반복 사용되는 시어나 주제는 꽃이고 자연이다. 「개나리」, 「각시 원추리 꽃」, 「개망초」, 「칸나 앞에 서면」, 「사루비아 꽃」, 「서리꽃」 등 온갖 종류의 꽃들에 대하여 시각을 정지시키고 인생의 진실과 진정한 행복을 탐구하여 의미 깊은 메시지를 함축하고 있다는 것은, 가슴 속 열병을 복되게 앓고 있는 예사롭지 않은 시인임을 증명하고 있는 것이다.

2. 꽃에 대한 집착

꽃은 계절을 따라 모습을 달리하면서 시적 종자를 제공하고 있지만 꽃에 대한 화자의 집착은 아무리 생각해도 특이하게만 느껴진다. 그 집착의 근원은 피어 있는 꽃에게서 자신의 모습을 발견하여 아픔과 행복을 공유하려는 시도로 이해된다.

꽃은 자연 속에 피어 바람에 흔들리며 비에 젖어 있고, 화자는 세상 속에 피어 고난과 외로움, 생존에 대한 전쟁을 한바탕 치르고 있기 때문이다. 꽃에 대한 집착은 간절한 욕망으로 표출되고 있다.

1) 피고 싶은 욕망

솟을대문 위에 내어 걸어둔
붉디붉은 저 튼실한 심장
어느 누구의 것인가

가을의 마당귀
일상의 날개를 접어둔 채
고해성사 하는
칸나 앞에 서면
필생의 노력이라 말하려던
알량한 삶이 들통이 나
얼굴이 달아오르네
단 한 번이라도
꼭 한 번이라도
가을 맑은 바람에 손을 씻고
고해성사라도 하면
가슴으로 꽃물 들이는 일
내 삶의 빛깔 고운 꽃 한 번 피우는 일
은총처럼 꿈꿀 수 있을까

―「칸나 앞에 서면」 전문

칸나의 만개는 축복의 계절, 가을에 이루어진다. 화려하게 피어 있
는 칸나 앞에 선 침묵은 '자신도 저렇게 한 번 피어볼 수만 있다면' 하
는 욕망으로 분출되는 시적상황이다.

3연에서 "단 한 번이라도/ 꼭 한 번이라도" 하고 반복·강조되는 표
현들은 칸나를 부러워하는 시인의 심정을 대변하고 있다. 이미 지천명
의 인생길을 걷고 있는 삶에서 칸나처럼 활짝 피었던 행복의 순간들은
어찌하여 존재하지 않았을까 하는 점은 의문으로 남는다. 누구나 물질

을 원하고 건강을 원하고 사랑하며 행복하게 살아가기를 원하지만, 이 세상에 태어나 한 번도 행복으로 피지 못한 꽃(인생)들이 수없이 존재하고 있다는 함축을 내포하고 있는 동시에 자신도 바로 그런 존재들에 속해 있다는 적나라한 고백으로 시를 읽는 다수의 사람들을 끌어안고 위로하고 있다.

열두 줄 가야금 선율은
저리도 오묘한데
오십 줄 나의 가야금아
과거 한 보따리 눈물로 뜯어내는
신열 앓는 소리 처량하구나
아 중년의 계절
이제 여기쯤에서
부질없는 욕망의 줄
슬픈 음율 가락으로 동여매어
달빛 젖은 강물에 띄울까

— 「예술의 전당에서」 전문

예술의 전당에서 가야금 연주를 감상하고 돌아서면서 쓴 시에서 자신의 현실을 아이러니하게 담아냈음을 감지할 수 있다. 화자의 삶에서 행복의 선율이 긴 세월, 울려 퍼지지 못했다는 단정을 오십 줄 나의 가야금으로 표현하고 있다는 것은 사물 이미지를 이용하는 시적 기교를 유감없이 보여주는 동시에 신열 앓는 처량한 연주로 독자들의 가슴을 울리고 있다. 시적발상이나 전개, 마무리 등에 있어서 막힘이 없고 잔잔한 운율이 살아 숨쉬고 있어 독특한 깨달음까지 부각되는 작품이다.

오십 년 동안 피어보지 못하고 행복의 비명을 질러보지 못한 욕구불만 형 존재들은 화자뿐만이 아니라 수없이 많다. 꽃에 대한 화자의 집착이 유별난 것은 이 세상에 왔다가 가면서 한 번은 멋있게 피어보고 싶은 욕망 때문이고, 이 욕망은 물질적인 행복을 초월하여 은밀한 기쁨을 안겨준 시인의 길, 운명의 좌표를 더욱 공고히 하는 또 다른 계기가 된 것으로 보인다.

2) 사랑에 대한 욕망

마정인의 꽃에 대한 집착은 사랑의 갈구 혹은 끝없는 욕망으로 이해된다.

꽃이 피어 있는 곳에는 사람들의 발길이 다가오고, 시선과 감탄이 머물 때에 꽃이 내뿜는 향기가 그윽하듯이 사람으로부터 사랑받지 못한다면 꽃의 아름다움은 무의미할 것이다. 그래서 인간이 있는 곳에 사랑이 있고, 사랑이 있는 곳에 행복이 있다. 사랑은 하나님께서 인간에게 주신 최고의 축복이기 때문에 서로의 가슴 속에서 기쁨, 감격으로 피어나는 꽃이 된다.

> 아무렇지도 않은 듯
> 모르는 척 피어대도
>
> 가끔은 마음에 가뭄이 들어
> 어딘가 적시고 싶을 때가 있지
>
> 고개 너머 젖은 들길
> 타오르는 하얀 입술
>
> —「개망초」 전문

꽃들에게 의미를 부여한 다수의 작품들 속에서 평자의 주목은 개망초 꽃에 머문다. 개망초는 들과 산비탈, 밭에 지천으로 피어 있는 흔하디흔한 꽃으로 가시 돋은 붉은 장미처럼 귀족 대우를 받지는 못하지만, 앙증맞고 사랑스런 국화과의 들꽃이다.

화자는 개망초 꽃에게서 자신의 실체를 보았다. 그리고 뜨거운 햇빛에 노출되어 견디고 있는 꽃의 현실을 자신의 삶과 비교해 본다. 그리고 곧 공통점을 찾아낸다. 개망초가 하늘에서 쏟아지는 비를 기다리며 타들어가듯이, 자신도 누군가의 사랑을 갈망하고 있는 한 송이 인간 꽃이라는 통찰이다. 군더더기가 없는 단순 간결한 시이지만, 자신의 내면을 진솔하게 함축하여 표현한 좋은 작품이 아닐 수 없다.

마정인의 시에서 사랑을 노래한 작품들이 더러 있지만, 사랑의 주체에 대한 흔적은 어디에도 찾아볼 수 없어 베일 속에 가려져 있다. 「분꽃 앞에서」, 「대문 밖 감나무에」, 「꽃을 사가지고 왔어요」 등의 작품에서 나타나는 두 딸들에 대한 모성적 사랑만 몇 편의 시로 노출되어 있을 뿐이다. 두 딸과 함께 노를 젓는 인생 항해에서 태풍과 풍랑을 만난 경험적 사유들이 사랑에 대한 욕망으로 표출되기도 하지만, 연약한 어깨에 무거운 짐을 지고 있어 작품 속에 숨기어진 내면을 벗기면 벗길수록 고독의 공간에 갇혀 행복한 듯, 아무렇지도 않은 듯, 씁쓸한 미소로 위장하고 있는 화자를 만나게 된다.

입춘 지나 우수 그러나
저만치 창밖엔 얼어붙은 잔설
어디든 발 딛고 일어설 자리
잣대 눈금으로 측량할 길 없는 지금

머지않아 땅 속에선
고사리 눈물나게 돋아 손을 내밀고
잊혔던 나무들 물이 올라

오가는 길 연두 잎을 피워낼 때

꽃이 아니라도 좋다
나는 어느 기억의 벌판에서
인내의 푸른 단물 한 번 게워볼까
뜨거운 입맞춤 포근히 느껴볼 수 있을까

― 「소망」 전문

　1연의 마지막 행을 음미해 보면 현실상황에 대한 고달픔을 토로하고 있는데 차갑게 얼어붙은 현실을 오직 인내로 이겨왔음을 유추할 수 있다. 눈금으로 측량할 수 없는 혹독한 인내의 기간이 어느 정도 지속되었는지 알 수는 없지만, 하고 싶은 말이나 눈물의 양, 북받치는 서러움은 많이 은폐시킨 것 같다. 언어에 대한 배설을 절제하면서 이미지로 형상화시키는 노련미가 감지되어 안도하게 된다.

　마정인의 소망은 거창하거나 화려하지 않다. 3연에서 "꽃이 아니라도 좋다"는 표현은 진실한 사랑에 대한 갈망으로 이해된다. 누군가 자신을 진정으로 기억해줄 수 있다면 그것만으로 만족할 수 있다는 것이다. 꽃에 대하여 집착하고 있는 이유가 여기에서도 드러난다. 꽃은 향기로 사랑을 받는다. 그러나 화자는 인간과 인간의 사랑, 만남을 통해 기뻐하고 확인하는 본능적 욕망을 외면한 채 문학에 대한 열정적 짝사랑으로 개성 있는 시를 쓰고 있을 뿐이다.

3) 꽃다운 꽃이고 싶은 욕망

　마정인이 꽃에 집착하여 시를 쓰고 있는 이유는 질기고 질긴 꽃의 생명력에 매력을 느낀 때문이다. 찬바람 불고 백설 덮은 계절에는 인

내하고 있다가 봄이 돌아오면 자신의 존재를 알리기라도 하는 듯, 어
김없이 고개를 들고 피어난다.

산모퉁이 돌아 바위틈
나긋나긋한 인기척

기어이
기어이는

보채던 계집아이
봄 마실 나왔네

바람의 치마폭에 드러난
굴참나무 도토리나무
깡마른 정강이 사이

언뜻 혹은 설핏
철딱서니 분홍저고리

— 「진달래 꽃」 전문

간결하게 쓰인 위의 작품에서 봄의 전령 진달래가 다시 피었다. 2연
에서 "보채던 계집아이 봄 마실 나왔다"는 표현은 봄 산행 길에 나선
시인 자신을 상징하고 있다.

3연을 주목해보자. 진달래가 굴참나무, 도토리나무, 깡마른 정강이
사이 피었음을 강조하고 있다. 굴참나무는 5월에 꽃이 피고, 도토리나
무는 가을에 열매를 맺는다. 지금은 누가 뭐라고 해도 '진달래' 너의
계절이라는 것을 부각시키고 있다. 진달래가 핀 것은 그냥 된 것이 아
니다. 긴 겨울, 속울음 삼키며 찬 바람 속에서 뿌리를 지켜내는 인내의

과정을 거쳤기 때문이다.

이 시에서 관류하고 있는 메시지는 무엇인가. 봄꽃이든 여름 꽃이든 자기 계절을 만끽하며 활짝 피어나 꽃다운 꽃으로 살다 가고 싶다는 간절한 욕망 소원성이 감지된다. 반드시 꽃다운 꽃, 사람다운 사람으로 살다 가야 하겠다는 것이다. 꽃보다 못한 사람이 많다. 진달래는 봄이 되면 어김없이 다시 피지만, 인간은 절망으로 쓰러진 후 영영 피어나지 못하고 소중한 삶 허비하다 한 줌 흙으로 돌아가기 때문이다.

화자의 인식은 진달래가 꽃을 피우기 위해 존재하듯, 자신에게도 삶을 영위하는 목적과 신에게서 부여받은 사명감이 있다는 것을 자각하고 있는 것 같다. 평자는 그 아름다운 몸부림을 '꽃다운 꽃이고 싶은 욕망'이라고 붙여보았다. 사명적 인간(man of mission)답게 살다 가기 위해 인내의 긴 겨울을 이기고 기어이, 기어이 마정인은 꽃으로 핀다. 두 딸의 어머니로, 시의 본령을 올곧게 지키는 시인 꽃으로, 내뿜지 못한 향기는 가슴 속 깊이 간직한 채 철딱서니 분홍저고리로 자신을 가리고 있다.

3. 표제의 의미
— 반달사랑

가파른 인생의 고갯길, 넘어지고 쓰러져 크고 작은 상처를 입은 듯한 화자가 시집의 표제를 『반달사랑』이라고 붙였다.

이 세상 현실에서 절망의 캄캄한 밤이 계속되는 고통 속에 살아가는 사람들은 수없이 많다. 질병의 고통에서 벗어나면 물질적 고통이 오고, 물질적 고통에서 벗어나는 듯하면 예기치 못한 환난을 만나고, 신의 손바닥 위에 올려진 채 징계를 받는 듯, 태풍이 멈추지 않고 불어쳐 장기간 햇빛을 볼 수 없는 경우가 있다. 그런 사람들에게는 피곤한 육신을 뉘일 수 있는 작은 공간만 있어도 감사하며 살겠다는 겸손한 고백을 들을 수 있다.

> 밤길 떠나시는 내 님
> 가시는 길 밝혀줄 등촉
> 분명 손에 쥐어 주었는데
> 차마 떨어지지 않는 발자국 소리
> 길모퉁이 멀어질 즈음
> 시린 가슴 창공을 바라보니
> 밤하늘에 흔들리는 요람
> 반쪽은 걸어두고 가셨네
> 둥가둥가 바람에 실려
> 별빛 가득 채우다 보면
> 이 밤 홀로 외롭지 않으리

> —「반달 사랑」 전문

화자는 위의 인용 시에서 "시린 가슴으로 창공을 바라보니 반달이 빛을 발하고 있었다"고 말하고 있다. 달은 약 한 달(29.5일)을 주기로 삭→상현→망→하현으로 변한다. 달이 삭에서 망으로 가는 중간에 오른쪽이 둥근 반달이 되는 때를 상현이라고 하는데 음력 7, 8일경이다.

마정인 시인의 현실 상황에 있어서 반달은 물질적·정신적으로 상현의 때에 머물고 있음을 묘사한 것 같은 예감이 든다. 여기에서 생각할 것은 달은 한 달을 주기로 변하지만, 인생에게 있어서 주기는 10년, 20년 혹은 30년 변화 없이 절망의 밤이 깊어가는 고통이 계속되기도 한다는 것이다. 인생의 동산, 소망의 반달이 떠오른 현실 위에서 별빛을 채우는 기쁨을 누릴 수 있기까지 아무에게도 말 못하고, 눈물로 기도한 어둠의 과정, 골 깊은 체험들이 있었음을 유추할 수 있다.

그런데 자신의 머리 위에 떠오른 반달이 보름달이 되지 못한 채 영구적 반달로 머문다고 해도 마정인의 입술에서는 불평불만이 없을 것 같은 예감이 드는 것은 왜일까? 그는 이미 별빛을 줍고 있기 때문이고, 홀로 외롭지 않기 때문이다. 인간적인 사랑에 대한 욕구가 충족되지 않아도 외롭지 않은 것은, 어둠에서 빛을 지향하는 시를 쓰고 있기 때문으로 이해된다.

평자가 알고 있는 무명시인 한 분이 이런 고백을 하는 것을 들었다. "나는 모든 것을 잃었지만, 한 가지 얻은 것이 있어서 이렇게 살아 숨쉬고 있습니다. 내가 시인이 되지 않았더라면 나는 벌써 자살하고 말았을 것입니다."

위의 시에서 '반달'은 마정인의 인생길에서 희망으로 떠올라 절망을 극복하는 상징물이 되어서 생존의 의미를 부여하는 또 다른 기쁨이 되고 있는 것 같아 소중하다. 수많은 삶의 편력을 거쳐 한 줌 흙으로 돌아가기까지 저 반달은 사라지지 않고 인생길을 비추어 별빛을 줍는 데 불편함이 없을 것으로 확신된다.

출근 길 혼잡한 사거리
빨간 신호등 아랑곳하지 않고
흰 어미개 횡단보도 건너신다
그가 켜고 가는 푸른 신호등
젖무덤 출렁출렁
오 젖이 불어본 자는 알리
나도 한때는
세찬 바람 부딪히는 신호 앞에서
붉은 젖을 켜고 생을 횡단한 적 있었으나
한 걸음 한 걸음
살이 차오르는 새봄
힘찬 기운을 새삼 느끼네

보시라
마른들에 젖을 먹이는 어미들
저 위풍당당하신 행차를

— 「위풍당당」 전문

감동적인 시 한 편을 읽었다. 출근길 버스에서 목격한 젖을 출렁이
며 길을 건너는 한 마리 개에 대한 시적상황이다. 그 순간 초고시가 바
람처럼 스치며 메모리 되었으리라 유추되지만, 어미개와 자신을 연결
시켜 헌신적인 모델로 묶어내는 데 성공하고 있다.

화자는 어미개가 신호를 무시하고 바삐 달려가는 이유를 새끼들 때
문이라고 보았다. 어미개가 가는 곳에는 배가 고파 낑낑거리며 우는
새끼들이 있듯이, 마정인 역시 새끼들을 위하여 자신을 내어주고 희생
하는 길을 걸어왔다. 그 길은 아차하면 질주하는 차량에 치여 죽음과
연결되는 위험이 기다리고 있다고 말한다. 이 부분의 진술은 직접체험
에서 얻어진 것 같다. 질병의 고통으로 하루쯤 쉬고 싶을 때, 그는 마
른 젖을 채우기 위해 죽음을 각오하고 일터로 횡단한 과거적 경험이
있기 때문이다.

이기주의 세상, 새끼들을 떼어놓고 자신의 행복을 위하여 인생길을
걸어가는 어미들도 물론 있다. 그러나 대다수의 어미는 새끼들의 행복
을 위해서 마른 젖이라도 나누어 물리고 내일의 양식, 젖을 채우기 위
해 일터로 나간다. 그 행차를 위풍당당하다는 예찬으로 표현하고 있는
인식은 참으로 멋스럽다. 그리고 관찰력 또한 깊이가 있다.

시간에 쫓겨 심적 여유가 없는 출근길에 창밖을 지나는 한 마리 개
를 보고서 이런 시를 쓸 수 있는 발상과 인식의 전환, 깨달음이 수반된
다는 것은 마정인의 시학이 이미 문학의 나무에 둥지를 틀기 시작했다
는 성찰의 증거나 시적 노련미로 판단해도 무리가 없을 것 같다. 왜냐

하면 사물 이미지와 관념 이미지가 조화를 이루고 있고 직유와 은유의 효과적인 처리가 돋보이고 있기 때문이다.

4. 나가면서
─ 썰물 그 후

지금까지 파악한 마정인의 인생 행보는 매우 고단하였다. 지친 발걸음을 끌며 행복으로 가는 열차에 마지막 승차하였지만, 편안한 좌석을 확보하지 못하고 퉁퉁 부은 종아리로 서 있는 것 같다. 그러나 창밖에는 칠흑 어둠을 밝혀주는 반달이 낭만으로 떠 있어서 두려움에서 벗어나고, 머리에 이고 있는 무거운 보따리에는 땀 흘려 주운 소중한 시편들이 동행하고 있어 외로움에서도 벗어난 것 같다.

거품을 물던 파도
무위(無爲)의 빗자루 질
가슴 헐렁한 속까지
다 쓸고 간 뒤

먹장 낀 가슴
갯벌에 게워내고
구물구물 다시 일어서는
등 굽은 그녀

석양이 내려와
터진 살갗 마다마다에
빨간 약을 호오 발라준다
괜찮아, 금방 나을 거야

─「썰물 그 후」 전문

먹장 낀 가슴 갯벌에 게워내고 등 굽은 채 일어서는 마정인의 상처는 석양이 발라주는 빨간약으로 치료되고 있고, 터진 살갗들은 아물어가면서 딱지가 앉고 있다. 이번에 상재되는 한 권의 시집은 그의 상처가 아물어가고 있다는 증표도 되겠지만, 고난의 인생길을 힘들게 걸어온 선한 발걸음에 보상으로 주어지는 상급이기도 한 것 같다.

화자의 시를 일별하고 나서 느낀 것은 절망의 밤이 깊어갈 때 시의 오솔길을 발견하지 않았더라면, 상처로 곪아 터진 살갗에 바를 빨간약은 구하지 못했을 것 같고, 파도가 휩쓸고 간 갯벌에서 일어설 힘도 없었을 것 같다. 그래서 시인의 길을 걷는 것은 선택이 아닌 운명이라고 말하는 것이 아닐까…….

페미니즘(feminism) 의식,
꽃피운 사랑의 확인

손순자 시집 『소요산연가』

1. 여성 의식의 변화

1999년 월간 〈문학세계〉를 통하여 문단에 데뷔한 손순자 시인이 보내온 시집 원고 80여 편을 시간이 날 때마다 틈틈이 읽었다. 원고를 통독한 후, 그간에 유교적 관습 하에서 고통 받고 있던 여성 의식의 변화와 삶의 질을 격상시킨 페미니즘 문학의 영향과 시대적 혜택에 대하여 다시 한 번 생각해보게 되었다.

물론 현 사회에서 여성에 대한 성적 차별이 완전히 사라진 것은 아닐 것이다.

그러나 남성 위주의 이데올로기 피해자로 입이 있어도 침묵해야 했고, 귀가 있어도 들은 것을 씻어내며 울분을 삭여야 했던 편견과 불이익에서 벗어나, 남녀평등이라는 새로운 현실 위를 여성들은 당당하게 걷고 있다. 근래에 들어서는 오히려 여성이 남성 위에 군림하는 우월한 위치를 확보함으로써 경제적인 수입 면에 있어서도 동등 혹은 추월하고 있다. 가사와 보육, 순종만을 강요받던 고통스런 굴레에서 지나치게 탈피하면서 가정 질서의 묵시적 전통, 뿌리까지 뒤흔드는 역현상까지 보이고 있다.

여성이 인격적으로 동등한 권리를 얻기까지는 인고의 세월이 흘러야만 했다. 암울한 시대 견고한 유교적 인습의 벽 앞에서 그들이 흘린 항변의 눈물, 손톱이 빠지도록 긁고 긁은 절규의 흔적들이 있었기에 사회는 변화의 물결에 순응하게 되었다.

1980년대 이후 문학작품을 통한 페미니즘 운동이 영향력을 발휘하면서 여성의 인격회복, 꽃을 피우는 밑거름이 되었다. 1980년대 이후 출간되는 소설이나 시집들은 가사와 보육에만 묶여 있던 여성들의 의식을 일깨워 사회로 이끌어내는 획기적인 역할을 담당하게 되었고, 한국문단에도 수많은 여성들이 각 장르별로 등단, 남성 우월주의에 맞서 왕성한 창작 활동을 하고 있는 현실에 이르렀기 때문에 페미니즘 문학이 여성들의 삶에 끼친 파급효과는 엄청나다고 할 것이다.

여류시인인 화자가 한 권의 시집으로 묶으려고 보내온 원고들 속에는 가부장적 성적 차별과 열등감 등을 탈피하려는 독창적인 목소리, 페미니즘 향기가 진동하면서 시적 긴장과 기쁨을 유발시키고 있고, 일평생 단 한 번 점화된 사랑의 불꽃은 진실이란 연기를 뿜어내면서 활활 타오르고 있음이 감지된다. 삶의 사유와 시혼이 집약되어 있는 작품세계로 들어가 페미니즘 의식 속, 사랑을 노래하고 있는 시적 진실, 그 실체를 일별해보고자 한다.

2. 삶의 여정(旅程)에서 얻은 시편들

'인간으로 태어나 어떻게 살다 갈 것인가' 하는 문제는 참으로 중요하다. 외모와 개성이 각각 다르듯 그 방편 또한 달리하고 있어 삶의 모습들이 다양하게 나타날 수밖에 없다.

그런데 손순자 시인의 삶은 아름다운 역마살이 끼어 있다. 사랑하는 남편의 손을 잡고 새로운 것을 찾아서 어디론가 떠돌아다니고 싶은 시인의 끼, 만나고 부딪히는 사물을 깊이 응시하는 예리한 감성의 눈빛을 지니고 있다.

컴퓨터가 존재하지 않던 시절에는 시인들은 틈만 나면 버스와 기차를 번갈아 타고 무작정 여행을 떠나는 낭만파들이 많았고, 삶의 여정에서 얻은 보편적인 진리들은 어김없이 한 편의 시로 태어나 감정이입을 통한 주체(시인)와 객체(독자)를 결합시키는 작품들을 발표하였는데, 체험적인 생동감이 숨쉬는 서정적인 작품들이 주류를 이루고 있었다.

자신이 직접 목도한 체험적 이미지는 잠재된 가치관, 예민한 감수성 속에 용해되어 절창의 작품을 빚어낼 수 있는 시적 동기가 되는 것이기에 매우 중요하다.

마음은
소록도에 가고 싶었다

'보리피리' 시비를
내 눈으로 꼭 보고 싶었다

마리안느, 마가레트 할매
만나보고 싶었다

두 손
꼭 잡아보고 싶었다

하지만
배가 산으로 가게 될까
거금도 행 배에 몸을 실었다

—「녹동 항에서」 전문

녹동 항은 전남 고흥군에 위치하고 있는 거주 인구 1만 5천에 불과한 전형적인 항구도시이다. 주변에는 한센 인들의 애한(哀恨)이 담긴 소록도 국립병원이 위치해 있고. 국내에서 세 번째로 큰 섬인 거금도가 인근에 자리 잡고 있다.

시인은 일상에서 벗어나 오랜만에 먼 곳까지 여행을 떠난 것 같다. 그런데 무슨 이유에서인지 가고 싶은 소록도로 향하지 못하고 녹동 항에서 거금도로 발길을 돌리는데, 간결한 작품에서 풍기는 비릿한 바다 냄새, 시적상황 묘사가 멋스럽다. "배가 산으로 가게 될까/ 거금도 행 배에 몸을 실었다"고 말한다.

이 작품에서 화자는 자신의 마음대로, 뜻대로 할 수 없는 삶의 노정을 깨우치고 있는 것 같다. 마음은 소록도로 가고 싶지만, 몸은 원치 않는 거금도로 간다는 것이다. 거금도로 향하는 이유를 다양하게 추측해 볼 수가 있겠지만, 위의 작품 속에서 내재되어 있는 메시지는 무엇인가. 고해와 같은 세상, 삶의 낡은 배를 타고 항구에 이르는 인생 여정은 때로는 목적지를 수정해서 원치 않는 곳으로 발걸음을 돌리기도 한다는 것이다.

이왕 먼 곳으로 여행을 갔으니 자신이 가고 싶은 곳을 가야 함에도 불구하고 그는 인내로 그 욕구를 억누르고 있음을 알 수가 있다. 방향을 수정해야 하는 현실은 우리 앞에 수없이 찾아온다. 그때에 자신의 욕망을 쫓아서 양보나 타협, 배려나 희생, 포기를 할 줄 모른다면 지혜로운 아내, 어머니의 삶을 살아갈 수가 없을 것이고, 성난 파도에 부딪혀 배는 금이 가 고 갈등의 물로 넘쳐 침몰하거나 깨어지고 말 것이다. 화자의 시적 진술에서 양보와 희생, 그 아름다움이 감지되는 체험적인 진리는 매우 깊은 것이 아닐 수가 없다.

그대
아주 잠깐 머물다
떠난다는 것을

난 알지요

다시
외로움은
나의 몫으로
남는다는 것을

─「거금도」전문

소록도를 포기하고 거금도에 이른 시인은 한 편의 간결한 시를 남
긴다.

거금도의 아름다운 비경을 소재로 선택하지 않고, 직관적인 심정을
담아 표현한다. 이 시에는 삶과 죽음, 만남과 이별, 머무름과 떠남의
진리를 지향하고 있어서 간결하지만 무겁게 느껴지고 있다. 파도가 몰
려와서 침묵의 바위섬, 그 품에 안겨 머물다 가는 기쁨은 찰나에 불과
하듯, 화자가 거금도에 머물다 돌아가는 시간 역시 찰나에 지나지 않
는다. 만남이 있으면 반드시 이별이 뒤따른다는 보편적이면서도 운명
적인 진리를 말하고 싶어하는 통찰의식이 감지된다.

이 세상에서 삶이란 무엇인가. 잠시 배에서 내려 몇 시간 혹은 하룻
밤 섬에 머물다 가는 것인지도 모른다. 그리고 우리는 원래의 일상으
로 돌아가야 한다. 인생도 그런 것이 아닐까. 이 세상에 와서 쾌락을
추구하고, 삶의 여백을 물질적인 여유로움으로 채색하며 만끽한다고
해도 고독은 소금기처럼 허옇게 달라붙어서 갈증을 계속 유발시킨다
는 것을 화자는 "다시/ 외로움은/ 나의 몫으로/ 남는다"고 말하고 있는
것이다.

80여 편의 시편들 중에서 삶의 여정으로 얻어진 작품들이 넘쳐나고
있지만, 지면 관계상 다 언급할 수 없는 아쉬움이 있다. 그러나 시인의

정서에서 교감을 확보하고 귀한 것을 함께 나누는 문제는 독자들 각자의 몫으로 남겨둔다. 화자의 시적 진실, 그 깊은 곳에서 풍기는 숙성된 관조의 향기에 취할 수 있는 작품이다.

3. 페미니즘, 이상적인 사랑의 꿈 그 현실화

손순자의 시집 원고를 읽으면서 느낀 것은 매우 소박하고 아름다운 사랑을 꿈꾸고 있다는 것이다. 화자가 추구하는 사랑에 대한 관념은 물질적인 것을 초월, 만남(결혼)에서 이별(죽음)의 순간까지 남성 위주의 의식성향을 개혁시켜 동등한 위치 혹은 동등한 인격체로 상호 존경하고 아끼는 수평적 관계로 현실화되는 것이라고 하겠다.

해마다 늘고 있는 현대인들의 이혼율을 놓고서 전문가들은 각각 다른 분석과 처방을 내어놓고 있지만, 결혼 이후에도 사랑의 대상, 선택의 자유로움을 역으로 추구하려는 여성의식의 변화를 잠재우기는 이미 쉽지 않아 보인다.

초혼과 재혼, 미혼남과 이혼녀의 자유로운 결합들이 눈에 띄게 두드러지고 있고, 인연의 줄을 잇고 끊는 고뇌의 과정에 대하여 현대인들의 결단은 점점 냉정하고 과감해지고 있음을 알 수가 있다. 아름다운 사랑을 꿈꾸기만 할 뿐, 무관심 속에 방치하다 병이 들면 썩은 물질로 대신 채워 치유하려고 하는 어리석은 사고를 지닌 부부들은 후회와 고통의 눈물을 흘리며 부유(浮游)할 수밖에 없는 그런 시대에 우리는 머물고 있는 것이다.

여기에서 시 한 편을 읽어보자.

　　　어느 하루
　　　열린 가슴으로

벌 한 마리 찾아들어
오래—
달콤한 네 사랑에
취했었지

마지막 순간
단아한 모습으로
이별을 말하기 전
오래—
눈부신 네 사랑에
취했었지

―「호박꽃」 전문

　한 마리 벌과 호박꽃이 자연 속에서 만나는 장면을 통하여 인연의
첫 만남, 감정의 열기를 표현하고 있는 이 작품 속에서 뜨거운 사랑이
지속되는 순간들이 매우 짧음을 아쉬워하고 있는 동시에 한 마리 벌이
꽃의 품에서 꿀을 얻던 행복한 순간, 그때를 그리워하고 있는 것을 감
지할 수 있다.

　그런데 의문점은 무엇인가. 수많은 꽃들 중에서 하필이면 볼품이 없
어 대중적인 인기를 상실한 호박꽃을 시적 이미지로 등장시켰느냐 하
는 것이다. 물론 어느 날, 길을 가다가 호박꽃의 꿀을 흡입하고 있는
벌의 사랑을 우연히 목도할 수도 있었겠지만, 장미꽃이 아닌 호박꽃을
등장시킨 것은 자기 자신에 대한 겸손의 묘사일 수도 있어 화자의 인
식이 왠지 범상치 않게 느껴진다.

　또한 역설적인 진술이 순진무구하고 아름답다. 벌이 꽃을 만나 꿀을
얻는 시간은 길어야 불과 몇 분에 불과할 것인데 화자는 '오래—' 달
콤한 사랑에 취했다고 표현하고 있기 때문이다. 여기에서 벌과 호박꽃

은 화자가 추억하는 과거적 사랑이 시적 이미지로 환치되어 있을 뿐임을 짐작케 한다.

"마지막 순간/ 단아한 모습으로/ 이별을 말하기 전/ 오래—/ 눈부신 사랑에 취했었지"에서는 불혹의 언덕을 넘어 지천명에 이르는 삶의 여정, 몸부림치면 칠수록 식어져가는 사랑에 대한 아쉬움과 갈등을 내포하고 있다.

세월이 흘러갈수록 사랑의 열기가 식어져 가고, 감정의 양이 줄어들고 있는 것은 피할 수 없는 공통적인 문제이다. 그런데 화자는 그 원인을 자신에게서 찾고 있음을 은유로 말하고 있다. 호박꽃이 소유하고 있는 꿀의 양은 줄어들었지만, 그래도 행복했던 사랑의 원류, 짜릿한 감정의 교감이 있었기에 자신의 위치를 굳게 지키겠다는 신실한 약속의 함축을 담아 "오래—/ 눈부신 사랑에 취했었다"는 아름다운 고백으로 표현하고 있는 것이다.

화자의 소재 선택은 옳았다. 이 시의 이미지는 장미꽃이 아닌 호박꽃이 어울리는 것 같다. 시의 멋과 품격을 한껏 높이면서 일평생 함께 걸어온 대상에 대하여 더 깊은 사랑의 여행길 동행을 다소곳이 제안하고 있는 모습이다.

　　　　언제나 꼭 다문
　　　　입술로
　　　　하얀 담장
　　　　저쪽에 있는 너
　　　　장밋빛 미소 속에
　　　　언어(言語)를
　　　　숨겨버린 것일까

　　　　손을 잡고
　　　　뜨거운 정 나누면

한결같은
마음인 줄 알았는데

온밤 내 진통을 겪어
가지 사이사이
새순 돋우며
꽃피울 때
너의 아픔을
내가 몰랐듯이

지난 밤 내 가슴에
하얗게 쌓인 눈
네가
알지 못하는 구나

— 「타인」 전문

시인은 이 작품에서 사랑이 식어갈수록 가슴을 열고 나누는 진실,
대화의 시간은 줄어들고 있음을 말하고 있다.

그런데 부부가 타인으로 변모해가는 과정을 그린 시적 표현이 노련
해서 이상과 현실 사이에서 고뇌, 갈등하고 있는 수많은 독자들과 함
께 묵시적 공감대를 형성할 것 같다. 왜냐하면 수많은 세월을 동행하
면서 몸과 마음이 일체가 되었어도 서로가 짊어지고 있는 삶의 무게,
그 고통스러움을 이해하지 못하고, 이기주의적 환각에 빠져 원망과 불
평으로 살아가고 있기 때문이다.

"너의 아픔을/ 내가 몰랐듯이/ 지난 밤/ 내 가슴에 하얗게 쌓인 눈/
네가 알지 못하는구나" 이 작품에서 '눈'이란 시어는 안타까움과 절실
함이 내재되어 있다. 눈은 시리고 차갑다. 가슴에 눈이 쌓여 꽁꽁 얼어
붙었기에 입마저 굳어 서로가 마주보며 눈만 끔뻑이는 두꺼비 부부처

럼 대화가 단절되어버린 상황을 진술하고 있는 것이다.

실제로 현대인들은 한 집에 동거하는 타인 아닌 타인이 되어가고 있고, 남편은 하숙생처럼 돈을 벌어서 아내에게 밥값을 지불하고 있는 불행한 삶을 살아가고 있다. 가슴에 쌓인 눈의 양이 늘어갈수록 가깝고도 먼 타인이 되어간다는 깨달음 속에서 그 현실을 벗어날 수 있는 해결법을 제시한다. 사랑의 배려로 서로의 가슴속에 쌓인 눈을 치워주는 것이다. 전국을 떠돌며 사랑하는 남자의 손을 잡고 여행을 즐기는 화자의 사랑 법은 가슴 속 쌓인 눈을 방치하지 않고 적절히 치워내는 지혜로운 작업으로 이해된다.

누구라도
코르크 마개를
열지 말아요

우리 사랑
온전히
지켜질 수 있도록

—「병 속에 담긴 편지」 전문

손순자는 자신에게 주어진 현실 속에서 최대한의 만족과 행복을 누리고 있다. 화자는 삶의 화려함에 대하여 더 큰 욕심도 없고 불만도 없는 것 같다. 자신을 사랑하는 남자가 능력껏 취한 수익덩어리 안에서 먹고 마시며 사랑의 노래를 부르는 지혜로운 방편을 택하고 있다. 그래서인지 시인의 시적 선언은 아름다우면서도 절실하다. 진실한 사랑을 담아 밀봉해두었기에 코르크 마개를 열지 말아달라고 동일한 와인 병을 쥐고 있는 남편에게 부탁하고 있다.

언약과 진실이 담긴 사랑의 와인 병을 하나씩 손에 쥐고 연인들은 부부가 된다. 어떤 사람은 평생 그 병의 마개를 열지 않지만, 어떤 사람은 일 년도 못 가서 그 병의 마개를 열고 내용물을 다른 포도주로 채우려다가 병마저 깨트리고 이혼의 길을 걷는 것을 볼 수가 있다.

병은 제자리를 이탈하여 깨어지면 산산조각나기 때문에 원래의 상태로 회복이 어렵다는 은유가 숨어 있다. 사랑이 온전히 지켜지는 방법은 주어진 현실에서 만족하며 살아가는 데 있음을 이 시에서 우리는 배워야 하겠다.

4. 여정의 출발, 종착지 동두천

손순자 시인이 추구하는 시정신의 흐름은 구름처럼 떠도는 삶의 여정과 일편단심, 동고동락하는 한 남자의 가슴 속에 아름답게 수놓은 페미니즘 의식에서 찾을 수 있었다.

화자가 열망하는 광범위한 사랑의 개념을 시집 해설에서 일괄적으로 논한다는 것은 무리이겠지만 삶과 가치관, 사유에서 감지되는 향기는 어린시절 소꿉장난을 보는 듯이 순수하고 아름다워 여정의 출발지이며 종착지이기도 한 동두천에 둥지를 틀고 무리 없이 행복의 화원을 가꾸고 있는 것 같다.

「임진강 역」, 「백두산 천지(天地)」, 「국도 7호선」, 「인도 여인」, 「장흥을 지나며」, 「용화마을에서」, 「추전 역에서」 등에서 보듯 국내외로 시간만 나면 부부 동반, 카메라를 들고 떠나고 있다는 것은 휴머니즘 사상에 젖은 구도자처럼 삶의 진리를 찾아내기 위한 몸부림일 것이다. 가을 산, 낙엽 되어 시력을 상실하기 전, 관조의 눈빛으로 세상을 관찰하고 싶은 시인의 창작욕구로도 받아들여진다. 그러나 시인은 어디에서 떠돌든지 반드시 약속의 땅, 동두천으로 사랑하는 이의 손을 잡고 돌아오고 있다.

한 여자는
사랑의 경원선이라 부르고

한 남자는
만남의 경원선이라 부르고

두 사람은
인연의 경원선이라 불렀다

사람들이 말하는
꽃 기차

경원선은
오늘도 그 뒷모습을 보이며 떠난다

먼 옛날의 꿈
약속, 기다림, 그리움들이

힘겹게
끌려간다

—「경원선」 전문

경원선은 의정부역에서 기적을 울리며 출발하여 더 이상 달릴 수 없
는 분단의 종착지, 신탄리역에서 멈추었다가 출발지 의정부로 다시 복
귀하고 있다.

2006년 12월, 1호선 전철이 소요산 구간까지 연장 개통되어서 위의
작품에 등장하는 꽃 기차는 사라져갔지만, 기차와 철길 같은 운명으로
만난 부부의 사랑은 경원선이 지나는 동두천과 늘 함께하고 있음이 감
지된다.

"한 여자는/ 사랑의 경원선이라 부르고/ 한 남자는 만남의 경원선이라 불렀다"고 말하고 있다. 교통이 불편한 경기 북부지역 동두천, 어디론가 멀리 떠나서 미래의 둥지를 틀고 싶었겠지만 화자의 가정은 떠날 수 없었다. 화자는 철길이며 남편은 그 철길을 떠날 수 없는 꽃 기차와 같았음을 시적으로 표현하고 있다. 기차는 움직여 떠날 수 있어도 고정된 철길은 그렇지가 않다는 말이다.

화자의 시정신이 지천명의 목전에서도 순수에 젖어 관류하고 있다는 것은 타 지역보다 개발이 늦어진 땅에서 소중한 사랑을 지키며 소박한 꿈을 꾼 때문인지도 모른다. "먼 옛날의 꿈/ 약속, 기다림, 그리움들이// 힘겹게/ 끌려간다"는 시적 묘사에서 동두천을 사랑하고 아끼는 애착심이 기적소리처럼 울려 퍼지고 있다.

손순자는 동두천이 낳은 시인이며 삶의 뼈를 이곳에 묻을 수밖에 없을 것 같은 운명적인 예감이 감지된다. 시집의 표제시인 「소요산 연가(戀歌)」에서도 "사랑은/ 단 둘이 해야만 하는 것/ 언제나 그 자리 머물러 주세요/ 그대만이 살아가는 이유가 됩니다" 지천명의 8부 능선을 오르며 다시 한 번 남편을 향해서 감동 깊은 사랑을 고백하고 있다.

앞으로 행복을 꽃피운 인연의 땅, 동두천을 소재로 한 다양한 작품들을 기대해보고 싶다.

5. 마무리

모든 인간들은 삶의 여정 속에서 시인처럼 울고 웃으며, 가슴 아파하고 행복에 젖기를 반복하면서 길을 걷고 있다. 우리가 걷고 있는 그 길은 크게 두 종류로 볼 수 있다. 하나는 형이하학적인 물리적인 길이요, 또 하나는 형이상학적인 진리의 길, 양심의 신을 신고 걸어가는 추상적인 길일 것이다.

이 세상에 수많은 사람들이 살고 있지만 형이상학의 길, 보이지 않는 길을 찾아서 인생 여정을 관조의 눈을 뜨고 걷고 있는 존재들은 그리 흔하지 않을 것이다. 그런데 손순자의 시편들 속에서는 형이하학적인 물리적인 길을 걸으면서 감추어지고 버려져 뒹구는 진리를 캐내어 시어로 변환하여 형이상학의 세계, 그 단면을 보여주려는 아름다운 몸부림과 성찰이 어느 정도는 수반되고 있어서 참으로 기뻤다.

이제 문제는 무엇인가. 더 깊이깊이 파고 들어가서 운율이 살아 감동으로 춤추는 탄탄한 시편들을 후대에 남기는 것이 아닐까 싶다.

마무리 시 한 편을 읽어보자.

> 영화관을 떠날 땐
>
> 달콤하고
> 은밀한 순간
> 허공에 날려 보내라
>
> 잠시 지나치는
> 아름다운 허상일 뿐이라고
>
> 영화관을 떠날 땐
>
> ―「영화관을 떠날 땐」 전문

영화관에 입장해서 어둠 속 드라마에 취할 때는 행복하고 달콤하다. 환하게 불이 들어오는 시간이 되면 화자의 표현대로 모든 것은 각색되는 각본에 불과하다. 그리고 좌석에서 일어나 떠나야 한다. 상영되고 있는 인생 영화, 필름이 어느 정도 남아 있는지는 아무도 모른다. 단지 확실한 것은 무엇인가. 떠날 시간이 점점 가까워오고 있다는 것뿐이다.

사람답게 산다는 것은 무엇인가. 인생이란 진정 무엇인가. 단순하게 정의한다면 주어진 현실 속에서 불평불만 없이 삶의 여정을 뜻 깊게 마치는 것이 아닐까 싶다.

어두컴컴한 세상 영화관, 인생 필름은 오늘도 돌아가고 있다. 미 개봉 부분을 감상하는 데 소요되는 시간은 얼마나 남아 있을지 궁금해진다. 부디 진리의 눈을 크게 뜨고 사랑과 인생의 미학을 깊이 있게 함축시킨 아름다운 작품을 남기는 시인이 되기를 바란다.

사물과의 교감 통찰의 메시지

원명옥 시집 『누군가를 기억하며 산다는 것은』

1. 소재의 다양성

월간 〈문학세계〉로 데뷔한 원명옥 시인의 시집 원고를 읽어보았다. 시의 종자를 발굴하는 안목의 깊이와 자기만의 목소리, 독창성에 대하여 놀라움을 금치 않을 수 없었다.

한 달에도 몇 권씩 우편으로 전해오는 시집들을 읽다보면, 언어장치의 미숙함과 소재의 단조로움에서 느껴지는 권태감에 실망하여 책을 덮을 때가 많았는데, 화자의 시는 일상에서 획득할 수 있는 다양한 소재들이 총망라되어 있는 것 같은 푸짐한 느낌과 정서적 포만감을 안겨준다.

소재가 다양하다는 것은 사물을 응시하거나 교감하는 능력이 뛰어나다는 말인데, 시를 쓰는 시인이 사물과 교감하지 않고서는 시적발상이나 동기 자체가 성립될 수 없고 한 단계 더 나아가 상징이나 은유로 처리되어져서 맛깔스런 한 편의 시로 생산된다는 것은 불가능할 것이다. 절창의 시를 쓰기 위해서는 사물 속에 감추어진 진리, 다양한 소재를 깊이 있게 볼 수 있는 시적인 안목이 선행되어야 한다.

무엇이든
깨끗해질 수 있다면

하얗게 삶고 싶다
빛바랜 추억과
삶에 찌든 어제까지도

진실을 왜곡한 채 소리치는
확성기의 탁한 소리조차
뽀얗게 삶아
한나절에 널고 싶다

하얀 거품
넘치도록 부풀어 오르면
소신 없는 믿음으로
흔들리던 내 마음에
눈부신 햇살이 부서져 내리고

뽀득뽀득 투명한 빨래를
마당에 내걸 때쯤
핏기 없는 미소도
해 아래 붉히겠지

풀 먹인 모시적삼인 양
단정하고 깨끗한 하루가
비누거품 속에서
하얀 손 흔들며
멀어져 간다

— 「빨래 삶는 날」 전문

주부가 빨래를 삶는 것은 매끼니 식사 준비를 하는 것처럼 싫증나고 고단한 일인지도 모른다. 수많은 여류시인들이 가정주부로서 빨래를 삶고 있지만, 그 과정을 독자들의 관심을 유발시키는 풍성한 언어로 환치한 작품은 찾아보기 어렵다.

오염된 세탁물이 뽀얗게 탈바꿈되는 것을 보면서 모든 더러운 것들, 베란다 창을 통해 시끄럽게 들려오는 확성기의 소음까지 집어넣고 삶아서 하얗게 만들고 싶다고 말하고 있다. 시적인 발상, 소재를 찾아내는 것도 어려운데 함축하고 있는 메시지 또한 가볍지 않아 보여서 안도감을 갖게 된다.

신인들이 데뷔 이후 신작시를 쓰지 못하고 딜레마에 빠지는 이유는 한결같다. 시를 쓸 수 있는 발상이 소멸되어 책상 앞에 앉으면 눈앞이 캄캄하기 때문이다. 그러나 엄밀히 말해서 시를 쓸 것이 없다는 말은 잘못된 것이다. 쓸 것은 많지만 관조적 안목이 없고, 꿰뚫어보지 못하기에 깨닫는 것이 없고, 깨닫는 것이 없기 때문에 시의 종자들을 다 썩혀버린 까닭이다. 세상 현실의 밭에는 시적인 종자(소재)들이 무궁무진하게 묻혀 있고, 먼저 발견하고 캐내어 이름을 붙이는 고뇌의 작업을 거치기만 하면 자신의 소유가 되는 것이다. 다양한 소재(사건, 사물)와 교감하고 있는 원명옥의 시를 일별해보고자 한다.

2. 사건(체험)과의 교감

시를 쓸 수 있는 소재는 일상에서 일어나는 각종 사건이나 체험으로 다가온다. 아침에 일어나서 저녁에 눕기까지 하루 동안에 자신에게 일어나거나 타인을 통하여 직간접적으로 체험하게 되는 사건들은 수없이 많다.

시의 소재는 강물 위에 떠내려가는 낙엽 같아서 감성적인 교감을 통하여 건져내기도 하지만 건지는 것보다 떠내려 보내는 것이 더 많다. 다작을 하고 있는 시인들은 사소한 사건 하나도 그냥 흘려보내지 않고 그 사건이 내포하고 있는 메시지를 찾아내어 함축하는 데 능숙하다.

　여기에서 시 한 편을 읽어보자.

뉴스 좀 볼라치면
텔레비전에선
온통 바이러스 얘기에
열을 올리고 있다

세상이 바뀌었다고
컴퓨터까지 온통
스캔들 중이다
모르지 그들에겐
로맨스가 되는지도

어찌됐든 며칠은
초비상으로 갈듯
새삼 새삼 목이 낯설더니
실피한 둥지 하나 튼다

체념이다
내일이면 또
집 한 채 짓겠네 하면서

생각이 소리를 낳기도 바쁘게
무허가 판잣집 하나 들어선다
감기라는 복병
집주인 행세하고 있다
그럼, 난 세입자란 말인가

— 「감기」 전문

이 시의 주제는 바이러스 감기이며 직접체험이다. 어느 날 초기 감기를 앓으며 해학적인 시 한 편을 탄생시키고 있어 매우 흥미롭다. 바이러스의 침투를 하나의 로맨스로, 더 나아가서 무허가 판잣집을 구축하는 것으로 표현하면서 불청객 감기가 집주인 행세를 하려 한다고 말하고 있다.

결론에서는 "그럼, 난 세입자란 말인가" 바이러스에 대하여 항변을 토해내며 너와는 인연을 맺고 싶지 않다는 거부감을 익살스런 표현으로 말하고 있다.

이 시는 결국 감기라는 사건, 질병과의 교감을 통하여서 쓰였다. 독백이든지 사건과의 상호 대화이든지 간에 내면의 감성세계에서 이미지는 형성된다. 시는 체험의 산물이라는 말이 있다. 시적발상에서부터 이미지 형상화에 이르기까지 모든 영역에서 진실하고 아름다운 교감을 체험에다 투영시킬 때, 절창의 시가 탄생되는 것이다.

이 작품 외에도 원명옥의 시는 사건과의 교감을 통하여 자기를 확인하면서 완성된 것들이 대부분이다.

조금만 기다리세요
비 오는 그날까지
기다리는 동안
그녀의 마음처럼
예쁜 우산도 하나
준비하고
이제 비 오는 거리에서
그녀를 만나세요

그리고 준비한 우산을
그녀에게 씌워 주세요
그 다음 이렇게 말해보세요

평생 당신의 우산이
되겠노라고
어때요
목석인 그녀도
눈물로 대답하지 않을까요
당신의 우산을 영원히
함께 쓰겠노라고

― 「프러포즈」 전문

이 시는 사람과의 만남, '대인관계'를 다룬 사건이다. 시의 핵심 주제는 '우산'인데, 연인들의 프러포즈란 정성을 다하여 우산 하나를 만드는 과정이고, 그녀에게 씌워주는 진실한 행동으로 나타날 때 사랑의 결실을 맺을 수 있다는 것이다.

'우산'은 당연히 부부의 연을 맺는 상징물로, '비'는 세상 살아가면서 경험하는 크고 작은 일들로 묘사되어 있다. 결혼을 앞두고 있는 연인들이 이 시를 읽어본다면 전자 메일이나 카드에 적어서 사랑 고백을 대신하는 것으로 이용할 수 있을 만큼 진솔함까지 내포하고 있다.

평자가 이 시에서 부각시키고 싶은 점은 아름다운 시의 내용이나 다가오는 이미지보다 이런 사건을 통하여서 한 편의 시를 창작해내고 있는 감성적인 능력이다. 어떤 사물이나 사건을 대할 때, 화자의 대뇌 속에는 시적인 이미지로 응축되고 형상화되어 자동적으로 초고시가 쓰이고 있다는 놀라운 사실이다.

시가 생활화·관념화 되어진 집중현상이다. 원명옥의 시 세계는 기교면에서는 설익은 것 같으면서도 주제를 선명하게 보여주며 안정되어 있다. 첫 시집 출간을 계기로 성큼 독자들을 향해 다가설 것이며 한국문단에 실력 있는 여류시인의 탄생을 예고하고 있는 것 같다.

3. 자연과의 교감

자연을 시적 교감의 대상으로 접근하지 않는 시인은 존재하지 않을 것이다. 자연은 서정의 산물인 동시에 평생 시를 쓸 수 있을 만큼 풍부한 소재를 계절 따라 제공한다. 자연과의 교감을 통해 깊이 파고들어 갈 수 있는 사람은 깊은 산속 옹달샘을 가슴에 끌어안고 감성의 바가지로 물을 퍼 마시며 갈증을 해소하는 희열을 맛볼 것이지만, 그렇지 않다면 항상 목말라 지치고 힘든 창작의 길을 억지로 걸어갈 수밖에 없을 것이다. 인간은 자연 속에서 한순간 호흡하다 바람처럼 사라져가도, 자연은 생명의 존엄을 간직한 채 지구 최후의 날까지 그 생명이 연장되고 있기 때문이다.

원명옥의 자연과의 교감, 그 깊이를 살펴보자.

> 뜨거운 가슴
> 끌어안고
> 열꽃으로 피었더니
> 콘크리트 바닥 아래
> 낙엽만도 못할 줄
> 그 누군들 알았을까
>
> ―「장미」 전문

시인은 장미꽃을 소재로 간결한 시를 썼지만, 감지되는 메시지는 독자들의 시선을 묶으며 관심을 유발시키고 있다.

이 작품에서 5행의 처리가 단연 돋보이고 있다. "낙엽만도 못한 줄/ 그 누군들 알았을까" 화려한 장미가 길바닥에 뒹구는 낙엽보다 못하다는 깨달음은 예사롭지가 않다. 낙엽은 봄, 여름, 가을을 거쳐서 찬 서리에 견디다 못해 지지만, 화려한 장미는 한 계절 피었다가 장맛비에 시들기 때문이다. 낙엽과 장미를 대조시켜서 처리한 시인의 의도가 그대로 살아 있어서 성공하고 있는 좋은 작품이다.

인간들 역시 마찬가지이다. 화려한 장미처럼 사랑과 관심, 대우를 받으며 존귀하게 살아온 사람도 있고, 낙엽처럼 평범하지만 자유롭게 뒹굴며 낭만으로 살아온 사람들도 있다. 이 시가 지배하고 있는 메시지의 핵심 톤은 무엇인가. 낙엽처럼 살아온 사람은 화려하지 못해도 결코 장미를 부러워하지 않는다는 것이다. 이것이 평범한 시에서 시인이 외치고 있는 목소리, 그 날카로움이다. 한 송이 장미꽃, 자연과의 교감을 통해서도 진리를 함축하고 있다. 평자의 신뢰가 깊어지는 작품이 아닐 수 없다. 왜냐하면 아름다운 시를 쓰기는 쉽지만, 간결한 시에서 깊은 진리를 함축하여 독자들에게 던져주기는 쉽지 않기 때문이다.

　　　지는 꽃이 말합니다
　　　다음에 또 만나자고
　　　언제일지 모르는
　　　그날이 다가오면

　　　지금보다 단단해져
　　　쉬운 상처 돌려주고
　　　아낌없이 베풀면서
　　　그렇게 살 거라고

　　　꽃이 지는 이유는
　　　생각 없는 이별 앞에
　　　흔들림을 거절하는
　　　단단한 뿌리로
　　　다시 태어나기 위함이라고

　　　　　― 「꽃이 지는 이유」 전문

이 작품에서 들려오는 시인의 목소리는 사람들에게 희망을 준다. 그리고 깨달음과 반성을 동시에 불러내고 있다. 어떤 꽃이라고 단정하지 않았지만, 꽃나무 앞에 서서 대화를 나누고 있는 모습이 상상된다.

시인은 사물과 대화를 나눌 수 있어야 한다. 슬피 지고 있는 꽃잎에게 말을 걸고, 꽃잎이 전하는 말을 들을 수 있는 감성적인 귀가 열려 있어야 한다. 그래야만 좋은 시를 후대에 남길 수 있다. 시적 화자에게 전하는 꽃의 말은 무엇인가. 꽃이 지는 것은 영원히 지는 것이 아니고 다시 태어나기 위해서 진다고 말하고 있다.

실패는 성공의 어머니이고 넘어지는 것은 일어서기 위함이다. 그런데 우리는 어떠한가. 절망과 좌절 앞에서 다시는 피어나지 못할 듯이 슬퍼하고 절망한다. 달리는 전동차에 뛰어들고, 탁류가 흐르는 한강 물에 만물의 영장 인간으로서 생명을 통째로 던지면서 귀한 삶에 부끄러운 종지부를 찍고 있다.

원명옥이 던져주는 메시지는 한 번 시들어도 다시 피어날 수 있다는 것이다. 첫 시집 상재하는 신인답지 않게 사람들을 향하여 희망을 안겨주는 시적 재능이 감지된다. 소재를 멀리 이탈하거나 배회하지 않고 사물에 깊이 내재된 비밀을 탐색하여 꽃에서 꽃으로 집중 마무리를 하고 있는 것 또한 시법을 제대로 이해하고 있는 것 같아서 흡족하다.

4. 자아(自我)와의 교감

시인에게 있어서 제일 중요한 것은 자아성찰로 연결되는 자기 자신과의 교감일 것이다.

사건에서, 자연에서 감성적인 교감이 어느 정도 이루어진다고 해도 자기 자신에 대하여, 삶과 죽음과 인생에 대하여, 갈증과 목마름, 희열과 기쁨이 반복되고 회전되지 못한다면 그것은 고인 물과 같다. 진실과 영혼의 세계로 흐르지 못하고 썩어 악취가 진동하게 되거나 내면적 탐구의 기능은 정지되어 버릴 것이다.

사람에게는 두 종류의 자기관이 있다. 하나는 참자기이고, 또 하나는 거짓자기이다. 참자기는 영적 자기이고, 거짓자기는 육적 자기이다. 인간이 인간답게 성찰하며 살다 가기 위해서는 참자기가 거짓자기를 정복하고 다스리는 일이 내적투쟁을 통해서 철학적으로 확립되어야 하는 것이다. 시를 쓰는 시인에게 있어서 거짓자기의 세력을 무력화시키고 참자기의 지배를 받는 의식(consciousness)의 대혁명보다 더 중요한 일은 없을 것이다.

시인의 깨달음과 지향, 그 경지에 접근해보자.

추스르고 일어선다
쓰러져서도 안 되고
흐트러져서도 안 된다며

반짝이는 내일이
기다리지 않아도
삶은 존재의 가치
그 이상의 의미인 걸

돌아갈 수 없는 길을
외면한 척 돌아서도
길 위에는 길이 없고

돌아보면 아득해도
굽이굽이 사연인 걸
황혼녘의 노을빛이
더 고울 수 있도록

나는 오늘도
땅을 짚고 일어선다

— 「재기(再起)」 전문

이 시를 읽으면서 원명옥의 내면의식과 자아성찰을 통한 연단 성격
의 훈련이 어느 정도 되어 있음을 유추할 수가 있다.

먼저 2연에서는 "삶은 존재의 가치/ 그 이상의 의미를 지니고 있
다"고 말하고 있다. 올바른 깨달음이다. 누구나 별빛처럼 반짝이면
좋겠지만, 희미하게나마 빛을 발하고 가는 것도 축복이며 그것이 인
생이다.

3연에서는 "길 위에는 길이 없다"고 말하고 있다. 후회가 뒤섞여 있
다. 무엇인가 실패의 고통스런 현실이 도래한 것이다. 길 위에도 길이
없다는 말은 현재 상황의 비참함을 묘사하고 있는데 이미 엎질러진 물
이라는 의미이다. 판단을 잘못하기 전의 상태, 실패하기 전의 상태로
돌아가는 방법이 없다는 것이다. 절망의 표출이 깊어 보인다.

그런데 4연과 5연의 표현이 더 멋스럽다. "황혼녘 노을빛이/ 더 고
울 수 있도록// 나는 오늘도/ 땅을 짚고 일어선다" 말하고 있다. 땅에
서 넘어졌으니 땅에서 일어나야 한다는 자신을 향한 독려와 소망적인
교감, 인식이 멋스럽다. 실패와 좌절의 돌부리에 걸려 넘어지는 것은
누구나 경험할 수 있다. 그러나 그 상태에서 울고 있거나 주저앉아 있
어서는 안 된다. 땅에서 넘어졌으니 땅을 짚고 일어선다는 것은, 삶의
마지막 순간까지 주어진 현실을 도피하지 않아야 재기하여 후회 없이
살다 갈 수 있다는 통찰에서 얻은 깨달음이다.

자아 교감을 통한 실천적 행동을 살펴보기 위해 한 편의 시를 음미
해보자.

기다림을 지치도록
연습한다
그리워서 목이 쉬도록
불러본다
발목이 시려 와도
걸어야 한다고
다그친다

천 번 만 번 용서하라고
어깨를 두드린다
설움의 보퉁이를
이제는 내려놓으라며
손을 잡아준다

아, 그러나
천 번을 접고도
학이 되지 못하는 난
이제 무엇이 될 수 있나

—「종이학」전문

　첫 연에서 7행이나 되는 긴 분절에 대한 압축이 왜 제대로 이루어지지 않았는지 생각해 볼일이지만 시적 화자에게 도래한 상황은 심각해 보인다. 동시에 절망을 극복하려는 의지 또한 간절해 보인다. 실제로 소원이 이루어질 것이라는 믿음으로 종이학 천 마리를 접으면서 자아 교감을 통하여서 힘을 불어 넣고 억지웃음을 웃으면서 인내해야 했던 답답한 심정을 이 작품에서 리얼하게 나열하고 있는지도 모른다.
　이 시의 종이학은 시인 자신으로 설정되어 있다. 원명옥은 고고한 학이 되고 싶은 것이다. 학은 거대한 날개가 있어 하늘을 난다. 탐욕과 아집, 실패와 좌절, 미움과 원망에서 벗어나 현실을 수용하거나 초월하면서 멋진 인생길 걷고 싶은 염원이 함축되어 있다.

어느 정도 자아에 대한 성찰이 이루어지고 통제적 교감이 가능하다는 점에서 원명옥의 작품들이 다양한 소재로 쓰인 원인을 유추할 수 있을 것 같다. 사물이나 일상적인 사건을 깊이 파고들어가 해부할 수 있는 예리한 감성이 그의 가슴 속에서 숨쉬고 있다.

5. 마무리

원명옥의 첫 시집 『누군가를 기억하며 산다는 것은』 작품들을 일별해보았다.

타고난 시적재능과 교감, 이미지의 함축 등 노련미를 지니고 있어 안도하게 되지만 종이학을 접어 병 속에 넣듯이 언어를 절제하면서 독자들의 감정을 자극하는 기교면에서 정진을 게을리 해서는 안 될 것이다.

평범한 소재에서 시적인 주제를 척척 찾아내어 감동 넘치는 이름표를 달다보면 안이한 달관주의에 빠져 날개도 달기 전에 하늘을 날지 못하는 병든 학이 되기 쉬운 것도 조심해야한다. "천 번을 접고도 학이 되지 못하는 난/ 이제 무엇이 될 수 있나" 하였지만, 원명옥은 돈으로 살 수 없는 고귀한 명예, 시인의 길을 걷게 되었다. 여류시인, 1980년대 이후 양적 성장을 거듭하고 있지만 아직도 사회에서 여류문인들은 특별한 여성으로 인식되어 세인의 관심을 끌고 있다는 것을 잊지 말았으면 한다.

불혹의 세월을 살아오기까지 사건에서, 자연에서, 자아에서 사색하며 교감할 수 있는 연단의 과정을 자신도 모르는 사이 철저하게 거쳤는지도 모른다. 그 훈련과 연단이 힘들었을 수도 있고, 견딜 만하여 감당할 수 있었을 수도 있다. 그것은 자신만이 알고 있을 것이다. 그러나 현실의 태풍이 불어칠 때마다 시를 쓰는 재능은 일취월장한 것만은 틀림없는 것 같다. 시인에게 있어서 아름다운 추억이나 지독한 고통은 삶을 마치는 순간까지 의식 속에 잠재되어 다양한 시들로 탄생되는 것이기 때문에 환난은 오히려 축복이 되기 때문이다.

여정, 깨우침과 외침의 시학

이은욱 시집 『너는 참 행복하여라』

1. 자기만의 목소리

인생길, 고뇌의 배낭을 짊어지고 걷던 이은욱이 『너는 참 행복하여라』라는 의미 깊은 표제를 붙여 시집을 상재한다.

출판사에서 각 서점으로 배포를 해도 프리미엄(premium)을 전혀 기대할 수 없는 무명시인들의 시집은 출간 한 달도 되지 않아 구석진 곳, 먼지를 뒤집어쓰고 있거나 반품을 당하는 서러움을 겪게 된다. 두터운 독자층을 형성하고 있는 정호승, 문태준, 이외수 등 기라성 같은 몇몇 시인들의 인기작품에 비교하면 시적기교나 운율, 진리적 함축 등이 미약하고 서툴다고 인정하지만, 스토리의 전개나 내용면에서는 그렇지 않은 좋은 시집들도 더러 눈에 띤다.

물론 무명시인이라는 꼬리표를 떼지 않고서는 문단의 주목을 받거나 독자들의 관심을 끌어 상업적으로 성공하기는 쉽지 않다. 그러다보니 유명세를 타기 위해서 수단방법을 가리지 않는 사람들도 있다. 경제적으로 여유가 있는 시인들은 자신이 상재한 시집을 친인척을 동원하여 사재기해서 주간, 월간 베스트에 올려놓는 한심한 짓거리를 저지르고 있지만, 이해타산 집단들에 의해서 묵인되기도 한다.

하지만 이런 유치한 행위가 시인의 이름을 스스로 더럽혀 지탄을 받는 부끄러움이 될지언정 성공의 초석을 놓기는 어렵다. 왜냐하면 시집에 수록된 작품들이 시인의 존재가치를 이미 평가하고 있기 때문이다. 또 신인들은 평론가의 서평을 받기도 쉽지 않다. 논자(論者)들이 자신의 이름 석 자, 이미지를 의식하다 보니 무명시인들의 시집에 해설조차 달아주기를 꺼리기 때문이다.

그러나 엄밀히 말해서 모든 시인은 자기만의 목소리, 특유의 톤을 지니고 있다. 시인들마다 시를 쓰는 방법이나 기교에 격차를 보이고 있기는 하지만, 사유를 함축하여 독자들에게 전달하려고 하는 명징한 메시지의 내용은 진솔하고 무겁고 깊이가 있다. 단지 언어 운용능력 면에서 유명시인들과 비교할 때, 미숙하다는 그것뿐이다.

> 풋풋한 언어는
> 꾸밈이 덜하여 좋아라
> 따스한 표현에
> 이웃의 정감이 좋다네
>
> 누구나 반기는
> 담장이 낮아서 좋아라
> 절절한 마음을
> 전하는 사연이 좋다네
>
> 초면의 서로가
> 공유한 시심(詩心)이 좋아라
> 만남의 기쁨과
> 나눔의 사랑이 좋다네
>
> 아름다운 글밭에서
> 미와 영상으로
> 따스한 마음을 나누면
>
> 이 험한 세상에

위안을 주리니
참 행복한 공간이로다

― 「언어의 공간」 전문

화자는 이 시에서 자신의 언어에 대해서, 풋풋하고 꾸밈이 덜하여
아직 설익었음을 고백하고 있다. 사실 독자들은 평범한 언어를 일상적
인 억양으로 서술하여 단순한 느낌을 던져주는 가벼운 시들을 좋은 시
라고는 인정하지 않는다. 쉽게 읽혀지면서도 삶의 공감대를 형성하고
있고, 진리적 묘사가 함축되어 있는 맛깔스럽고 독특한 시들을 원하고
있는 것이다.

이은욱의 시가 독자들의 정서적인 욕구를 어느 정도 충족시켜 줄지
는 모르겠지만, 자신만의 목소리를 깊게 지니고 있는 것 같아서 평설
을 쓰는 심적 부담에서 일단은 벗어난다. 왜냐하면 시인의 목소리가
정체불명의 소음에 뒤엉키고 혼선되어 불명확하고 해독이 불가능한
작품들도 더러 있기 때문이다.

2. 시와 시인의 상관성, 언행일치의 중요성

시를 쓰는 시인에게서 창작의 근간(根幹)을 형성하고 있는 내면의 진
실은 어떻게 파악되어지는가. 자아성찰이나 철학적 소신을 바탕으로
하여 실행에 옮긴 삶의 열매, 언행일치의 족적을 작품과 비교하면서
우리는 바르다, 틀렸다를 판단하게 된다. 시를 읽으면서 시인의 사상,
관조의 깊이나 사유의 진실을 어느 정도 이해하게 되고 이해할 수 있
을 때 비로소 작가의 내면세계에 접근하게 되는 것이다.

감춰진 은밀한 세계가 투명하게 모습을 드러난 것이 작품이기 때문
에 시를 능숙하게 쓰는 것과 시처럼 맑고 영롱한 삶으로 행동하며 살

아가는 것은 둘 다 매우 중요하다. 그렇지 않으면 독자들은 그 시인의
작품을 외면하거나 배척하게 될 것이다.

하느님 사랑으로
둘이 만나
만인의 축복 속에
새로운 삶을 시작하게 된

사랑하는
경훈아, 안나야
바라노니
하느님 섬기는 신앙으로

就義者: 바른 도리를 좇는 삶과
愛禮者: 예를 사랑하고 존중하는 삶을
知德者: 지식과 도덕을 갖춘 삶과
明智者: 밝은 지혜를 갖춘 삶을
有信者: 신의가 있는 삶을 통하여

아내를 사라하는 남편과
자녀를 사랑하는 아버지로서
남편을 사랑하는 아내와
자녀를 사랑하는 어머니로서

부모님께 효도하며
형제간의 우의와
나눔 사랑의 삶 속에서
행복을 찾는 부부로 살아가길
간절히 기도한다

— 「축복의 기도」 전문

이제 가정을 이루어 아비 곁을 떠나는 자녀를 위하여 축복을 빌어주는 5연으로 이루어진 작품에서 감지되는 것은 언행일치를 강조하는 화자의 신앙, 그 깊이이다.

시의 형식을 띠고 있는 간절한 당부의 편지이기 때문에 운율은 매끄럽지 않고 군더더기는 붙어있지만 화자의 삶, 내면의식을 확연하게 들여다 볼 수 있는 작품을 발견한 것 같아서 참으로 기뻤다. 가정을 이룬 신혼부부는 아비의 당부를 가슴 속 깊이 새겨 시대적 변화가 몰고 올 윤리적 타락과 파괴의 태풍 속에서 혼인서약을 굳게 지켜 반석 위에 세운 흔들림 없는 가정을 이루어 행복하게 살아갈 것으로 믿어진다.

시의 기능, 시의 역할은 바로 이런 것이 아닐까 싶다. 새롭게 탄생한 부부에게 평생에 잊지 못할 감동을 던져주고 진솔한 교훈을 가슴 깊이 새길 수 있도록 신성하고 거룩한 힘이 되어주는 것이다. 일생 동안 지켜가야 할 부부의 도리에 대하여 세밀하게 교훈하고 있는 화자에게서 그의 작품세계가 살아 움직이고 있음을 확인하게 된다.

말과 행동이 다른 사람들을 보게 된다. 우리는 그들을 비인격자라고 부른다. 시인도 글과 인격이 일치되지 않는 사람들이 많다. 그렇다면 아무리 시적 구성이 치밀하고 진리적 깨우침이 깊어서 절창의 시를 쓴다고 하여도 그 시인과는 상관없는 구정물 위에 떠도는 굳은 기름이 되어 외면을 받을 수밖에 없을 것이다.

오늘 우리가 살고 있는 이 시대는 문예지도 많고 양산된 시인들 또한 많다. 그러다보니 시를 쓰는 기술만 뛰어난 사람들도 많이 있다. 언행일치가 이루어진 인격자 시인들은 점점 줄어들고 있다. '문학의 위기'가 아닐 수 없다.

문학의 위기라는 관점에서 바라볼 때, 훌륭한 시인을 판단하고 그 존재가치를 적절히 평가할 때, 작품의 세련미나 언어의 연마, 조탁보다 더 중요한 것이 있다. 바로 작품 속에서 관류하고 있는 시적 진실과 일치를 이루는 인격 혹은 실행의 열매가 아닐까 싶다.

　　　너와 나
　　　상처 난 뜰 앞에 선다

　　　갈기진 심장 속에
　　　혈분(血噴)처럼 뜨거웠던
　　　애욕의 바다는 썰물을 부르고

　　　광란(狂亂)의 파도가
　　　암벽에 부딪쳐
　　　굉음과 함께 사라질 때

　　　끈적이던 애심(愛心)은
　　　엉킨 영혼의
　　　여운을 남긴 채 처절한 죽음이다

　　　볼 위에 흐르던 눈물이
　　　염기(鹽氣)로 남아
　　　배신한 검은 미소가 스친다

　　　숨 막힐 듯
　　　더럽혀진 현실 앞에
　　　진실은 옥죄이고

　　　오염된 세상에
　　　나뒹굴어진 입술로
　　　진실이 사라지던 날……

　　　── 「상처」 전문

시인의 언행일치 추구의식에 대하여 정확하게 분석할 수 있는 작품이다.

마지막 연에서 "오염된 세상에/ 나뒹굴어진 입술로/ 진실이 사라지던 날······" 상처를 입었다고 말하고 있다. 배신, 상처, 처절한 죽음의 상황을 시적 이미지로 연결시켜오다, 결론에서 세상은 오염되었더라도 입술과 진실은 나뒹굴어서는 안 되는 소중한 것이라고 여운을 남기는 어법으로 마무리 하고 있다.

이 작품을 볼 때 이은욱은 이 시대에 꼭 필요한 존재인 것 같다. 언행일치의 철학 속에서 삶의 순수성을 함축하고 있는 시적 진실이 시적 기교보다 더 중요시되어 탈세속화를 지향하는 작품으로 탄생되고 있기 때문이다. 언행일치의 중요성, 귀한 깨우침은 돈으로 살 수 없는 소중한 것이고, 삶의 길이나 문인의 길을 올곧게 걸어가는 데 있어서 우왕좌왕 방향을 잃지 않는 이정표가 된다.

자신의 실체와 자아 정체성을 확립하려고 몸부림치는 문학적 노정을 통하여서 깨우침이 깊은 시인이 될 때, 그 깨우침이 작품 속을 관류하고 있을 때, 독자들에게 감동을 안겨주며 생명력을 지닌 명시를 쓸 수 있을 것이다. 깊은 깨우침이 수반되지 않는 명시는 결코 존재하지도 탄생하지도 않는다.

3. 깨우침에서 외침으로

깨우치는 것도 중요하지만 외침도 중요하다. 시의 기능이나 시의 정신에서 모순으로 타락하고 있는 세상을 향해 외침이 상실되어 있다면 시인의 책무를 유기하는 것이다.

21세기는 물질만능시대이다. 평생 동반자를 선택하는 일에도 감정의 순수성이나 내면적 인격보다 가문과 황금을 중시한다. 그것이 어떤 효과, 어떤 유익을 주어 부스러기를 떨어뜨려줄까 혹은 그 부스러기가 모래알인가 아니면 바윗돌처럼 큰가, 이기와 욕망의 저울에 달아보고 계산한다.

그렇다면 시인은 사회적 병폐에 대하여 깨우쳐야 하고, 그 깨우침은 세속과 대결하거나 투쟁하는 진리적 외침으로 나타나야 한다.

이은욱의 작품 속 의식에 접근해보자.

비좁은 이 땅에 살면서
만나면 저 잘났다 아귀다툼 질에
진노하신 야훼시여

당신 벌 내리심으로
촌열(寸裂)의 피막(皮膜) 속에서
아우성치는 악인(惡人)들아

그대들의 형상이
선자(善者)와 악자(惡者)의
골 깊은 화심(禍心)이려니

세상환란의
시작과 끝은 어디인가

난척하는 무리들의
과신(過信)한 피조물(被造物)은 찢겨지고
무력한 선자(善者)의 피눈물이
강물 되어 흐르네

거룩하신 주 하나님
불쌍한 이 몸이
간절한 기도와 송가(頌歌)로

주님을 찬양하나이다

야훼님의 애심(愛心)으로
효우(曉雨)가 내리고
무더위 화들짝 줄행랑치네

— 「새벽 비」 전문

이 작품의 제목은 '새벽 비'라고 평이하게 붙여 놓았지만, 내용은
거대하다. 그리고 시인의 목소리는 허공에서 춤추는 칼처럼 예리하고
날카롭다. 세상을 향해 선지자적인 외침으로 책망을 쏟아낸다. 1연에
서는 비를 내리지 않는 하나님의 진노를 소개하고 있고, 2연에서는 타
들어가는 열기에 찢어지고 고통 받는 비참한 현실이 너희들의 죄악과
하늘을 찌르는 교만 때문이라는 것을 지적하고 있다.
비가 오지 않아 대지가 타들어가는 현상을 신의 진노로 깨닫고 외치
고 있는 이 작품의 특징은 3단계로 나눌 수 있다. 1) 사건의 원인 2) 해
결방법 3) 시인의 중보기도 등이다. 마지막 연에서 시인의 단정은 무
엇을 말하고 있는가. 야훼의 긍휼, 애심이 없으면 인간의 생존 자체가
불가능하다는 단정이다. 이 거대한 회개의 메시지를 현대인들을 향하
여 던져주고 있는 시인의 작품들이 어찌 가볍다고 할 수 있을 것이며,
습작기인가 아닌가, 운율이 살아 있는가 죽어 있는가, 정통 시학에 뿌
리를 두고 시가 제대로 구성되어 있는가 등을 굳이 따진다는 것은 무
의미할 것이다.
화자의 애절한 중보기도 덕분인지 이 시의 결론에서는 새벽 비(曉雨)
가 쏟아져 타들어가는 대지를 살리고 목마른 인간들에게 희망과 기쁨
을 주고 있다. 위의 시 「새벽비」는 현실적인 삶의 갈증을 해소시켜주
는 좋은 작품이다. 이 시대에 꼭 필요한 깨우침의 목소리, 시인 정신을

내포하고 있어 안도하게 된다. 이 작품 외에도 선지자적 위치에 서서 현대인들과 세상을 향해 진노와 분노를 토해내고 있는 작품들이 여러 편 있지만 일일이 소개하지 못하고 줄인다.

4. 내세 지향 시(詩)의 종착지

이은욱의 시가 지향하고 있는 궁극적인 목적지는 현세를 초월하여 내세로 뻗어나간다.

시인들마다 시의 지향점은 각각 다르다. 허무와 절망에서 벗어나지 못하여 슬픈 독백만을 토해놓기도 하고, 현세에 기쁨과 낭만, 쾌락을 추구하면서 독자들을 끌고 가기도 한다.

화자의 창작행위에 있어서 중요한 모티프는 천국이다. 그리고 천국에 입성하기 전, 인생길에서 만나는 인연의 소중함과 아름답고 진실한 사랑을 덤으로 노래한다. 독특한 시인이 아닐 수 없다.

> 돈과 명예도 싫고
> 부귀와 영화도 싫다
>
> 늘 푸른 산
> 오염되지 않아 좋은 곳
> 해맑은 물
> 사계절 쉼 없이 흐르는 계곡
>
> 문명의 때가 덜하여
> 사역의 다툼이 없는
> 토인(土人)으로 살 수 있다면
>
> 사계(四季)로 엮어낸 시(詩)

노래 부르고
맑은 시선 붓놀림이 삶을 남기니

여로(旅路)에 지친 산객
머물러 갈 쉼터인데
좀 외로우면 어떠하오

해질녘엔 홀로 갈 저승길
그리 멀지 않았는데
아옹다옹할 것이 다 무엔가

도시의 삶 내려놓고
그곳에서 살 수 있다면……

　　　　　　—「그곳에서 살 수 있다면」 전문

　이은욱은 가톨릭교인이다. 그런데 시를 쓸 때는 종교를 초월하여 불교적인 휴머니즘 시풍의 작품들이 더러 보인다. 「보현스님」이란 작품에서는 먼 길 떠나기 전 스님과의 인연, 그 의미를 풀어내고 있다. 종교와 종파를 초월할 수 있을 만큼 삶과 죽음에 대하여 깨달음은 깊고 넓어 신앙으로 확고하다.

　화자는 위의 작품에서 돈과 명예도 싫고, 부귀와 영화도 싫다. 깊은 산속에서 토인으로 살고 싶다고 말한다. 토인이란 '한 장소에서 붙박이로 사는 사람'을 뜻하는데 위의 시에서 취택되기에 적절한 시어인 것 같다. 그리고 저승길이 그리 멀지 않았다고 말한다. 산에서 토인으로 살든 도시에서 탐욕의 부나비로 살든 갈 곳은 결국 한 곳뿐이라는 함축이 은유로 숨어 있다. 그곳이 어디인가. 천국이다.

오— 내 사랑이여
우리 둘만의
약속의 땅으로 떠나요

전생인연으로 맺은
우리의 사랑
꽃피어날 수 있는 곳

고운 빛으로
사랑의 열매 향기 가득한
영원한 안식의 땅

시기와 질투가 없는 곳
물질과 명예가 없는 곳
부귀와 영화가 없는 곳
둘만의 사랑이 있는 곳

— 「약속의 땅」 중에서

    사실, 현대인들에게 있어서 천국이나 내세같이 무거운 주제는 별로 관심들이 없다. 왜냐하면 그곳은 죽음이란 과정을 일단 거쳐야하기 때문이다. 할 수만 있다면 사망선 아래, 이승에서 돈과 명예로 치장한 화려한 집을 짓고 쾌락적으로 자자손손 살기를 원한다. 그런데 그것은 불가능한 꿈이다. 화자가 다양한 주제로 다루고 있는 작품들에서는 당신은 떠나야 할 존재이다. 그렇기 때문에 무엇인가 준비를 해야 한다는 충격적인 메시지를 던져주면서 주의를 환기시킨다.

    왜 이은욱의 작품에서 이런 내세의 문제들이나 사건들이 곳곳에 제시되고 있는 것일까. 인생의 근본문제들에 대한 깨달음이 깊기 때문이다. 그 깨달음이 있기까지 삶의 여정 자체는 평탄했을지 모르지만, 고뇌의 굴곡은 심하여 땀을 흥건히 흘렸으리라 유추하게 된다.

5. 결론
– 너는 참 행복하여라

시인은 시집의 표제를 『너는 참 행복하여라』라고 정했다. 표제 시를 보면 내포되어 있는 진리가 깊다.

> 승자와 패자의
> 환희 회한에 찬
> 단 웃음과 쓴웃음
> 그 종착점을 보았는가
>
> 이내 여정(旅程)의
> 고난이 얼마라고
> 요단강 건너는 날
> 한 줌의 재가 될 인생인데
>
> ──「너는 참 행복하여라」 중에서

이 시의 결론에서 "이제라도/ 청심과욕(淸心寡慾)한/ 너는 참 행복하여라"라고 말하고 있다.

이 세상에서의 삶, 가난이나 부는 중요하지 않고 청심과욕하여 요단강 건너는 날, 참 행복한 자가 되는 것이 진정한 인생의 성공이라는 뜻이다.

여기에서 주목되는 것은 '내' 가 아니고 '너' 이다. "너는" 하면서 이인칭 대명사를 사용하고 있다. 자신보다 타인에게 초점을 맞추고 있다는 것은 무엇을 말하는가. 나는 이미 요단강 건너가서 행복해질 수 있는 방편을 깨닫고 있고, 외치고 있고, 소망을 두고 살아가고 있다는 의미 깊은 함축이 붙어 있는 표제이다.

이은욱의 시는 음이 둔탁하고 진부한 면도 있다. 그러나 곧 극복하여 좋은 시를 쓸 것으로 믿는다. 왜냐하면 그는 부지런히 관찰하고 탐구하여 깊이깊이 파고드는 천성을 지니고 있기 때문이다. 이은욱은 시를 억지로 꾸미려고 위장하지 않는다. 시의 주제나 발상, 내용의 전개, 이미지의 함축 또한 진솔한 가치를 내포하고 있다. 그 이유는 쉽게 접근하지 못하는 인생의 근본적인 문제들에 대하여 자욱하게 덮은 안개를 걷어내며 앞서 걷고 있기 때문이다.

대부분의 시인들은 자신이 본 것으로 시를 쓰지만, 화자는 자신이 본 것에 체험을 투영시켜 깨달은 것으로 시를 쓰고 있다. 이것이 이 시집의 가치이며 다른 시집들과의 차이점이다.

내면의 풍경소리
서정적(抒情的) 변용

이정희 시집 『삶의 풍경소리』

1. 서론
― 표제의 의미

이정희 시인이 첫 시집 『삶의 풍경소리』를 상재한다. 시집 원고를 통독하면서 표제의 의미를 먼저 생각해 보았다. 오랜 갈등과 고뇌 끝에 확정되는 시집의 표제는 시집 속에 관류하고 있는 시인의 스타일이나 서정적 탐구의 지향점 혹은 시인의 사상을 표출하고 있기 때문에 매우 중요하다.

산사를 즐겨 찾는 사람들은 자연의 아름다움이나 대웅전의 웅장함보다 사찰 앞 밤나무 그늘에 앉아 바람에 흔들리는 그윽한 풍경소리에 취해 자신을 돌아보며 약수 한 잔에 번뇌를 씻어내는 명상에 잠기곤 한다. 화자는 틈만 나면 전국의 사찰이나 즐겨 찾던 여행지를 떠돌면서 감성에 부딪혀오는 자연의 메시지, 인간들이 살아가는 모습 그리고 자아성찰에서 획득한 진리들을 주제로 삼아 다양한 표현 기법을 동원하여 시를 써왔다.

그렇다면 바람이 불 때마다 맑은 소리를 내며 흔들리는 풍경은 깊은 산속 사찰, 처마 끝에만 매달려 있는 것은 아닐 것이다. 자신의 가슴 속 깊은 곳에 매달려 이런저런 사건이나 현실에 부딪힐 때마다 내면 깊숙한 곳에서 울려 퍼졌고 스스로 성찰하면서 화답하였음을 유추하게 된다. 시인은 그 은밀한 풍경소리를 예민하게 포착, 변환, 확장할 수 있는 복된 귀와 감성을 지니고 시적 언어로 서술하면서 삶의 길을 걷고 있는 것이다.

천년의 세월
침묵으로 세상을 바라본 바위
겹겹이 위로 쌓고 쌓은 수많은 사연들
거대한 자연의 업적은 숭고했다

원효대사가 화엄경을 읽었다고 해서
화엄봉이란 이름으로
가지 못하는 외로움과
기다리는 바다의 애절한 사랑 이야기
화엄봉에 수북이 쌓인 검버섯이 대신 말한다

따가운 태양도
불어오는 시원한 해풍에 밀리고 마는
남해 금산 보리암, 아름다운 풍경
상주해수욕장의 수많은 사람들의 발자국
금산으로 끌어들이는 사랑의 마력

여름휴가 막바지
백사장의 수많은 사람들
피고름이 흐를 때쯤
보리암 해수관세음 입상 앞에서
불같은 태양 온몸으로 받으며
가슴에 맺힌 피를 토하고 있었다

관세음보살

―「보리암」 전문

이정희가 믿고 있는 종교는 불교이다. 불교는 자력으로 부처가 되는 길을 가르치고 있고, 보살들은 성불의 법도를 묵묵히 실천하면서 추종한다. 도심을 벗어나 찾아간 종착지에는 사찰이 있고, 사찰이 있는 곳에는 무겁게 짓누르는 탐욕과 번뇌를 마음껏 버리고 올 수 있는 공간이 있고, 그곳에는 어김없이 그윽한 해탈의 풍경소리가 들려온다. 그 풍경소리를 들으면서 시적 종자를 발굴하게 되고, 감성의 통로를 통하여 그려내는 독백이나 이미지 묘사는 한 편의 시로 탄생하는 기쁨과 환희를 체험하게 된다. 시인들마다 말하고 표현하는 방법에 차이를 보이고 있지만, 대부분의 시인들이 그러하듯 화자 역시 자신이 보고 느끼고 체험한 사건에 대하여서 내부로 파고들어 함축하거나 아니면 주변으로 확산시켜 직간접적인 묘사를 하고 있다.

그런데 문제는 무엇인가. 어느 정도 깊이 파고 들어가느냐 하는 직관의 문제일 것이다. 예리한 관찰력과 언어 운용능력에 따라 공간 밖으로 전해지는 감동의 파문, 시적 효과는 큰 차이를 보인다.

위의 시를 보면 여름휴가 막바지 태양이 뜨겁게 내리쬐는 때, 보리암을 찾아서 관세음보살을 외치며 한 편의 시를 건져내고 있다. 그의 감성 속에서 바라본 보리암 주변을 상상의 이미지로 형상화시켜 혼합·해체의 과정을 거치며 모습을 드러낸 것이 이 시의 실체인데, 은유나 비유보다는 직접적인 표현들로 진술되어 있다. 첫 시집에 수록된 팔십여 편의 작품들을 한마디로 표현하면 시인의 감성에 들려온 삶의 풍경소리 함축이라고 할 것이며, 그 총체적 함축의 메시지는 시집의 표제로 자리매김하고 있는 것이다.

2. 일상에서 들려오는 풍경소리

화자의 내면적 감성세계뿐만이 아니라 일상의 현실 속에서도 풍경소리는 잠시도 멈추지 않고 들려오고 있음이 유추된다.

기독교나 불교나 하루의 시작을 기도로 열고 하루의 끝을 기도로 맺는 것은 공통된 신앙행위에 해당된다고 할 것이다. 이른 새벽 눈을 뜨고 자아가 깨어 기도한다는 것은 자신이 살아 숨쉬고 있음을 자각하며 감사하는 믿음의 실천이기 때문이고, 직장 혹은 일터에 나가서도 불자는 불자답게 구(求)와 득(得)을 실천하면서 인생길을 걷고 있는 것이다.

아씨집 현관문에 풍경 삼형제
한 줄에 묶이어 부딪히며 땡그렁 땡
그대가 날 부르는 그 소리
내 가슴에 울려 퍼지는 풍경소리

부처님 집 처마에 대롱대롱
바람이 울리고 가는 그 소리
오는 사람 가는 사람
반갑다고 정갈하게 웃어주는 땡그렁 땡

아침 인사 예쁘게 아름다운 소리
밤새 많이 보고 싶었다고
응석부리는 그 소리 땡그렁 땡
나를 부르며 노래하는 땡그렁 땡

낮에도 밤에도 변함없는 그 소리
아씨가 외롭지 않게 지켜주는 문지기
마음을 열어주는 고마운 풍경소리
아씨는 그대가 있어 행복합니다

— 「내 마음의 풍경소리」 전문

이 작품에서 등장하는 시적 주제는 '아씨와 풍경소리'이다.

1연과 2연에서 부처님 집과 아씨 집을 대조시키고 있지만 공히 풍경이 매달려 있다는 점에서 동일하다. 본문에서 아씨는 화자를 상징하고 있고, 풍경은 실제적으로 매달려 있어 낮이고 밤이고 출입문을 열 때마다 하루에도 수십 번, 땡그렁 땡 소리를 내어 청각을 자극하며 기쁨을 주고 있음이 연상된다.

　사실 자신의 집이나 사업장에 풍경을 매달아 그 소리에 취하여 살아가는 사람들은 불자들 중에서도 그리 흔하지 않을 것 같은 생각이 든다. 이 시에서 이정희의 불심, 그 깊이를 짐작할 수 있다. 불심으로 사람을 대하고 사물을 관찰하고 사건을 성찰하여 처리하는 방편은 화자가 지향하고 있는 작품세계와 연결되어 있는데, 풍경소리를 일상에서 들으면서 살아가는 화자의 삶은 포용력이 넘치고 유순할 수밖에 없을 것이다.

　　　너
　　　삐치고
　　　나
　　　삐치고

　　　나
　　　애타는 마음으로 보고
　　　너
　　　자꾸만 어긋나고

　　　나
　　　일방적인 공격
　　　한계에 다다르고
　　　너
　　　씨앗 없는

자존심 앞세우고

나
속세를 벗어나고
싶은 마음
너
미안해서
내 눈치만 보는 거니

─「닭싸움」전문

불심에 젖어 풍경소리를 듣고 살아도 고뇌가 뒤따르는 닭싸움을 피
할 수 없다는 깨달음을 한 편의 시로 실감 있게 표현하고 있다.

오늘날 현대사회의 문제점 두 가지는 장닭과 암탉들의 갈등 속, 이
혼과 자살 문제이다. 인연의 줄에 묶여 부부가 된 것이 자력이 아님을
불심으로 기도하는 사람들은 누구나 알고 있고, 목숨 또한 소중하여
금생에서 성불에 이르는 밑천으로 삼아야 하겠지만, 스스로 집착에서
벗어나 번뇌의 불을 끄지 못하는 인간들은 이해와 용서에 매우 인색한
것을 볼 수가 있다.

이정희 역시 삶의 갈등에서 고뇌하고 번민한다. 갈등과 고뇌는 죽음
이 오기까지 누구나 벗을 수 없는 고통의 짐이요, 이 짐은 등짝에 달라
붙어 쉽게 내려놓을 수 없다. 그런데 「닭싸움」에서 보면 다툼으로 삐
친 대상을 향해서 날카롭게 질책하고 있으면서도 너그럽고 이해하고
사랑으로 감싸주겠다는 포용력 또한 함축되어 있다. 이미 불자로서 원
증회고(怨憎會苦)의 진리를 깨닫고 있음을 짐작케 한다. 원증회고란 무
엇인가. 미워하는 사람, 증오하는 사람을 만나 한평생 부부로 동행해
야 하는 고뇌를 가리키는 것으로 불교에서는 악인연(惡因緣)이라고 말

하고 있다.

부부의 닭싸움은 서로를 괴롭히기 위하여 태어났다는 비극적 만남, 악연의 법칙에 뿌리를 두고 있지만, 매일 같이 가슴 속에서 들려오는 은밀한 풍경소리는 악인연을 통하여 성불의 방편으로 환치시켜야 하는 운명적 존재가 자신임을 늘 깨우쳐주고 있는 것이다. 현관문 풍경소리를 듣고 살아가는 갈등의 존재, 위태로운 현실을 담담히 받아들이며 결론에 이르러서는 "나는 행복하다" 고백하고 있어 이 시를 읽는 독자들로 하여금 깊은 생각에 잠기도록 의미 깊은 화두 하나를 던져주고 있는 것이다.

이정희의 시가 독자들에게 의미 깊은 메시지를 던져주고 있다는 점에서 시의 생명력이 유지되고 있다고 생각되어 안도하게 된다.

3. 자연(사물)에게서 들려오는 풍경소리

이정의 시에서 발견하는 또 하나의 특징은 자연을 사모하고 자연 속에서 교감하면서 서정성 짙은 시를 쓰고 싶어하는 순수예술의 욕망이 감지된다는 점이다.

자연과 시인 그리고 시각적 효과로 얻어진 작품들은 하나의 의미로 통합될 수도 있지만, 자연 속에서 감추어진 시의 종자를 얻는 것은 시인의 혜안과 직관력, 정신적인 추이 여부에 달려 있다고 할 것이다. 시인은 대자연을 요리해서 절묘한 맛과 향을 지닌 시를 창작해내어야 한다.

> 그곳에 가면
> 나의 혼을 빼앗아버리는
> 몽돌의 몸 굴림이 있다

곱상하게 다듬어진 작은 몽돌
울퉁불퉁 못난이 큰 몽돌

잔잔했던 호수
떨어지는 파도에 몸 굴리는 몽돌
커다란 파도의 팔 벌림
스스로 안기어 노래 부른다
너무도 행복한 노래

그곳에 가면
삶의 과거가 보인다
비바람에 씻기고 깎이어
할퀴어진 갖가지의 모양
환경이 만들어준 상처는 과거가 되고

그곳에 가면 아무도 없다
바람과 몽돌이 있을 뿐
기분 좋은 바람이 유혹하는
파도가 삶을 함께 하자고 철썩
그곳에 가고 싶다 행복한 삶을 위하여

— 「그곳에 가면 행복이 보인다」 전문

　시인이 즐겨 찾아가는 곳에는 자신만이 느끼는 만족과 쾌감, 은밀한 행복이 있다. 그곳은 춤추는 노래방도 아니고 화려한 조명 불빛 아래 비틀거리는 술집도 아니다. 파도가 노래하고 팔 벌려 맞이해주는 비릿한 어느 바닷가임을 짐작할 수 있다.

　이정희는 울적한 날 이곳을 찾아서 혼자만의 시간을 보내다, 해가 서산에 넘어갈 때 아쉬움의 발걸음을 돌리곤 했던 것을 짐작할 수 있다. 그곳이 어디인가 궁금하여 작품들을 더 살펴보았더니 전남 완도 앞 바다였다. 긴 전문을 다 소개하지 못하지만 「비 오는 날에는 완도에 가고 싶다」는 그의 작품에서 여정의 종착지 완도를 추적할 수가 있었다.

1) 몽돌과의 만남

완도 앞바다에서 화자의 관심은 온통 몽돌에 머물고 있었다. 그리고 그곳에 가면 얼마나 좋은지 '혼을 빼앗겨버린다'고까지 말하고 있다. 혼을 빼앗겨버릴 정도의 진리를 깨달았거나 고귀한 느낌을 발산할 정도의 감동에 젖게 되었다는 비중 있는 표현임을 짐작할 수 있다.

시인은 말하기를 곱상하게 다듬어진 것도 있고, 울퉁불퉁 못난 몽돌도 있었노라 말한다. 동일한 장소에서 파도에 씻기고 바람에 노출되어 있지만 몽돌의 형태가 각기 다르듯, 인간의 삶 역시 그와 같아서 천차만별이라는 것을 자연 속에서 예리한 관찰력을 통하여 깨닫게 된 것이다.

3연에서 말하기를 "그곳에 가면/ 삶의 과거가 보인다", "그곳에 가면 아무도 없다/ 바람과 몽돌이 있을 뿐이다"라는 심오한 메시지를 던지고 있다. 울퉁불퉁한 몽돌, 매끄러운 몽돌이 서로 공존하는 것이 이 세상 현실이라는 것을 직시하고 있고, 그 몽돌들은 파도 속 비명을 지르며 해변을 뒹굴면서도 불평불만이 없더라는 것을 고해의 바다를 몽돌처럼 뒹굴며 힘들게 살아가는 독자들에게 위로의 메시지로 던져주고 싶어 이 시를 쓰게 되었음을 말하고 있다.

바닷가를 홀로 찾았을 때 이정희의 가슴 속에는 혼돈과 공허, 절망이 파도치고 있었다. 그러나 바닷가에 뒹구는 몽돌을 보았을 때 기쁨을 얻을 수 있었고 심적 안정을 얻게 되었다. 절망의 현실을 벗어날 수 있는 희망의 불빛은 흔하게 뒹굴고 있는 몽돌이었고, 시인은 그 만남을 놓치지 않고 포착하게 된 것이다.

2) 몽돌과의 대화(풍경소리)

아무도 없는 바닷가, 철썩이는 파도소리를 들으면서 두 손에 몽돌을
들고 자문자답의 형식을 취하고 있는데, 서정시에서는 시인과 화자의
일치뿐만이 아니라 시를 쓰는 사람과 시를 읽는 사람도 동일시하는 경
향이 있다.

시인은 깊은 산속 잠들어 있는 무덤 앞에서 백골들과도 대화하고 교
감할 수 있어야 한다. 스쳐가는 바람을 붙들어 세워 길을 묻고, 삶의
이치를 연구하며 토론할 수 있어야 한다. 이정희는 해변에 뒹구는 몽
돌과 대화를 나눌 수 있는 시적 감성을 소유하고 있기 때문에 좋은 작
품을 쓸 수 있는 시인의 자질과 감성을 일단 확보하고 있다고 인정해
주고 싶다.

그런데 특이한 것은 완도 앞바다를 찾아가는 개인적 여정의 사유는
일 회에 끝나지 않고 반복된다.

봄바람의 노래가 들리는
몽돌의 무덤
그리워서 그리워서
천리 길을 멀다 않고 달려왔다

성난 사자의 표효처럼
철퍼덕 덤벼드는 너는
몸부림치는 나를 끌어안고
변함없이 진실로 사랑을 퍼붓는다

끌려가며 좌르르

아래로 위로 밀었다 당겼다
크면 큰 대로 작으면 작은 대로
네가 좋아서 몸부림치는 나는

너를 알고 사랑을 알고
나만의 공간을 배려해준 이곳에
내가 왔었던 이유
너는 알지 않니

─「너는 알지 않니」 전문

완도 앞바다의 시꺼먼 몽돌은 이정희의 연인이 되어 있다.

어떻게 몽돌이 시인의 연인이 되었으며, 보고 싶고 보고 싶어 달려오게 되었을까. 그 이유는 절박한 상황에서 희망으로 울리는 풍경소리를 바로 이곳에서 들었기 때문이다. 시인은 말하기를 "내가 왔었던 이유/ 너는 알지 않니"라고 말하고 있다. 예사롭지 않은 시적 표현이다.

사람은 아무리 좋은 환경에서도 사물을 바라보는 정견(正見)을 갖지 못하고 어리석은 우견(愚見)이나 잘못된 아견(我見)으로 콤플렉스에 빠지게 되면 한순간 죽음을 생각하게 되고 멸망의 길을 걷게 된다. 이정희는 콤플렉스한 날, 이곳에 와서 바닷가에 뒹구는 몽돌을 만났다. 아래로 위로, 파도치는 대로 끌려갔다 끌려오면서도 침묵하고 있는 몽돌에게서 삶에 순응하는 이치를 깨닫게 되었고, 말 못하는 사물(몽돌)을 사랑하게 된 것이다.

어느 날 바닷가에서 들었던 몽돌의 소리, 파도소리, 바람소리는 자신의 무지를 깨우치는 진리의 풍경소리였기 때문에 설법을 경청하기 위해 깊은 산속 사찰을 찾아가듯 멀고 먼 바닷가 자연 속 해변의 사찰, 완도 앞바다를 즐겨 찾는다는 것이다.

몽돌이 뒹굴고 있는 해변, 이곳은 시인에게 있어서 삶의 전환점이 되는 체험을 안겨준 소중한 장소, 자신을 탐색하고 조감하는 공간으로 남아 있음이 분명한 것 같다. 이 작품을 읽으면서 독자들 또한 상상의 날개를 펴고 화자가 바닷가에서 들었던 풍경소리의 실체가 무엇이었는지, 몽돌의 외침에 접근하게 될 것이다.

4. 사람에게서 들려오는 풍경소리

이정희 시인은 현실의 변화를 여러 번 경험한다. 화원에 핀 한 송이 꽃은 비에 젖기도 하고 가뭄에 타들어가기도 한다. 마찬가지로 변화무쌍한 것이 삶이고 인생임을, 또 인생과 대인관계에 대한 진리들을, 그는 지천명의 언덕길에서 뒤늦게나마 깨닫고 있는지도 모른다.

여자로 태어나 인생의 밭에 사랑 콩을 정성껏 심었는데 어느 날 콩은 보이지 않고 잡초만 무성하게 되었을 때, 심은 대로 거두는 자연의 법칙과 인간의 법칙이 동일할 수 없는 한계를 깨닫게 되었는지도 모른다. 그래서 그는 이제 사람에게서 들려오는 또 다른 풍경소리를 듣기 위하여 깨우침의 공간, 대중 속으로 담대하게 걸어간다.

> 온실 속의 화초처럼
> 청초했던 아씨는
> 어느 날
> 카페의 주인이 되었다
>
> 난생처음 해보는 일에
> 어려움도 많았고
> 다양한 사람들 손님맞이에
> 헤맬 때가 더욱 많은 날들

이해로 보아주는 사람
장난치는 사람 속
나날이 변화해가는 아씨
세상을 알게 되는 날들이 많아졌다

꽉 찬 해바라기 속처럼
다가오기를 기다리는 마음속에는
이익을 챙기는 욕심
한자리 하고 있음을 본다

— 「아씨」 전문

시인과 본문에 등장하는 아씨는 동일인물이다.

평탄하게 살아온 아씨가 카페 주인이 되기까지 그의 삶의 노정은 굴곡이 있었다. 어떤 사건을 통하여 고통이란 쓰디쓴 맛을 보기까지 화자의 삶은 너무 평탄해서 파도가 높고 험한 것을 미처 체험하지 못했던 것 같다.

본문 3연에서 말하기를 "이해로 보아주는 사람/ 장난치는 사람 속/ 나날이 변화해가는 아씨/ 세상을 알게 되는 날들이 많아졌다"고 고백한다. 우물 안 개구리처럼 갇혀 있다가 이제 넓은 세상을 알고 변화해가는 시인의 모습을 상상하며 우리는 이 시집을 읽어야 할 것 같다.

아씨가 경영하는 카페에는 수많은 사람들이 드나든다. 커피 향에 취하고 술에 취하여 이런저런 사연을 주제로 삼아 자욱한 담배 연기 속에서 인생을 이야기할 것이다. 모든 인간들은 자동차를 운전하듯 때로는 전진하고 때로는 후진한다. 대형사고를 내지 않고 자기중심적 교활한 삶을 살아가고 있지만, 정처 없이 떠도는 노숙자나 걸인도 불성을 지니고 있는 귀한 존재라고 불교는 가르치고 있다.

이제 그들의 다양한 삶의 모습에서 또 다른 풍경소리를 듣게 될 것이고, 말하고 침묵하고 움직이고 일어나고 웃으며 시적 종자를 가슴 속에 심어 개성 있는 서정시를 쓰게 될 것이다. 앞으로 듣게 될 풍경소리가 어떠하든지 간에 올바른 깨달음에 이르러 궁극적 목표인 해탈에 이를 수 있는 한 방편이 되기를 기대해보고 싶다.

5. 결론
─ 시인의 길은 운명이다

"시인은 하늘이 점찍어 이 땅에 보내는 특별한 존재이다"라고 말을 하면 각종 문예지도 많고 등단의 길이 넓어진 요즈음 손사래 치며 부정하는 사람들이 많다. 그러나 평자는 진정한 시인의 길은 운명이며 선택받은 소수의 사람들만이 걷는 길이라고 믿고 싶다.

> 1년 전
> 살아 숨쉬기도 버거울 때
> 삶을 이탈하고자 했던 때가 있다
>
> 그때
> 어디인지도 모르는 곳에
> 목적도 없이 달려서 정지한 곳
> 그곳에 몽돌이 있었다
>
> 항상
> 언제나 네 곁에 내가 있어
> 무언의 대화에 초심을 잃지 말라는 당부는
> 내가 세상을 돌아볼 수 있게 한
> 근원적인 힘을 실어주었다

오늘
내가 폭풍의 시달림에도
힘을 얻고 지탱할 수 있는
무언의 사랑은
내 생을 잃고 싶지 않은 간절한 소망이었다

― 「간절한 소망」 전문

이정희는 삶을 이탈하고 싶은 절망적 충동감에 바닷가를 찾았고, 그때의 심정은 파도 위에 떠도는 한 송이 연꽃이 되고 싶었는지도 모른다. 그러나 그곳에서 하늘이 예비한 사물, 몽돌과의 인연을 맺게 되었다.

위의 시를 통하여 진솔한 고백을 쏟아놓는다. 파도치는 바닷가에 서서 세상은 비로소 고해임을 깨닫게 되었고, 몽돌에게서 들려오는 풍경소리에 지혜의 눈을 뜨고 힘을 얻어 훗날 시인의 길을 걷게 된 운명으로 작용, 무녀가 신의 부름에 "예" 하고 응답하듯 문학의 길을 걷게 되었다고 고백하고 있다. 그 과정이 바닷물을 마시고 목이 타듯, 힘들었음이 감지된다. 가장 낮은 곳, 비참한 절망 속에서 시인은 태어나고, 운명적인 부름 속에서 사물을 끌어안고, 변용의 떡을 만들어 허기진 대중들에게 골고루 나누어주는 역할을 감당하게 되는 것이다.

이제 남아 있는 과제는 무엇인가. 다양하고 심오한 풍경소리(詩)를 인간들에게 들려주는 불심 깊은 시인이 되는 것이다. 바람은 동서풍만 불지 않고 순풍만 불지 않는다. 북서풍도 불고 동남풍도 불고 강풍도 분다. 그때그때 들려오는 풍경소리의 운율은 분명히 차이가 있을 것이다. 비에 젖어 있는 풍경소리와 햇빛 찬란한 날 풍경소리의 울림 역시 다를 것이다. 아픔과 절망의 강도에 따라 허공에 내뱉는 인간들의 절규와 비명소리도 각각 다르다.

아직 이정희가 내고 있는 내면의 풍경소리는 단조로운 감이 없지 않다. 그러나 작품 전체를 관통하고 있는 시적 주제나 메시지는 매우 진솔하고 참신하다. 낯설게 쓰는 시법이나 이미지 변형을 통하여 적절히 위장할 수 있는 노련함의 경지에 이른다면 기대가 되는 시인이다.

오랜 침묵을 깬 시인의 편지,
서정적 순수의 선율

장문영 시집 『가을편지』

1. 침묵을 깨트리고

장문영 시인은 경북 대구에서 태어났다. 효성여자대학 약학과를 졸업하고 한국문단에 데뷔하기까지 지혜롭고 고요한 침묵을 유지한 채 비바람 젖는 인생길을 걸어왔기에, 시집 원고에서도 불심에서 우러나온 성찰의 향기와 언어 운용에 대한 순수함이 진하게 배어 있음을 감지할 수 있었다.

혼탁한 세상 연못에 핀 한 송이 연꽃처럼 고고한 삶의 길을 걸어온 것은 하늘이 내려주신 복된 천성이기도 하거니와 법관 출신 정치인, M의원과의 운명적 인연, 사랑 때문이라고 할 것이다. M의원은 대구지법, 서울형사지법, 서울 고법판사를 거쳐 정가에 입문하여 11, 12, 15, 16대 국회의원을 역임한 4선 의원으로 한국 정치사에 남긴 업적은 선명하게 찍혀 있다. 격동기, 정치인의 아내로 거대한 고목 뒤에 늘 숨어만 있던 화자가 시적발상이 떠오를 때마다 틈틈이 써내려간 상상의 언어이자 사유(思惟)가 응축된 시편들을 조심스럽게 공개한다. 더 이상 늦출 수 없는 적절한 때가 되었다고 판단하였기 때문이다.

시집의 표제를 『가을 편지』라고 붙이고 편지 발송의 대상인 전국의 독자들과 함께 시적 교감을 형성하면서 고뇌와 환희에 찬 목소리로 독창이 아닌 합창을 부르고 싶어 한다. 『가을 편지』 표제에서 가을이 함축하고 있는 의미는 다양하게 해석될 수 있을 것이다. 시집이 출간되는 계절, 자연적인 시기를 뜻할 수도 있지만, 화자의 인생 여정이 황혼의 가을 어디 쯤에 머물고 있다는 직관적인 성찰을 내포하고 있기도 하다.

그래서 이 시집은 화자의 삶과 인생, 사랑이 총체적으로 함축되어 있어 흔하게 출간되는 시집이라고 보기는 어렵다. 그 이유는 허무의 눈이 내리기 전, 인생의 겨울이 오기 전, 이 땅에 남기고 싶은 마지막 삶의 흔적, 내면의식의 분출을 통한 진솔한 몸부림일 수도 있다는 생각이 들기 때문이다.

문학에서 시(詩)란 진정 무엇인가. 이 질문에 대한 해답은 다양하게 제시될 수 있고, 시대적인 상황이나 현실에 따라 그 정의를 달리할 수도 있겠지만, 평자는 한 인격체가 정제된 삶과 감성으로 부르는 영혼의 노래라고 생각한다. 그렇다면 한 권의 시집은 영혼의 자서전이 된다. 시가 영혼의 노래라고 정의를 내리고 싶은 것은 진솔한 삶의 고백을 담아 현실을 초월하기도 하고, 성공적인 인생길을 걷도록 방향을 가르쳐주는 나침판의 역할도 감당하기 때문이다.

오랜 침묵을 깬 장문영의 작품 속에는 시적 진실이 명징(明澄)하게 빛을 발하고 있어 그가 부르고 있는 영혼의 노래 속에서 큰 감동으로 한 판 춤추고 싶은 기대감을 가지고 일별해보고자 한다.

2. 순수의 노래

먼저 화자의 시세계는 순수의 극치, 절정을 이룬다. 깊은 계곡을 흐르는 송사리 떼 뛰어노는 맑은 물소리가 작품 속에서 들려오고 있고, 까르르까르르 웃고 있는 동심에 젖은 아이들의 천진난만한 모습 또한 연상되고 있어서 평자의 입가에 미소가 머문다.

삶의 길을 걷다가 시야에 들어오는 보편적인 사물들에게서 적출해
낸 이미지를 묘사함에 있어서 시인의 정서, 관념, 의식이 일부분 표출
되는 것은 아무리 은유의 시법을 좇아도 감출 수 없는 현상일 것이다.
　한 편의 시를 읽어보자.

　　　　　아랫배가 조금 나온
　　　　　빨간 이름

　　　　　엄마의 뱃속
　　　　　점점 불러갑니다

　　　　　바깥세상
　　　　　보고 싶어

　　　　　배시시 웃으며
　　　　　얼굴을 내밉니다

　　　　　작은 집 속에서
　　　　　넓은 세상 보고 싶어
　　　　　빨리 나오고 싶나 봅니다

　　　　　―「석류 1」 전문

　이 시에서 화자의 표현은 동심에 젖은 소녀의 청순한 이미지와 고해
의 바다를 항해하며 온갖 풍랑을 극복한 중년의 모습이 복합적으로 형
상화되어 다가오고 있지만, 인간은 누구나 동심의 세계로 회귀하고 싶
은 본능적 욕구를 지니고 산다.
　배가 부른 빨간 석류의 형태를 임신한 여인으로 묘사한 것은 시적
표현에 있어서 거의 동시(童詩)에 가까운 운율과 언어를 취택하고 있어

삶의 연륜에 부합되지 않는 정서적 연령의 실체를 보여주고 있어 놀랍지 않을 수 없다.

　장문영은 인생, 지천명의 고갯길을 넘어 문단에 데뷔했다. 첫 시집 출간도 늦은 감이 있지만, 주제가 명징하고 간결한 시를 쓸 수 있는 문학적인 이론과 실기에 대한 수련과정을 거쳐서 사춘기 소녀 같은 순수한 작품을 탄탄하게 쓰고 있어 기대가 된다.

　작품의 특징과 작가의 의식은 분리되지 않는다. 작품 속에서 독자들은 시인의 인격과 사상을 유추해낸다. 그리고 감동에 젖는다. 시인의 작품은 총체적 삶을 반추하는 거울이고 인격이기 때문에 거짓된 위장과 위선은 결코 용납되지 않는 것이다.

> 길 건너 우체국 앞
> 빨강 옷을 입고 있는 우체통
> 단벌신사인가 봐
>
> 늘 같은 옷만 입고
> 앉을 줄도 모르고 서서만 있지
>
> 항상 입을 벌리고 있는 것을 보니
> 늘 배가 고픈가보다
>
> 아무리 많이 먹어도
> 매일매일 배설하니 고프기도 하겠지
>
> 하지만 뱃속에 숱한 사연 그득할 땐
> 배가 부를 거야
>
> ―「우체통」 전문

위에서 소개한 작품 「석류 1」과 「우체통」 전문에서 일맥상통하고 있는 파문은 무엇인가. 지천명의 고갯길 넘어 이순의 숲길을 걷고 있는 시인의 작품으로 보기에는 그 가슴 속 감성의 하늘이 너무 맑고 푸르다는 생각을 떨칠 수가 없다.

그런데 이 작품 속에는 우체통을 의인법(擬人法)으로 표현한 함축이 숨어 있다. 정갈한 은유를 적출하여 화자의 현실과 연결시켜보면 사물에 대한 깊은 관조에서 시발되는 예술적인 자질, 시적 노련미가 선명하게 감지된다.

1연에서 시인이 표현하고 있는 단벌신사 '우체통'은 일반 서민들의 삶의 모습을 상징하고 있다. 2연에서 앉지 못하고 서 있기만 한 고단한 삶, 3연에서 배가 고파서 입 벌려 비명을 지르고 있는 노동의 고통과 현실이 생생하게 묘사되어 있다. 4연에서는 아무리 많이 먹어도 매일매일 배설하니, 월급 혹은 연봉을 타도 저축할 것이 없는 하루살이 서민의 애환과 암담한 현실을 담아내고 있다.

그러나 5연에서 우울한 시를 다듬어 긍정으로 환치하는 위로는 멋지다. "하지만 뱃속에 숱한 사연 그득할 땐/ 배가 부를 거야" 인간은 늘 배가 고프고 허기지는 삶의 길목에서 우체통처럼 서 있지만, 현실을 극복하여 최선을 다하는 삶에서 얻어지는 행복, 그 배부름은 삶을 유지하는 데 있어서 중요하다는 것을 피력하고 있음을 알 수가 있다.

감성 여린 소녀의 눈빛, 직관이 아니면 표현해 낼 수 없는 동시형의 시에서 순수의 극치와 깊은 진리를 획득하게 된다. 시 의식 속에서 관류하고 있는 연륜을 초월한 감성의 양면성을 적출해내면서 매우 기뻤다. 시는 순수의 세계를 지향한다.

시인이 때 묻은 감성을 씻어내고 불심 깊은 혜안으로 사물을 직시할 수 있느냐 없느냐에 따라 감추어진 진리의 세계, 그 입구를 찾아내어 절창의 작품을 남겨놓고 가는 미적 탐구자로 존재할 수 있을 것이다.

일상에서 시야에 들어오는 평범한 사물들을 서정으로 변용시켜 진리를 내포한 순수한 시심으로 형상화시켜 내는 데 노련한 것이 장문영 시의 특징으로 파악된다.

3. 관조(觀照)의 노래

기원전 6세기 그리스의 유명한 철학자이며 종교가였던 피타고라스(Pythagoras, BC 582~497)는 말하기를 "이 세상에서 제일 중요한 것은 무엇이냐. 그것은 인생을 어떻게 살아야 하느냐 그것을 체득하고 가르쳐 주는 것이다"라고 했다.

인생을 살아가는 진리는 학문적인 가르침을 주는 스승이나 신앙적 종교 행위를 통해서 얻어지기도 하지만, 어떤 사건이나 기회를 통해서 스스로 깨우치는 것이 중요하고 확실하며 의미가 깊다. 관조(觀照)라는 단어의 기원은 원래 불교적인 용어인데 '참된 지혜로 사물의 내면을 깊이 있게 바로 본다'는 뜻이다.

올바르게 사물을 보는 것을 '정관(正觀)'이라고 하고 대강 보는 것을 '개관(槪觀)'이라고 한다. 깊이 있게 바로 보는 것과 건성으로 대충 보는 것의 차이는 인생을 살아감에 있어서 엄청난 편차를 보이며 불행과 행복의 삶, 그 방향과 미래를 결정짓도록 만드는 요소가 된다.

화자는 때 묻지 않은 순수한 시심을 소유하고 있기 때문에 세상을 관조하는 눈을 뜨는 원천이 되었고, 관조의 밝은 시력이 오랜 세월 탐욕으로 혼탁해지지 않고 유지되고 있는 것은 그 가슴 속에 깊이 뿌리 내리고 있는 불교적 신앙에 기인하고 있기 때문이다.

　　　　푸르름으로 흥건히
　　　　가슴을 적시는 계절

자재암, 한 계단 한 계단
수행하듯 오른다

떠오르는 상념의 조각들 안고
관세음보살, 염송을 하며
들어서는 법당엔
부처님의 법문으로 가득 차고

산신각 너머 산 위에서
뻐꾹뻐꾹 6월의 뻐꾸기 소리
법음처럼 들리며

추녀 끝 눈뜬 붕어
끝없는 정진의 풍경소리
맑은 혼을 일깨워주네

나한전 약수 물은
번뇌의 짐 다 풀어
멀리멀리 보내라고
계속 속삭인다

상념의 꽃잎들
하나, 둘 씻은 듯 떨어져
날아간다

― 「자재암」 전문

　시인의 관조는 정각(正覺)의 원천인 사찰, 자재암에서 시작되고 있음
을 알 수가 있다.
　이 작품에서 감지되듯이 사물을 바라보는 눈은 이미 깊고 멀리 보고

있는 것 같다. 산 위에서 들려오는 뻐꾸기 소리가 법음으로 들린다고 했고, 추녀 끝의 눈뜬 붕어, 풍경소리로 마음을 씻어 혼을 일깨운다고 했다. 나한전의 약수 물 한 잔을 마시면서도 사물과 대화를 나눈다고 말하고 있을 뿐만 아니라 자력으로 깨달은 진리적 사상을 어떻게 하면 문학적인 작품으로 변용시켜 독자들과 공유할 수 있을까 하는 애틋함이 내포되어 있다.

어떤 종교든지 간에 믿음이 없이는 삶의 순수함이 없고, 순수함이 없이는 인생 관조가 없고, 관조가 없이는 절대적 진리의 깨달음이 없다. 깨달음이 없이는 한 편의 시를 쓸 수도 없고, 성찰이 실종된 작품은 아무리 다작을 한다고 해도 작품의 생명력인 감동이 없어 독자들의 심금을 울리거나 자아시학의 확립도 불가능할 것이다.

장문영의 가슴 속에는 존경하고 사랑하는 남편 외에 또 하나의 임이 존재하고 있다. 그가 바로 '석가세존'이다. 그 임을 닮고 싶고 사랑하고 싶어서 시간의 여백만 주어지면 임이 계신 자재암을 찾아서 그 앞에 엎드려 두 손 모아 합장하고 발원한다.

그렇다면 발원 내용은 무엇일까. 화자의 시 「임」에서 보면 "억만겁 도록/ 오탁 속 중생들을/ 구해 주소서이다" 자신보다 타인을 위한 발원에 힘쓰고 있는 화자의 모습이 보살행의 실천자로 다가온다. '오탁 (五濁)'이란 무엇인가. 이 세상에 존재하고 있는 명탁, 중생탁, 번뇌탁, 견탁, 겁탁 등의 다섯 가지 더러움이다. 총명한 예지를 지니고 자타를 위하여 엎드려 발원하고 있다면 인생길, 번뇌의 계단 지나 해탈의 경지에 어느정도 이르렀음을 유추할 수 있다.

뻐꾸기 울음소리, 추녀 끝 풍경소리, 흐르는 약수 물 등의 표현에서 관조의 눈빛이 번뜩이고 있어 참으로 흡족하지만, 마지막 연에서 마음 속 번뇌를 꽃잎으로 형상화시켜 하나, 둘 떨어져 나간다고 마무리하고 있는 것은 시인의 내면에 생성된 의식을 확인시켜주고 있다. 관조의 시안으로 절창의 작품을 탄생시킬 수 있을 것이라는 미래적 기대감을 갖게 한다. 화자의 가슴 속에서 바람처럼 자유하며 평화롭게 떠돌고 있는 깊은 불심이 언어의 숨결로 호흡하면서 나타날 미래적 창작의 효과에 기대를 걸어보고 싶다.

4. 사랑의 노래

돈의 리얼리즘이 지배하고 있는 21세기, 세상은 급변하고 있다. 인간의 본질과 본성까지도 황금으로 흥정, 거래가 시도되는 무서운 세상에서 사랑은 늘 자기중심적이고 자기 배만 불리는 저속한 차원으로 나타난다.

이런 이기주의적 사랑은 갈수록 심화되어 갈등으로 나타나고 치솟는 아파트의 고도와 함께 견고한 철문은 쾅, 소름 돋는 소리를 내며 이기주의로 닫히고 있다.

그런데 화자의 사랑은 이기적이고 자기중심적인 혈연관계에서 탈피하려 애쓰고 있는 초월의 흔적이 엿보이고 있다. 왜 그런 것일까? 그는 정치인의 아내이기 때문이다. 4선 국회의원의 아내로 살아온 긴 세월, 국민을 위하고 국민을 섬기며 살다가 죽는다는 정치철학 앞에서 남편의 의식 속에 자리 잡고 있던 관념적인 사명감이 일심동체인 아내에게로 은밀하게 이전되었기 때문이다.

실직자들의 신음 섞인
절규와 탄식
죽음으로도 바꿀 수 없는
쇠줄 같은 목숨

처자식에 대한 죄책감

칡넝쿨처럼 엉키고
의욕은 땅에 떨어져
가쁜 숨 몰아쉬고

어디까지 갈 것인가
나락으로 추락한 심신
생명 줄 끊어져야
끝이 날까

퀭하니 들어간
죽은 생선 같은 눈빛
앞이 보이지 않는
칠흑 같은 밤의 행로

— 「실직자」 전문

어느 실직자의 개인적 비참과 절망의 상황을 시장 가판대에 누운 죽은 생선으로 표현하고 있는 시를 읽으면서 가진 자와 못 가진 자가 공존하는 세상을 소원하는 고운 심성, 따뜻한 사랑을 감동으로 표출되면서 독자들에게 전달되고 있다.

작품 속에서 세밀하게 진술되지 않고 절제되어 있지만, 자신에게 도움을 청하는 핏기 마른 손, 가쁜 숨 몰아쉬는 어느 실직자의 절박한 현실을 목도, 체험하고 쓴 작품인 것 같다. 그러나 화자의 능력으로 취할 수 있는 행동은 제한적일 수밖에 없어 안타까움을 간직한 채 은밀히 나누는 사랑을 실천하면서 인생길 걸어올 수밖에 없었을 것이다. 이 작품 속에 귀를 기울여보니 화자의 가슴을 태우며 끓고 있는 사랑의 열기를 어느 정도 감지할 수 있었다.

저 여인
어느 누구의 한을 온몸으로 품고
어두운 조명 아래

음률조차 애잔한 가락에 맞춰
어깨춤으로 흐느끼는가

흐느적대는 몸매는
하늘에서 선녀가 내려온 듯

흰나비처럼
사뿐사뿐 드는 버선코의 서러움

우아하고 아름다운 발 자태는
살아생전 그분의 단아한 몸매인 양

애간장을 태우고
가슴이 에이도록 녹아내리는 선율에 맞춰
부드러운 손끝까지 혼을 담아

흐르는 가락에 맞춰
하얀 긴 수건 휘휘 돌려서

맺힌 한과 혼을
흰 수건에 오롯이 거두어
하늘로 높이높이 올려보낸다

— 「살풀이 춤」 전문

이 작품의 창작 동기 역시 직접체험에서 비롯되고 있다.

덩실덩실 살품이 춤을 추며 한을 풀어내고 있는 무녀 혹은 무용예술에 심취한 어느 여인을 보면서 자신도 덩달아 춤을 추고 있다. 그런데 시인이 추고 있는 죽은 자를 위한 살풀이춤은 공연무대 위의 무녀처럼 일회성으로 끝나는 성질의 것이 아니라 끝없이 반복되는 것이다. 그 가슴 속에 살아 숨쉬고 있지만 절망의 울타리 안에 갇혀 죽어버린 서민들의 빈곤한 현실이 단단함 아픔의 응어리로 굳어 있기 때문에 그 멍울이 풀리거나 제거될 때까지 할 수만 있다면 덩실덩실 춤을 추며 살풀이라도 하고 싶은 심정일 것이다.

이 작품 마지막 연에서 "맺힌 한과 혼을/ 흰 수건에 오롯이 거두어/ 하늘로 높이높이 올려보낸다"고 결론을 맺고 있다. 평범한 남자의 아내로 삶을 살아왔다면 그는 살풀이춤을 추면서 서민들의 고통, 눈물, 절망을 대신 거둘 수 있는 흰 수건 한 장을 얻기 위하여 대웅전 법당에 엎드려 기도하지 않아도 되었을 것이다. 자신보다는 타인을 위하여 살풀이춤이라도 추고 싶은 화자의 심정은 사랑이 충만한 모습이기 전에 왠지 운명인 것 같이 느껴진다. 운명이란 인간이 거부할 수 없는 은밀한 힘, 하늘의 선택이 수반되고 있기 때문이다.

장문영의 시에서는 자신을 희생해서라도 불행한 이웃과 나누고 싶고 공존하고 싶은 아름다운 사랑이 충만하게 농축되어 있다.

5. 독백

장문영의 시집 『가을 편지』 평을 마무리함에 앞서 주술을 외우듯 스스로 위로하며 살아왔을 화자의 독백에 주목해본다.

　　　내 길이 아닌 것 같아
　　　말도 못하고
　　　속으로 혼자 투정도 하고

때론 부정도 해보았지

사랑이란 이름의 끈으로 묶여서 한동안 걸어야 했던 길

가슴의 감정은 메말라 마른 갈잎처럼 서걱이고

감성은 멀리멀리 시집보내고

머리는 우둔해져 세월을 거꾸로 돌려놓은 듯

희망과 기대의 꿈은 생각뿐

가슴은 답답하고 부담스런 숙제로 꽉 차 있는

몸과 마음이 피곤한 육체

끝이 잘 보이지 않던 길

철든 삶은 늘 남의 옷을 잠시 빌려 입은 듯한

착각에 살고

입은 늘 마스크하고

귀는 날마다 당나귀귀가 되어야 하는

이미 내 운명에 정해져 있었던 길

─「동행 길」 전문

이 작품 속에서 화자가 스스로 감지하고 있는 것처럼, 태어날 때부터 두 가지 길은 운명처럼 정해져 있었다. 하나는 법률가요 정치가의 아내가 되어 삶을 동행하는 길이었고, 또 하나는 덤으로 주어진 시인의 길이다. 시인의 길은 일평생 침묵으로 꽃피운 삶에 대하여 주어진 작은 보상의 성격을 띠고 있어 덤이나 상급으로도 볼 수 있을 것 같다. 왜냐하면 화자의 남편인 M의원은 국민들의 의식 속에서 청렴한 정치인으로 각인되어 화자의 희생적 내조를 충족시켰기 때문이다.

첫 시집 『가을 편지』 안에는 순수한 사랑과 주관적 감성으로 부른 관조의 노래들이 빽빽하게 수록되어 있다. 작품을 읽고 평설을 쓰면서 시인의 모든 것을 다 판단할 수는 없겠지만, 작품 속 메시지는 참으로 순수하고 휴머니즘적 사랑은 자아성찰의 향기로 진동하고 있다. 그리고 그냥 스쳐가기 쉬운 미미한 소재나 사건들을 다루어 시적 형상화를 시키는 데 익숙하다. 이제는 정치인의 아내가 아닌 문학을 사랑하는 시인으로서 소명의식을 가지고 작품을 천착하여 한국문단에 부각될 수 있기를 기대해본다.

입에다 마스크를 하거나, 당나귀 귀가 되어서 한 줌 고귀한 삶의 잔고까지 허비하거나 톡톡 털어서 희생할 필요는 더 이상 없어졌다. 그 이유는 무엇인가. 이미 인생의 가을, 낙엽이 붉게 물든 길을 걷고 있어 언제 어느 때 서리가 덮고 삭풍 속 최후의 눈길을 걷게 될지 모르기 때문이다. 자신의 존재를 감싸고 있던 침묵의 멍에와 마스크를 벗어던지고 철학적 가치관과 사유를 접목시킨 깊고 오묘한 작품으로 시세계를 구축하여 독자들의 삶과 내면의 허기를 조금이나마 채워줄 수 있기를 기대해본다.

사물의 안팎을 투시한 풍자적 묘사, 그 깊이

조성구 시집 『아파도 그 꿈 그리운 것은』

1. 풍자적 묘사와 연륜의 상관성

　조성구의 시를 읽으면서 작품 뒤에 숨어 있는 화자의 실체와 대면하여 잔잔한 감동과 기쁨에 젖어보았다. 시를 쓴다는 것은 고뇌와 갈등으로 풀어갈 수 없는 삶의 문제들을 문학이란 방편, 웅숭깊은 성찰의식으로 표현한 자기고백이라는 확신을 갖게 된다.

　절창의 시 한 편을 낳기 위한 해산의 고통은 시인의 의식을 찢고 사유(思惟)에 몰입하는 고뇌를 요구하기 때문에 연륜의 축적, 진리적 깨달음, 다양한 체험들을 함축하지 않고는 풍자적인 시적 기교를 보인다는 것은 불가능한 일이다. 정통적인 문학의 과정을 대학캠퍼스에서 학습하고 문단에 데뷔한 젊은 시인들의 시에서 이미지 묘사를 위해 몸부림친 흔적과 운율은 살아 있지만, 설익은 풋 냄새가 진동하고 깊은 성찰이 감지되지 않는 것은 연륜의 부족에서 그 원인을 찾을 수 있을 것이다. 삶의 연륜과 인생에 대한 고뇌를 작품 속에 투입시키지 못할 때, 숙성된 향과 맛이 우러나오는 시가 될 수 없다.

　조성구의 시에서는 삶의 연륜과 직관이 어우러져서 빚은 듯, 사회적 모순을 예리한 눈썰미로 적출해낸 역설과 풍자의 작품들을 만나게 된다. 향긋하면서도 맛깔스러운 위트가 내포되어 있는가하면, 갈등과 고뇌로 삭혀 시큼털털한 맛을 내며 눈물을 찔끔 흘리며 삼켜야 하는 독특한 아이러니도 혼합되어 있다. 그 이유는 삶의 현실에서 부딪힌 사건, 체험, 깨달음들이 시심 깊은 곳에서 각각 다른 맛과 빛깔을 지닌 열매로 매달렸기 때문이다.

기대했던 연극 1막
12막 절정에 이르고
공연 끝난 무대
어둠의 커튼 내려지면
난 또 묵시의 관객 되어
자리를 내준다

객장 덤덤히 걸린 달력
2007년 12월 31일
곧 마주할 내일 앞에
오늘이 너무 짧다

하늘엔 온통 혹한 엄동이
달 노을 속 흰 구름 바삐 달려가고
칼바람은 춤사위 나뭇가지
새들의 울음마저 잠재워
사정없이
흑백 경계를 가른다
지금은 올해
내일은 신년

―「송구영신(送舊迎新)」 전문

이 시는 한 해의 마지막 '송구영신'에 대한 아쉬움과 설렘을 무대 위에 올려진 연극으로 서술하고 있다. 조성구는 1막 12장으로 구성된 장편 연극을 관람하다가 다른 사람에게 빈 좌석을 물려주고 어둠 속으로 쓸쓸히 사라져가는 것을 인생으로 보았다.

인생이란 축소시켜 보면 한 편의 드라마나 연극과 같다. 객석의 관객이 되기도 하고, 무대 위의 배우가 되어 직접 연출에 나서는 것인지도 모른다. 편안한 의자에 앉아 연극을 감상할 수 있는 몇 번의 기회는 신의 뜻에 따라 각각 다르게 허락되어져 있다. 오늘 밤 마지막 연극을 감상하는 줄 모르고 공연 뒤에 찾아오는 허무한 죽음을 준비하지 못한 채 인간들은 아쉬운 고별사도 없이 빈손으로 사라져 간다.

그런데 화자는 불혹을 지나 지천명의 고갯길에 이르도록 즐겁고 행복한 연극들을 감상하기보다는 진리를 찾아 헤매는 구도자의 심정으로 무거운 주제, 인생을 함축한 작품들을 즐겨 감상하면서 의혹의 눈보라 속을 걸어온 것 같다. 왜냐하면 조성구의 시는 어둡지도 밝지도 않지만, 삶과 인생에 대한 진리들을 안팎으로 깊이 있게 투시하거나 혹은 풍자하면서 자타(自他)를 깨우치려 몸부림친 흔적들이 뚜렷하기 때문이다. 삶의 연륜, 직간접체험 등이 시적 에너지로 회전하고 있는 시세계로 들어가 작품을 살펴본다.

2. 관조로 바라본 시상(詩想)의 충만

아침부터 저녁까지 하루 24시간 동안 수많은 사건들과 사물들이 스쳐지나간다. 바람처럼 순식간에 이동하기도 하고 고인 물처럼 정지되기도 하는데, 일상에 나타난 소재들이 시인의 감성과 교감하여 감동적인 이미지로 그려질 때 한 편의 시가 탄생한다.

사물이나 사건의 양면성을 깊이 있게 해부하는 관조적 능력이 뛰어날 때 좋은 작품을 쓸 수 있겠지만, 감성의 폭을 넓히고 독특한 개성을 투입하여 묘사하기 위해서는 머릿속은 온통 시상으로 충만해야 할 것이다. 시상의 물줄기가 시원스럽게 분출되고 있는 시인은 다

양한 소재를 포착하여 이미지를 변형시키는 절창의 작품을 쓸 수 있
겠지만, 그렇지 못할 때 시인으로서 성공하거나 명성을 얻기는 어렵
다 할 것이다.

> 녹음 땅에 눕다
> 짧은 들숨, 긴 날숨
> 난데없는 코 고동소리
> 널브러진 오수(午睡) 앞에
> 실루엣 여인
> 요염도
> 오늘은 말짱 귀찮다
>
> 토끼잠 속
> 시상(詩想)은 도망치고
> 달라붙는 글벌레
>
> 보소 보소
> 나라님아
> 와서 내 눈꺼풀 열어주소
> 저기 도망가는
> 시상(詩想) 좀 잡고로
>
> ─ 「낮잠」 전문

　조성구는 대다수의 시인들처럼 자기만의 시어와 시법을 지니고 있
다. '낮잠'이란 제목으로 시를 썼지만 핵심주제는 시상에 사로잡힌 시
인으로 살기를 원하는 간절한 소원성을 표출하고 있다.
　2연에서는 시상은 도망치는데 글 벌레는 달라붙는다고 말하고 있
다. 녹음이 우거진 숲속에 드러누웠다면 가까이 다가오는 것은 먹이를

물고 이동하는 개미들일 것인데, 그 개미들을 글 벌레로 묘사를 하고 있다. 어쩌면 이 작품의 창작 동기는 입에 먹이를 물고 생존을 위해 발버둥치는 개미들을 바라보다 순간적으로 작동된 직관에 의해 쓰인 것인지도 모른다. 왜냐하면 낮잠을 자려는 시인 역시 대자연이 주는 신선한 소재를 먹이로 물고 오늘 밤, 한 편 시를 써야 하기 때문이다.

시인은 이제 첫 시집을 상재하고 있지만 그 가슴 속에서 타오르는 창작의 불꽃, 그 열기는 어느 정도 절정의 상태임을 유추하게 된다. 3연에서는 "보소 보소 나라님아/ 와서 내 눈꺼풀 열어주소/ 저기 도망가는/ 시상 좀 잡고로" 하며 익살스럽게 자신의 욕망, 소원성을 표현하고 있다는 데서 시적 재능, 노련미까지 감지되고 있다. 낮잠이라는 보편적인 주제로 이만큼 표현하기도 쉽지는 않을 것이다.

> 자장 한 그릇
> 세 젓가락
> 단무지 다섯 쪽
> 두 젓가락
>
> 끄윽
>
> 아
> 이제
> 눈꺼풀 가볍게
> 세상이 보인다
> 갈색 입술
> 피에로가 웃었다
>
> ―「허기」 전문

시는 간결하지만 함축된 시인이 의도와 메시지가 살아 있는 작품이다. 허기질 때 자장 한 그릇 끌어안고 빠른 손놀림, 젓가락질을 하면서도 화자의 시상은 멈추지 않고 회전한다. 면은 세 젓가락, 단무지는 두 젓가락이다. 한 끼 허기를 채우는 데 자장 한 그릇이면 끄윽 하고 포만의 트림을 하기에 충분하다는 물질적 소유에 대한 정의를 내리고 있지만, 함축된 진리는 인간들의 총체적 소유가 자장 한 그릇 같아서 젓가락질 몇 번이면 빈 그릇만 남는 허무한 것임을 깨우치고 있다.

질병이나 사업의 실패, 고통의 젓가락이 몇 번 스쳐 지나고 나면 남는 것은 거의 없다. 움켜진 소유를 잃고 절망으로 흐느끼며 고뇌하는 그때가 성찰의 눈을 뜨고 세상을 바르게 볼 수 있는 축복의 기회라는 진리를 내포하고 있어 흡족해진다.

조성구의 시적 소재는 자신의 일상이나 주변에서 획득하고 있다. 자신이 목도한 소재나 사건들은 어김없이 한 편의 시로 묘사되고 있는 것은 의식이 깨어 있어 관조적 시력이 밝기 때문이다. 결미에서 "갈색 입술/ 피에로가 웃었다"는 표현도 적절해 보인다. 인간은 누구나 한 끼 허기를 채우기 위해 세상이란 무대 위에서 원치 않는 춤을 추며 피에로처럼 위장된 삶을 살고 있다.

3. 풍자적 묘사와 노련미

조성구의 작품들은 선하고 악한 양면적 현실에 대하여 능숙하게 풍자하는 독보적 톤을 지니고 있다. 그 음률은 허스키한 저음인 것 같지만 독기를 뿜어내는 날카로움도 살아 있다. 사회적 모순이나 정신적·윤리적 병폐를 고발할 때, 풍자적으로 묘사한다는 것은 단일주제로 연작시를 써내려가는 것만큼 어렵고 힘든 작업으로 상상력의 확대를 통한 노련미가 요구된다. 왜냐하면 풍자시는 폭로와 비판을 목적으로 비아냥거리거나 의도적으로 낯설게 하여 시를 읽는 독자들로 하여금 깊이 생각할 수 있도록 유인하는 수사법이기 때문이다. 시단에 발표된 풍자시들을 읽어보면 재치 있는 위트나 날카로운 아이러니가 죽어 있어 사람들을 자각시켜 깨우치는 효과를 충족시키지 못하는 경우가 많다.

> 못된 년!
> 조신하여 요조(窈窕)인가 싶더니
> 샛서방질 했다고라
> 경칩 어스름 달밤 창 든 그림자
> 기껏 약 쓸려니
> 도망치던 개똥이더냐
>
> 즐풍목우(櫛風沐雨) 막돼먹은
> 경아리 놈과 뒹굴다니
> 이년아, 어서 말 못혀!
> 오이넝쿨로 배 가린들
> 차오르는 달 막을 수 있다던?
>
> 배시시 웃는 꽃조차 노랗기에
> 오씨 문중인 줄 알았지
> 참외 씨가 왠말이고
> 어쩔겨 이제
> 아이고 저 똥밭
> 사대부(士大夫) 오씨 종가(宗家)
> 서까래 앉고 대들보 무너지누나
>
> ─「개똥참외」 전문

이 시는 풍자와 해학이 넘치면서 독자의 시선을 작품에 고정시켜 접근하도록 기회를 제공하고 있는데, 상황에 대한 묘사나 비유가 심각하다. 개똥참외에 대한 속담이나 관용구들은 더러 존재하고 있지만 이 작품의 제목을 개똥참외라고 붙인 데는 깊은 뜻이 있어 보인다.

2연에 보면 "즐풍목우 막돼먹은/ 경아리 놈과 뒹굴었다"고 표현하고 있어 공격적 야유(揶揄)가 돋보인다. 이 작품에서 감지되는 것은 시인의 간접체험이다. 불륜 때문에 무너져 내린 한 가정의 비극적 현실을 제삼자의 위치에서 바라보면서 참외와 오이로 빗대어 묘사를 했다. 참외나 오이를 절단해보면 노출되는 부분들이 닮아 있다. 참외 씨와 오이씨의 형체가 닮아 있고, 노랗게 피는 꽃이며 쭉 뻗어가는 넝쿨까지 서로 엇비슷하다. 그러나 참외 밭과 오이 밭은 엄연히 구별된다. 참외는 참외와 사랑을 해야 하고, 오이는 오이와 접을 붙어야한다. 그것이 원칙이고 윤리이고 질서이다. 그런데 참외가 오이가 서로 사랑을 했다. 그것도 즐풍목우, 근본도 없이 객지를 떠돌던 약고 간사하여 막돼먹은 경아리 놈과 붙어먹었으니 이 문제를 어찌할 것인가. 시인은 현실사회를 향해 대중들에게 묻고 있다.

이런 사건들은 오늘 우리들의 주변에서 빈번하여 이혼율을 높이며 가정을 파괴하는 심각한 사회문제로 대두되고 있다. 기막히고 황당한 사건이지만, 금지옥엽 아들을 낳아 기르다 자신과 닮은 곳이 없어 친자감정을 해보면 오이씨가 아니고 참외 씨로 밝혀지는 황당한 일들도 허다하고, 여기에 관련된 업종들이 호황을 누리고 있는 것은 부인할 수 없는 현실이다.

시인은 자신이 목도한 '샛서방' 질한 주변의 사건들을 소재로 삼아 풍자적 묘사를 했는데, 중요한 점은 무엇인가. 이미지 묘사에 있어서 절묘하여 움찔 대중들의 폐부를 깊숙이 찌르고 있다는 것이다.

참외와 오이는 유사한 점은 있지만 각각 자신이 속한 밭에서 끼리끼리 사랑을 나누어야 한다는 것이 시인의 주장이다. 「개똥참외」 한 편의 시가 무너져 내린 윤리적 질서를 세우고 대낮 불야성을 이룬 러브모텔의 열기를 어느 정도 식힐 수 있을지 그 효과가 주목된다.

기쁨 반, 슬픔 모두
표정이 같은 년
언제나 구외불출(口外不出) 속이 깊구나
밝은 눈, 늘 젊은 너를 보면
조쇠(早衰)해 안달난 여인들
성형 시술소 돌팔이 손끝 메스 바쁘고
거리에는 같은 꼴
귀, 코, 입, 짝퉁 미인들
가짜 젖통 내밀고 활보하는데
정작 진품인 넌
유리 속 갇힌 채 밖에 그립다

전생
어느 환쟁이 그렸을 네 초상
봉긋한 가슴에 눈길 머물고
멋대로 상상하며
때론 엉뚱한 본능에 떨고
복잡한 세상사 알 바 없이
뭇 세인 시선 받으며
정지된 시간
동작 그만 서 있는 네가 부럽다

— 「마네킹」 전문

마네킹을 소재로 쓴 작품들을 더러 읽어 보았지만, 이렇게 비판적으로 삐딱하게 바라본 시각도 드문 것 같다. 시인이 사물을 투시할 때 정면에서 긍정적으로 아름답게만 바라볼 필요는 없다. 누워서도 보고, 거꾸로 매달려서도 보고, 때로는 비뚜름하게 접근할 수도 있어야 한다. 화자가 다양한 주제로 시를 쓸 수 있는 비결은 현실에 대한 정의로운 의식을 곧추세워 풍자하는 예민한 삶을 살고 있기 때문인 것 같다. 시의 내용으로 볼 때, 대조법으로 살아 움직이는 존재와 갇혀 있는 존재를 동원한다. 진품은 가짜로, 가짜(마네킹)는 진짜로, 역설적인 묘사를 하면서 성형을 통한 가공적인 미(美)에 대하여 질타하고 있다.

이 시를 쓴 시인의 의식은 비단 외형을 뜯어 고치는 성형수술만을 논의의 대상으로 삼은 것은 아닌 것 같다. 순수함이 변질, 파괴되어 이기주의로 치장하고, 구시대적 순수한 사랑의 가치가 돈으로 무너져 내리고, 인격과 양심, 사랑까지 매매하고 있는 내면적인 문제까지도 누군가에 의해 모습을 드러낸 이후 전혀 변함이 없는 마네킹을 소재로 삼아 네가 부럽다고 한탄하고 있는 것이다.

대개의 풍자시는 언어조종에 있어서 실패하기 쉽고 경박(輕薄)함으로 흐르게 되는데, 노골적으로 꼬집고 비틀고 있지만 부담 없이 소화되는 이유는 휘두르고 있는 풍자의 칼날을 어느 정도 무디도록 작업한 까닭인 것 같다. 한정된 지면 때문에 다 소개하지 못하지만 「보리밭」, 「바다가재」, 「낮술 석 잔에」, 「여의도의 봄」, 「부부싸움 1」, 「부부싸움 2」 등의 작품에서 삶의 애환을 농축하여 풍자의 미학, 그 묘미와 탄력을 극대화시키고 있다.

4. 명징한 주제의 원천 자아성찰

조성구 시의 특징은 서정시의 문법을 따라 운율이 매끄럽고 주제가 명징하다는 점이다. 대다수의 작품들이 성찰의 메시지를 함축하여 감동을 안겨주고 있고, 동원되는 비유들 역시 적절하게 취택되어 표출되고 있다.

세월 비에 젖은 낡은 배낭을 짊어지고 지천명의 인생길을 걷고 있다고 해서 세상을 관조하는 능력이 저절로 완숙되거나 깊어지는 것은 아니다. 갈등하고 고뇌하며 한 번뿐인 삶을 후회 없이 살다 가려는 처절한 몸부림이 수반될 때 사물과 자연, 사건과 사람들에게서 진리적 깨달음을 확보하여 자기 것으로 만들 수 있고, 온전히 자신의 인격과 사상이 된 것만이 세밀한 관찰을 통해 시어로 변용되어 이미지로 형상화된다.

조성구의 시에서 풍기는 향기는 종교적 성찰의 몸부림과 주제의 명징함이다. 무엇인가를 끊임없이 찾아내어 환치시키려고 몸부림치고 있고, 사망선 통과 이후 삶의 종착지에 초점을 맞추어 내세와 연관된 진리를 얻기 위해 성찰의 삶을 살고 있다.

화자의 시는 풍자와 해학의 가벼움 속에서도 중량감이 감지되고 화두를 함축한 메시지는 진솔하여 독자들에게 기쁨의 웃음과 감동을 선물한다.

성스런 고백소 앞
추한 미물 하나 쭈그려 앉아
해 뜨고 입 뗄 때마다
덕지덕지 붙은 죄 뭉치
어디부터 고백할지 망설이는데
신부님 갸륵도 하셔라
호미로 바지락 캐듯
성찰(省察) 죄(罪) 낱낱 붙여 놨것다
조목조목 간결한 핑계
죄는 어느덧 반으로 줄고
멋대로 제 맘대로 걸러 또 줄고
얼씨구 그러보니
고백할 죄 몽땅 없어졌도다
바라옵건데
얼렁뚱땅 그렇게 해주십사 기도하고
정신없이 고백소 나와 성당 문 나서는데
말씀은 어느새 귀밑 떨어지고

길 건너 미니 아가씨
쭉 뻗은 다리 눈부시누나
맙소사, 하느님 맙소사
비 맞은 종탑 타고 말씀은
뎅그렁 뎅그렁
속절없다

— 「맙소사」 전문

 이 시를 읽어보면 시를 현실감 있게 써내려가는 재능과 함께 제목 붙이기에도 능숙하다. 이 시가 대중들의 상상 속으로 파고들어 심적 공감대를 형성하는 것은 이 시를 읽는 독자들 역시 공통된 경험들이 있기 때문이다.

 성당에서 고해성사를 하는 순간에는 더럽혀진 몸뚱어리 비누칠하듯 죄가 소멸되어 거룩해지는 것 같지만, 육중한 문을 밀치고 세상 밖으로 나가는 순간에 육체적 정욕, 안목의 정욕, 이생의 자랑에 노출되어 오염되기 때문이다.

 자신이 직접체험한 사건에 시적인 운율을 붙여 진솔하게 표현한 조성구의 시에는 치열한 고뇌는 있지만, 가식이나 거짓은 없는 것 같다. 먼저 자신의 내면에 존재하는 또 다른 자아(참자기)를 향해 시를 쓰고 있기 때문에 사물의 안팎을 깊이 있게 투시하는 능력을 갖추게 된 것 같다.

 시인이 사물을 바라보는 관조가 깊지 않고서는 좋은 시를 쓸 수도 없고, 자신의 독자를 확보하는 데 실패할 것이다. 시인의 사색은 끝없이 깊어야 하고, 그 깨달음은 현세를 초월하여 내세와 연결되어야 한다. 그리할 때 풍자다운 풍자, 명시다운 명시(名詩)가 탄생할 것이다.

5. 결론

기뻐도 눈물이 흐르는 까닭
나는 알아요
기쁨 뒤 아픈 사연 있었다는 걸

슬퍼도 눈물이 나지 않는 까닭
나는 알아요
그 슬픔 매우 깊기 때문이란 걸

—「나는 알아요」중에서

이 시의 제목「나는 알아요」에서처럼 조성구의 시에는 자기만의 영역에서 깨달은 철학이 내포되어 있다. 기뻐도 눈물이 흐르는 까닭, 슬퍼도 눈물이 나지 않는 까닭을 나는 알고 있다고 역설적으로 표현해낸다. 자기만의 철학을 시적 재능에 담아 천착하거나 서정적 시법으로 써내려가며 시의 노래를 부를 수 있다면, 바늘구멍 같아 성공하기 어려운 시단에서 우뚝 설 수도 있을 것이다.

조성구의 시적 재능은 하늘이 주신 선물이요 복이다. 평설을 쓰면서 아쉬움을 갖게 되는 것은 좀 더 일찍 데뷔하여 시단에 나왔더라면 하는 것이다. 그러나 지금도 늦지 않았다. 늦었다고 생각할 때가 최고의 기회일 수 있다.

시인들의 고백을 빌리면 "시가 분수대 물줄기처럼 푸른 하늘을 향하여 치솟을 때"가 있다고 말한다. 지금이 그런 황금기인 것 같다.